un'ombra nella nebbia

arnaldo erdassion

#readingwithlove

#readingwithlove è un marchio registrato

ISBN:9791280555069

(Terza Edizione)

Production

Susanna Barbaglia
Alessandro Nodari

Grafica di copertina e illustrazione: Alessandro Nodari

© 2021 #readingwithlove

Seguici su Facebook (Reading with love) e Instagram (readingwithlove_official)

a Barbara

*Presentiment - is that long Shadow - on the
Lawn -
Indicative that Suns go down -*
E. Dickinson (J764 - F487)

1

Occhi neri come due gocce d'onice.

Una corazza dai contorni spigolosi, luccicante e perfettamente liscia, il suo prodigioso osso frontale termina improvvisamente in arcate sopraorbitali spesse e corazzate. Incassati in queste profonde orbite oculari, i suoi occhi scuri mi fissano inespressivi. Più sotto, due punti neri e una sottile linea orizzontale, altrettanto nera, talmente irrilevanti da sembrare tratteggiati a matita. Piccoli mozziconi, gonfi e deformi sbucano ai lati di questa struttura, come attaccati a seguito di un ripensamento. Ne vedo tante di orecchie a cavolfiore in questo ambiente, ma così devastate e masticate non mi era ancora capitato. Mi sembra manchi qualcosa per definire umano quel viso. Il suo proprietario deve aver deciso di cancellare il superfluo, o forse qualcun altro lo deve aver fatto per lui, magari senza chiedergli il permesso. Impossibile determinare l'età dell'uomo che ho davanti. Il corpo massiccio, segnato dalle cicatrici, sembra quello di un trentenne che ne ha passate tante (ma chi non ne ha passate, qui?). Il viso, così inespressivo e piatto, un enigma. Potrebbe avere tra i venti e i cinquant'anni, ma la pelle è troppo compatta. No, deve averne trenta, al massimo qualcuno in più.

Da un po' di tempo, quando mi trovo in questa situazione, mentre aspetto di lanciarmi come un missile contro il mio avversario, mi scatta qualcosa nel cervello. Nostalgia, bisogno di umanità, paura della morte. Nel momento in cui sono più vicino alla perdita del controllo, alla bestialità, la mia voglia di appartenere al genere umano mi spinge a provare empatia per la persona che mi sta di fronte, a quattro-cinque metri da me, e che non vede l'ora di ridurmi a brandelli. Ci picchiamo, insultiamo anche, ma non sappiamo niente l'uno dell'altro. Mi chiedo chi sia quest'uomo, come abbia fatto ad arrivare lì. Cosa abbia fatto ieri sera, cosa farà domani.

Appena l'uomo in maglietta rossa darà il segnale, tutti questi pensieri scompariranno, affogati da un'iniezione di adrenalina alla base del cranio, dal fischio nelle orecchie e dalla furia. Ma io so che sono lì, sbiaditi, non cancellati, destinati a riaffiorare quando mi ritroverò nuovamente in questa situazione.

È cominciato tutto in uno spogliatoio, qualche tempo fa. Avevo vinto un paio combattimenti, ero stanco, ma stavo bene, stranamente non avevo preso tante botte. Per quella sera avevo finito, mi stavo rivestendo tutto contento, quasi canticchiando. Niente punti, per quella volta me l'ero cavata con un sacchetto di ghiaccio secco sulla guancia sinistra. A un certo punto avevo notato un tipo, sdraiato su una panca di fianco a me. Era conciato male, si teneva la testa con le mani e gemeva sommessamente. Qualcuno gli aveva detto di smetterla e lui per tutta risposta aveva iniziato a raccontare la storia della sua vita. Doveva avere una gran voglia di sfogarsi, o forse muovere la bocca ed emettere fiato fungevano da anestetico, perché nonostante avesse un occhio devastato, con il bulbo oculare destro ridotto a un grumo informe di sangue, continuava a parlare a raffica, fermandosi di tanto in tanto a sputare sangue in un catino al suo fianco. Non si rivolgeva a nessuno in particolare, ma per qualche strano motivo, noi tutti eravamo rimasti ad ascoltarlo. È stata una cosa strana. Eravamo in quello sporco scantinato, c'era chi doveva fare un incontro, chi come me aveva finito e si stava leccando le ferite, e magari di lì a poco avrebbe dovuto iniziare un turno come buttafuori in una discoteca, o a fare lo scagnozzo di qualche balordo. Senza contare che tutti, ma proprio tutti, abbiamo una storia patetica da raccontare. Raccontava la sua vita, le sconfitte, la droga, la prigione, la sua amata, un travestito in galera che si ripassavano tutti e aveva preso l'AIDS. Forse era stato il tono, o una irripetibile sequenza di eventi particolarmente azzeccata, ma sono sicuro che chiunque in quella stanza buia sia rimasto affascinato dalle sue parole. Poi, senza preavviso, aveva smesso di parlare. Io avevo finito di vestirmi ed ero uscito, senza neanche controllare se stesse ancora respirando.

Da quel momento, ogni volta che entro nel ring e inquadro il mio avversario, provo una sorta di inesplicabile empatia, una sensazione di calore, fugace e illusoria, come se riconoscessi la nostra comune appartenenza al genere umano e questo in qualche modo bastasse a renderci complici.

Luis mi vede concentrato e sorride. Gli leggo nel pensiero, interpreta il mio sguardo come furore agonistico, o forse l'effetto delle anfetamine. Non gli racconto quello che mi passa per la mente. A che pro? Non capirebbe, e gli verrebbero pure dei dubbi. E Luis dubbioso è un pericolo. Annuisce soddisfatto e fa un segno a Nick. Ci penserà lui ad avvertire chi di dovere. Questo istante è critico per le scommesse. Se uno non sembra in forma, be' ovvio le puntate girano. Partecipo a questo teatrino da troppo tempo per non sapere come andranno le cose. Un uomo tosto, già carico, che ha vinto facilmente l'incontro di mezz'ora fa. Muscoloso, rapido, feroce. Sì, decido che avrà una decina d'anni meno di me. La gente urla. Una cinquantina di balordi, desiderosi di vedere sangue. Ai miei piedi, chiazze di sangue dei precedenti incontri. Mi guardo intorno, gli spettatori sono in delirio. Anch'io sto cominciando a caricarmi. Mi sale piano piano, per poi esplodere a incontro in corso. Un pugno sul naso, i lampi negli occhi, il dolore che mi fa fischiare le orecchie. Così mi scoppia in petto la voglia di fare a pezzi quest'uomo, anche se non so nulla di lui e in questo momento vorrei quasi conoscerlo, mettermi a parlare con lui. Ma mica è sport, questo, il terzo tempo e l'abbraccio di fine incontro sono di un altro mondo, estraneo come se avesse due soli e i cui abitanti fossero verdi con i tentacoli. E amichevoli. La gente scommette, perde una montagna di soldi. Qualcun altro se li intasca. E noi in mezzo a massacrarci. Ormai non so neppure chi sia, quella persona che vedo allo specchio ogni mattina. La fisso negli occhi e distolgo subito lo sguardo, infastidito.

Qualcuno urla il mio nome. "Il bello", mi chiamano. Come nel film con Mickey Rourke, a causa della faccia tumefatta e gonfia, quasi grottesca, che sembra un quadro di arte cubista. È stato Nick ad affibbiarmelo, un anno fa. Prima ero "il civile", ma il tempo e i pugni in faccia hanno cambiato le cose, nella fattispecie i miei lineamenti. Nessuna previsione di plastica facciale per me. È tanto tempo che non sento pronunciare il mio vero nome, tanto che fa parte della mia vita passata, dei ricordi che mi concedo alla sera, a letto, mentre guardo danzare le ombre della notte. Mi avvicino al centro, il mio avversario con mozziconi di orecchie fa lo stesso, la gente urla. Bifolchi, violenti, ma non sono certo meglio di loro.

"Allora, facciamo un bell'incontro stasera, mi raccomando."

Nick si è raccomandato, e io ho sentito una immediata contrazione allo stomaco, un improvviso bisogno di vomitargli in faccia. Sono sempre nervoso, prima di un incontro, lui lo sa e mi pungola. Una volta l'ho fatto davvero. Non so come, ma non sono riuscito a contenermi. Lui si è scansato e gli ho solo sporcato le scarpe, ma non l'ha presa bene. I suoi due scagnozzi mi hanno accompagnato fuori, poi mi hanno sbattuto contro un muro, tenendomi mentre Nick si sfogava a piacimento. Poi l'incontro, che ho perso malamente insieme a un paio di denti. Mi hanno dovuto dare una ventina di punti in testa. Nessuna anestesia, sono rimasto lì a farmi cucire da un qualche improvvisato "dottore" mentre Nick contava soddisfatto i soldi vinti scommettendo contro di me.

L'uomo con le piccole orecchie a cavolfiore è davanti a me, a un mezzo metro, lo sguardo convinto e fisso, non sbatte le palpebre. Il momento dell'empatia è finito, ora potrebbe essere Karl Marx per quel che mi interessa. Potremmo essere amici dopo, se lui lo vorrà. Mi concentro sui suoi occhi, tengo sotto controllo gli arti con la visione periferica, cerco di colpirlo dove la carne è più morbida e posso procurare maggiori danni. Punto. Non so descrivere come funzioni. È come se un interruttore scattasse e soccombessi ai miei istinti più profondi. Me ne vergogno, ma traggo piacere da questi momenti di brutale abbandono, in cui riesco a essere veramente libero.

Vedo arrivare i pugni, ma non riesco a spostarmi. Il mio corpo non risponde abbastanza velocemente. Sento l'impatto sul viso, sul costato, all'improvviso mi accorgo di guardare il pavimento e capisco di essere a terra.

Mi rialzo come una molla e sguscio via, prima che possa montarmi sopra e finirmi. È forte. Altri pugni. Li vedo arrivare, questa volta riesco a spostarmi. Mi sto caricando, la sensazione di calore dentro al petto sta montando seriamente, ora. Prendo le distanze, cerco di contrattaccare, ma non è facile. Il sapore del sangue, sento che il liquido mi cola dal naso e dal sopracciglio destro. Lo sguardo, inespressivo fino a quel momento, ha un lampo. Non usa le gambe. Non prova neanche a fare una presa. Dev'essere così sicuro della propria superiorità da cercare un ko plateale. A volte è così, capita che uno si senta molto più forte, tanto che non si è neanche troppo affrettato a finirmi quando sono andato a terra. O forse non ha voglia di sporcarsi troppo di sangue, o vuole solo divertirsi un po'. Chi lo sa, magari gli hanno detto di non finirmi subito. In fondo, si scommette sempre, fino alla fine. E la speranza di un improvviso capovolgimento di fronte fa schizzare le puntate.

Gli incontri vengono organizzati velocemente, senza alcuna preparazione o studio degli avversari. Bisogna essere sempre pronti. Si arriva al posto prefissato, un capannone, un locale, una rimessa, un parcheggio, dove ci si ritrova con una ventina di persone. Si stabiliscono gli incontri, poi si continua finché non si finisce la benzina. Due, tre incontri in una sera, se va bene. A volte capita che bisogna combattere comunque, anche se non ce la fai più. E lì finisce male. Non che poi gliene freghi qualcosa a qualcuno. L'importante è che certa gente ci guadagni. Quelli come me ci rimettono la faccia, qualche costola, magari un'articolazione, per due soldi, le briciole, o perché non si ha altra scelta.

Adesso sto cominciando a prendere il ritmo. Gli giro intorno, qualche jab, ma il torso e la testa sono di pietra, è un toro, non cerca neanche di pararli. Sopra non funziona, vediamo come va sotto. Comincio con i calci bassi, mirando all'interno coscia e al retro delle ginocchia. Sarà una ventina di chili più pesante di me, ma non è veloce e riesco ad anticiparlo abbastanza. Ma non sta proprio fermo, e ogni colpo che ricevo ha l'effetto di una martellata.

A vedermi non sembrerebbe, ma ho una soglia del dolore molto bassa. Fin da piccolo, ho sempre cercato di evitare qualunque situazione potesse procurarmi malessere fisico e in caso non ci riuscissi, mi ribellavo, con forza. Anche solo un'iniezione da un medico mi procurava un forte disagio fisico. Sentivo immediatamente montare dentro di me, a partire dal petto, una sensazione calda e soffocante, una pressione che saliva velocemente alla gola e poi al capo, venendosi a localizzare tra la tempia e l'orecchio destro. A un certo punto mi veniva a mancare il fiato, come se mia zia Alda, quella che aveva sempre un cabaret di paste fresche in frigorifero, si fosse piazzata comodamente sul mio torace. La zia Alda pesava sui cento chili abbondanti, ed era un donnone imponente e gentile. Ogni volta che andavo a trovarla mi strizzava l'occhio, poi senza farsi vedere dai miei genitori allungava la mano destra e me la infilava furtivamente nella tasca dei pantaloni. Io assumevo un'aria cospiratoria e immediatamente alzavo lo sguardo verso mia madre, timoroso di essere stato colto in flagrante. Ora avevo una banconota da diecimila lire tutta spiegazzata e unta che mi premeva contro la gamba, e già una serie di idee su come spenderla. A mia mamma però non andava a genio che mi si dessero dei soldi, nella sua mente era come se ricevesse l'elemosina. Così se si accorgeva del passaggio cacciava un urlo, mi chiedeva i soldi e li rendeva alla zia, per poi sgridarci.

L'altra alzava le spalle, andava verso il frigo e con un gesto plateale mi porgeva uno dei suoi preziosi pasticcini. Era una cara donna, la zia Alda, e ho sofferto quando è morta.

Se qualcuno mi procurava dolore fisico, venivo assalito da una crisi, grazie alla sua mole, l'amata zia era diventata il modo di descrivere i miei sintomi. Me la immaginavo sorridente, piantata sul mio torace, a divorarsi un pasticcino dietro l'altro. Mi faceva impazzire. L'unica soluzione alla mia portata era attendere che passasse, ma non era certo piacevole, e nessuno sembrava capirmi.

Finché non esplose.

Avevo sì e no nove anni, dovevo farmi togliere un dente da latte che non ne voleva sapere di staccarsi. Ricordo ancora la sensazione di quel salsicciotto di carne in bocca. Disgusto, ma il sapore metallico del sangue mi aveva provocato una scarica di adrenalina mai provata. È stato il mio primo incontro. Selvaggio, senza regole, la prima volta che avevo lasciato libero sfogo alla mia natura animalesca. Non c'erano possibilità di vittoria, ma non per questo mi ero lasciato intimidire. Lui era un uomo sulla quarantina, forte e sicuro di sé, con un paio di occhiali tondi dalla montatura in acciaio che mandavano lampi di luce in tutte le direzioni. Mi aveva detto di aprire la bocca e ci aveva infilato un paio di pinze lucide e fredde. Io ero sdraiato, senza difese. Mia madre mi aspettava fuori, a un paio di metri da me, oltre il muro, probabilmente intenta a leggere una rivista di pettegolezzi. Ricordo il dolore, intenso e penetrante, che mi aveva attraversato il cervello come un chiodo arrugginito. D'istinto, avevo serrato i denti con tutta la mia forza, chiudendo gli occhi per concentrare il mio intero essere nell'azione. Lui doveva esserci rimasto di stucco, perché non aveva emesso un suono, tant'è che avevo addirittura aumentato la pressione, pensando di non aver stretto abbastanza. Infine aveva cacciato un urlo, acutissimo e furioso. L'assistente, presa alla sprovvista, mi aveva preso il cranio con le mani e aveva cercato di forzarmi ad aprire la bocca, ma la sorpresa e la concitazione del momento le avevano impedito di essere incisiva. E poi mica era suo il dito incastrato tra le fauci di quel marmocchio, quindi perché rischiare un morso? Teneva le mani troppo lontane dalla mia bocca e cercava con dita tremanti di forzarmi ad aprire premendo il muscolo massetere da ambo i lati.

"Apri la bocca, Simone. Apri, *ti prego*."

Era una brava persona, e mi stava simpatica, qualche volta aveva addirittura visitato i miei sogni, in veste di nebbiosa fantasia erotica. In quel momento, però, la consideravo alla stregua di un nemico e la guardavo torvo, tenendo ben stretta la mano dell'altro. Non ricordo cosa sia successo dopo. Immagino che il dentista avesse deciso che la sua aiutante non era in grado di affrontare con creatività e risolutezza una situazione di emergenza come quella. All'improvviso, il buio.

Quando mi ripresi, ero sulla poltrona, sdraiato. Avevo incrociato lo sguardo di mia madre. Sembrava preoccupata, gli occhi umidi, già normalmente di dimensioni ragguardevoli, ora spalancati all'inverosimile. Mi appariva deformata, con i lati del viso che si andavano ad allargare come se la stessi osservando attraverso una lente d'ingrandimento.

Mi doleva la testa, ero confuso, non ricordavo niente. Il dentista mi fissava livido, seduto a un tavolino lì di fianco, con l'infermiera intenta a fasciargli la mano e a parlargli sommessamente. Aveva la manica del camice imbrattata di sangue scuro. Mi sembravano tutti un po' pallidi e provati.

"Tesoro, che paura ci hai fatto prendere. Meno male che il dottor Rimoldi è un esperto. Il dentino era un po' più attaccato del previsto e ha dovuto farti una veloce anestesia. Ora è tutto a posto, però."

Mi aveva sorriso timidamente, mentre io avevo cercato di alzarmi. Non solo la testa, ma anche il collo, i lati della bocca, la mandibola, tutto doleva in modo esagerato. Il mondo girava vorticosamente intorno a me, avevo barcollato, non riuscivo a stare in piedi.

Il dottore aveva fatto un cenno all'assistente e questa, un po' titubante, mi aveva passato un tovagliolo umido sulla bocca e sul mento. Mi aveva guardato per un istante, poi lo aveva passato di nuovo, sfregando con forza.

"Dottore, che dice, non sarebbe meglio farlo vedere in un ospedale? Se chiamassimo un'ambulanza?"

"No, no. Non si preoccupi, signora Dantini. Ho solo dovuto usare una dose di anestetico un pelo maggiore perché il nostro ragazzo, qui, sembra avere una certa resistenza al farmaco."

Con un piccolo sforzo, mi aveva dato una leggera pacca sulla spalla.

"Vero, ometto? È tutto a posto, ora. È solo un po' stordito. Come le dicevo prima, proverà probabilmente un indolenzimento alla testa e al collo. È normale, nulla di cui preoccuparsi."

La voce era leggermente stridula, ma mia mamma si era rassicurata e mi aveva sorretto, desiderosa di andarsene e al contempo soggiogata dalla figura in camice.

"Forza tesoro. Ormai sei pesante, mica posso prenderti in braccio. Hai sentito il dottor Rimoldi. Adesso ti passa. Grazie infinite, dottore."

"È sempre un piacere, signora. Passate dalla signorina Teresa, adesso"

Prima di scomparire dalla mia vista, ero riuscito a inquadrare un'ultima volta il dottor Rimoldi. Lo spiacevole incidente non ne aveva intaccato la naturale sicurezza in sé. A labbra strette, esangui per la pressione, mi aveva guardato uscire mentre con la mano sinistra si accarezzava la mano destra, fasciata in una benda bianco cangiante. Ma la schiena era sempre dritta e sicuramente pensava di avermi dato quello che meritavo. Mi strizzò l'occhio e chiuse la porta.

"Allora, ho sentito che c'è stato un po' di trambusto, oggi."

La signorina Teresa, sempre sorridente, ci stava aspettando alla sua scrivania. Vedendoci arrivare, si era alzata velocemente, aveva preso qualcosa dall'armadio alla sua sinistra ed era tornata alla sua postazione. Giunti a distanza opportuna, si era alzata nuovamente, aveva fatto il giro del tavolo, poi arrivando davanti a me si era piegata sulle ginocchia e mi aveva presentato la sua mano destra. Sopra il palmo, faceva bella mostra una scatola in plastica con dentro un modellino di auto. Un'Alfa 33 quadrifoglio verde, stavolta. Non so perché, ma di tutte le automobiline che mi erano state regalate in quello studio, non ce n'era una che fosse anche solo lontanamente desiderabile. Potevo capire che quello spilorcio di dentista non comprasse modellini di auto da corsa o di fuoriserie, visto che probabilmente si accaparrava tutte le scatole invendute di qualche amico o cliente con un negozio di giocattoli, ma quello di cui non riuscivo proprio a capacitarmi era il fatto che si potessero produrre modellini così brutti e insulsi, con la speranza di appiopparli a qualcuno. Nel periodo in cui avevo frequentato lo studio mi erano capitate una Ford Taurus color oro, orrenda, una Giulietta marrone, inguardabile, una Fiat 131 gialla, pessima, e ora questa Alfa 33 blu, elegantemente impreziosita dal quadrifoglio verde. Tutto considerato, forse era la meno brutta del lotto. Non che il regalo arrivasse a ogni visita, certo. Bisognava essere sottoposto a qualcosa che necessitasse di almeno un'ora di martirio sulla sedia, tipo qualche otturazione, o un'estrazione. Con un calco, o una visita di controllo, la macchinina te la sognavi.

Ogni volta facevo fatica a simulare gratitudine per l'orribile regalo, ma in quell'occasione mi ero esibito in un sorriso spontaneo. Tirato, ma non di circostanza. La testa mi pulsava terribilmente, e non vedevo l'ora di essere a casa, steso sul letto, con o senza macchinina. Mia mamma, rassicurata dall'affascinante dentista, aveva perso ormai ogni interesse per le mie condizioni, ed era già proiettata verso i suoi pensieri. Non chiedevo di meglio. Una volta a casa, stravolto, mi ero messo sul divano a guardare la televisione, quando ricordi dell'esperienza appena trascorsa mi avevano attraversato la mente come lampi.

In bocca, il sapore di lattice e sangue. Un'ombra aveva coperto la luce della lampada. L'assistente, impietrita, mi fissava con occhi gonfi che sporgevano sopra la mascherina di carta. Il viso del dottor Rimoldi, serrato in una smorfia contratta, quasi spaventata. Nell'ambulatorio c'era un silenzio assoluto, tutti sembravano congelati. A ripensarci, anni dopo, viene in mente una scena da teatro dell'assurdo. O comico. Il gentile dottore aveva emesso un gemito strozzato. Qualcuno aveva bussato alla porta, poi una voce di donna. A quel punto avevo notato una mano sopra la mia testa, chiusa a pugno. Grande, minacciosa, tremante. L'espressione del gentile dottore era cambiata impercettibilmente e avevo letto nei suoi occhi qualcosa di nuovo. Allora non potevo saperlo, ma l'affabile dentista aveva preso una decisione, e quello sguardo era un preludio alla violenza. Io tenevo gli occhi fissi su quel martello di carne pronto a calare su di me. Un movimento improvviso, un rumore sordo, poi una luce accecante e il nulla.

Sul televisore di fronte a me scorrevano i titoli di coda di un qualche cartone giapponese, io mi massaggiavo la tempia e rimpiangevo di non avergli staccato quel dannato dito.

Il maledetto mi ha spaccato un labbro. Dev'essere un taglio profondo, perché sento il sangue colarmi abbondante e caldo sul petto. Faccio fatica a respirare, con l'occhio destro vedo solo una nube rosa. Continuo a girargli intorno, noto con sollievo che fatica a compiere la rotazione per fronteggiarmi. Le gambe gli tremano, noto che cedono un po', la mia azione comincia a farsi sentire. È il mio momento.

Una nebbia rossa, non di sangue stavolta, mi separa dalla realtà. Qualcuno mi prende per le spalle. Mi contorco, mi dimeno, combatto, agito i pugni in aria, mi sento trascinare via, mi aggrappo con le ginocchia a qualcosa. Faccio un respiro, c'è un corpo caldo e umido sotto di me, non mollo la presa. Digrigno i denti fino a sentirli scricchiolare, i muscoli del collo contratti allo spasmo. All'improvviso sono lucido, la gente mi dà pacche sulla schiena. Mi rendo conto che sto ancora emettendo dei versi da animale. Me ne vergogno un po'.

2

"Più veloce! Più veloce!"

"Ancora più veloce?"

"sììì, *vruuum!*"

Correvo avanti e indietro con mio figlio sulle spalle. Lui teneva le braccia allargate e soffiava forte per sembrare un aeroplano a elica. Io ridevo e acceleravo a ritmo con la sua voce. Eravamo appena usciti dal cinema e con mio immenso piacere Giorgio aveva insistito per fare quella scena.

Credo che tutto sia iniziato in quel momento. Mi dico sempre che se avessimo visto un altro film, o se Giorgio non avesse cambiato idea all'ultimo minuto, le cose sarebbero andate diversamente. Oppure sarebbe successo ugualmente.

Era sempre Giorgio a fare la proposta quando usciva un film di cui aveva visto il trailer su internet o in televisione. Non ci teneva eccessivamente sulle spine, riuscivamo a indovinare abbastanza agevolmente dove sarebbe caduta la sua preferenza tra le ultime uscite di animazione o fantascienza, nonostante si impressionasse troppo e una volta a letto non riuscisse a prendere sonno per la paura. Dopo qualche anno di indecisione ed estrema programmazione della serata da dedicare al cinema, eravamo approdati alla scelta della domenica pomeriggio. Un improvviso calore mi sale al viso, mi accorgo di avere gli occhi lucidi e il fiato corto. I miei pensieri allora erano strettamente concentrati sulla soluzione di problemi collegati a Giorgio. Io e Daniela avevamo avuto interminabili discussioni su quanto fosse poco responsabile da parte nostra mettere a letto un bambino di dieci anni intorno a mezzanotte il giorno prima di un qualunque giorno di scuola. Giorgio arrivava a casa addormentato, e dovevamo prenderlo in braccio per trasportarlo dall'auto al suo letto.

No, la domenica pomeriggio era stata una scelta ponderata, non avremmo potuto fare diversamente.

Ricordo quanto si fosse divertito Giorgio, e io con lui. Daniela ci guardava ipnotizzata. Non le interessava certo quello che accadeva sullo schermo, ma non si stufava mai di osservarci giocare e vedere le nostre reazioni.

"Papà, promettimi che mi porti a vedere il due!"

"Promettimelo tu! Scommetto che domani vedrai una pubblicità di qualcos'altro e ti sarai già scordato di questo."

"Mai. Voglio vedere il due. Nient'altro."

Giorgio era molto diverso da me. Era un bambino sano, brillante, curioso. Io avevo passato più tempo in una sala d'attesa di un dottore o di un pronto soccorso che nel mio letto. Mi bastavano quelle quattro cianfrusaglie che mia mamma mi aveva spacciato per giocattoli per stare buono e non farmi sentire fino a sera, quando mi chiamavano per la cena. E poi mi fissavo in un ciclo infinito su film, canzoni, giocattoli, magliette, scarpe. Qualunque cosa. Mettevo nel videoregistratore la videocassetta di *"Black Hole"* o *"Il gatto venuto dallo spazio"* della

Disney almeno una volta a settimana. Erano completamente rovinate, quasi inguardabili, ma io non desistevo. La cassetta dei Led Zeppelin non lasciava mai il mangianastri e se dovevamo fare un viaggio in auto, erano urla selvagge in caso non volessero ascoltarla. Sempre che non riuscissero a farmi fissare con qualcos'altro. La lista non era lunga. Beatles (solo il *White Album*), Smiths, Clash. Non era mai la noia a spingermi a cambiare, mi ci forzavano i miei genitori, esasperati. Non ho mai capito quale fosse il meccanismo, ma quando scattava la magia, il ciclo ricominciava. Forse avevo pochi stimoli, oppure mi aggrappavo alle poche certezze che la ripetitività mi regalava.

Certo mio figlio era immerso, negli stimoli. E senza alcun dubbio aveva sviluppato un suo gusto personale. Era sempre lui che sceglieva i film, anche a casa, armeggiando con il telecomando della televisione neanche fosse stato una racchetta da tennis. Con me andava tranquillo, qualunque cosa scegliesse mi piaceva, immancabilmente. Avevo assimilato i gusti di mio figlio, che per fortuna si imponeva con maggiore energia dei miei genitori, e passava quasi in maniera parossistica da un film all'altro, senza mai ripetersi. Stessa cosa per la musica. Ogni tanto mi facevo dire cosa stesse ascoltando, le cuffie infilate nelle orecchie, il cellulare in mano e lo sguardo lontano. Riuscivo a malapena a cogliere un nome, tra quelli che sciorinava a macchina, ovviamente a me sconosciuti. Ma partendo da quel nome recuperavo alcune canzoni, non me ne servivano tante, un paio al massimo, e me le sentivo allo sfinimento. Anche ora durante la corsa mi metto a canticchiare dei motivetti che ho imparato in quel periodo. Mi fanno compagnia durante gli allenamenti, mi danno la carica e alleviano la stanchezza durante i combattimenti.

Già solo a distanza di una settimana, Giorgio pensava a un nuovo film in uscita. Le promesse che mi aveva fatto erano completamente dimenticate.

"Bello, quel nuovo film con i draghi."

Mi aveva detto.

Io ci ero rimasto male, visto che ci tenevo veramente a vedere il seguito. Soprattutto per giocare con lui come avevamo fatto l'altra volta fuori dal cinema. Ma non ero certo io a comandare. In più temevo che l'argomento fosse venuto fuori così presto.

Prevedevo guai con Daniela.

C'era una regola, in casa nostra, secondo la quale non si poteva andare al cinema più di una volta al mese. Daniela era stata categorica su questo, visto che già cedevo a ogni desiderio di nostro figlio.

"Hai preso anche la parabola per lui. Non è educativo!"

"Veramente io non volevo nessuna parabola, sai quanto mi dà fastidio vedermela appesa fuori dal balcone come se fosse un pesce palla affumicato?"

"Ma fammi il piacere. Giorgio la voleva e tu l'hai fatta installare!"

Poco importava che Giorgio fosse presente, in

silenzio, perfettamente abituato a sentire pronunciare il proprio nome come se non fosse lì. Anche se si trattava di un bambino di dieci anni, mi ha sempre dato fastidio questa mancanza di rispetto da parte di Daniela.

Così ero partito al contrattacco, cosa che facevo assai di rado.

"Veramente sei stata tu a insistere perché facessimo l'abbonamento, in modo da poterti vedere le serie tv e i programmi che ti piacciono tanto."

"Come? Cosa? Cosa hai detto?

Daniela si era inviperita. Non le era mai piaciuto sentirsi rimbeccare, indipendentemente dal fatto che avesse torto o meno. Il risultato era stato di rafforzare fuori misura la sua convinzione di non viziare oltre nostro figlio. All'inizio, sull'onda dell'emotività, aveva fissato un tetto di cinque film l'anno. Poi, visto che quelle serate la divertivano sinceramente, ma soprattutto l'assurdità del limite, si era arrivati a poco a poco a uno spettacolo mensile, con grande gioia mia e di Giorgio.

Ripenso a queste scene e picchio con più forza contro il sacco, accelero il ritmo mentre corro. Il passato continua imperterrito a bussare alla mia memoria. Cerco di scacciarlo, ma l'unico momento in cui ci riesco veramente è sul ring.

Quel film di cui desideravo tanto vedere il seguito è diventato il fantasma della mia vita passata. Mi ha rincorso per anni, svegliandomi di notte con le sue insulse scene, i ridicoli personaggi, le situazioni più inverosimili. Da qualche tempo, però, ogni volta che cerco di ripassarlo mentalmente, da solo, sul materasso, nello scantinato illuminato dalle luci del giardino, con i rumori delle feste sopra la mia testa, mi rendo conto che manca regolarmente un nuovo tassello. Pieno di speranza, invio una sonda nel mio cervello, ma questa riemerge solo con poche immagini sbiadite, ogni volta sempre meno. Neanche il titolo, mi è ormai rimasto in mente.

Ed è un sollievo.

Qualche tempo fa, Nick si è scordato il portatile acceso in soggiorno. Colto da una crisi di masochismo, mi sono avvicinato e ho provato a cercare quel dannato film. Volevo ritrovare almeno il titolo, ma non c'è stato verso. Le mie dita, ormai gonfie e storte, a malapena riuscivano a muoversi sulla tastiera. Le mani contorte nella tensione, gli indici sporgenti come zampe di un insetto goffo si allungavano inutilmente sui tasti, premendoli a casaccio. Quella macchina, un oggetto che fino a qualche anno fa usavo quotidianamente, era diventato un oggetto nemico, inavvicinabile. Nick mi ha ritrovato lì davanti, lo sguardo ebete e la bava alla bocca. Era scoppiato a ridere forte, se l'era così spassata che non era neanche riuscito ad arrabbiarsi. Me l'ero cavata con un calcio - una carezza, per i suoi standard - che mi aveva rispedito nel mio seminterrato.

Giorgio non era un tipo che chiedeva. Quando Daniela gli aveva risposto che era troppo presto, non si era messo a urlare a ripetizione il titolo battendo i piedi. Ce l'aspettavamo, d'altronde si comportava allo stesso modo a Natale o al compleanno, quando desiderava ardentemente un giocattolo o un gioco del computer. È sempre stato bene attento a non porsi in una condizione di inferiorità nei nostri confronti. Dal suo punto di vista, eravamo noi che dovevamo essere solleciti nell'anticipare i suoi desideri. Tutto quello che faceva lui era abbassarsi momentaneamente al nostro livello e indirizzarci verso la retta via. A mezza voce, senza ripetersi. Nel caso poi il suo desiderio venisse scorrettamente interpretato, o peggio ancora ignorato, lui alzava il mento, serrava lievemente la mascella e guardava lontano, probabilmente verso un futuro migliore. Poi si esibiva in un sorriso distaccato, per giustificare la nostra inettitudine, come se non potesse aspettarsi niente di meglio.

Su di me aveva un effetto semplicemente devastante.

La frase che celava l'oggetto del desiderio di mio figlio all'inizio scivolava innocua nel flusso della conversazione. Il mio orecchio allenato percepiva qualcosa che rimaneva sospesa a mezz'aria per qualche istante, ma inesorabilmente non riuscivo a coglierla appieno e mi perdevo nel discorso. La sentivo, ma non interrompeva i miei pensieri. Poi, me la ritrovavo in un angolo della mente, come un motivo musicale che risuona nella testa e di cui non ci si riesce a liberare. Una volta attecchito, quasi avesse avuto un timer per detonare a scoppio ritardato, questa frase, il desiderio espresso sottovoce ma con tanta forza da Giorgio, si illuminava nel buio della mia mente come dotato di luce propria. Mi lasciavo prendere dal meccanismo mentale e cadevo nel tranello. Quella volta non aveva fatto difetto.

Quanto ero patetico! Mi guardo allo specchio e mi vergogno dell'importanza che avevano per me quelle assurde regole. Per un momento sono tentato di dare un pugno contro il muro, mi tremano le mani, me le strofino l'una con l'altra. Ora è diverso, ma allora dovevo tenere insieme la mia vita, se volevo mantenere il mio posto nella società, con tanto di cravatta e partita di calcetto settimanale, dovevo rispettare quelle convenzioni e sopportare il piccolo stronzetto prendersi gioco di me.

La frase buttata lì come per caso da mio figlio aveva messo radici come una cisti all'interno del mio cranio. Ora provavo una vera e propria ossessione come neppure mi era capitato da piccolo con *Dumbo*. Avevo guardato tutti i trailer di quel film, diverse volte, e non riuscivo pensare ad altro. Giorgio intanto badava alle proprie occupazioni, insopportabilmente sicuro e fiducioso del futuro.

"Hai visto che è uscito un nuovo film di animazione?"

Una sera, a cena, quasi senza rendermene conto, avevo lanciato l'esca a mia moglie. Avevo subito controllato con la coda dell'occhio Giorgio, che invece aveva continuato a masticare una coscia di pollo arrosto come se non fosse successo niente. Le mani e il viso luccicanti d'unto, era completamente assorbito da minuscoli pezzi di carne bianca che si nascondevano tra gli anfratti di cartilagini e ossa. Guardava di sbieco quanto rimaneva dell'arto, e con la lingua cercava di intercettare i frammenti che gli sfuggivano. Quasi timoroso, avevo infine sollevato lo sguardo su Daniela. Anche lei aveva continuato a mangiare la sua insalata e masticava piano ma con decisione, lo sguardo fisso davanti a sé, i muscoli della mandibola si gonfiavano con regolarità. Non prometteva nulla di buono, ma almeno Giorgio non avrebbe potuto rinfacciarmi di aver sbagliato tecnica. La discussione sembrava a un punto morto, così con un po' di imbarazzo avevo fatto per alzarmi a racimolare i piatti.

"Stai già pensando di tornare al cinema?"

"No.. solo che ho visto un trailer sul sito del *Corriere*, così per curiosità. Mi sembrava ci fossimo divertiti, l'altra sera."

Mi aveva guardato fisso, gli occhi leggermente dilatati. Sembrava incerta su come comportarsi. O sulla punizione da infliggermi. Meglio cambiare argomento.

"Era giusto per dire. A proposito, com'è andata, oggi?"

"Al lavoro o con le mie amiche?"

"In generale."

"Ma sì, bene. Stasera era pieno di uomini a yoga."

"Ah, però."

Ero ancora fermo, i piatti in mano, mezzo voltato verso la salvezza.

"Dovresti farlo anche tu, ti farebbe bene."

"Gioco già a calcetto."

"Potresti almeno provare."

Sentivo un forte dolore allo stomaco. Senza

rendermene conto, avevo iniziato a contrarre i muscoli delle gambe.

"Boh... non è che mi interessi granché."

"Quanto tempo credi di poter ancora giocare? Già l'anno scorso ti sei stirato i legamenti. E tra i tuoi amici, quanti si sono dovuti far operare, solo negli ultimi due anni? Chi il menisco, chi il crociato, chi la gamba rotta, la spalla lussata. Pensate di essere giovani, ma siete dei pantofolai che appena si muovono si rompono."

"Ma io *sono* giovane."

Parole al vento, aveva già rivolto lo sguardo lontano da me. Discussione chiusa. Ogni tanto ripartiva alla carica con questa sua assurda idea di farmi fare yoga. Come se io le avessi detto che invece di fare yoga avrebbe dovuto fare un corso di lapdance.

Quando penso a Daniela, tra le tante mi si affaccia proprio questa immagine, con la sua tuta blu aderente, i capelli raccolti, la fascia colorata in testa, lo sguardo corrucciato.

"La solita storia."

"Che solita storia?"

"Tuo figlio ti gira e rigira come gli pare. Potresti almeno fare finta qualche volta di essere un padre severo."

"Non mi rigira proprio nessuno! Adesso non posso neanche parlarti di un film."

Beccato in pieno. L'atteggiamento di superiorità di mia moglie, però, al solito mi offendeva.

"Sì, sì, e non fare quella faccia!"

"Nessuna faccia. E comunque non credo proprio

che il film di cui ti sto parlando sia lo stesso di quello di cui ti ha parlato Giorgio."

"Eh, chissà. Sarebbe da scommetterci qualcosa."

Tonf, Tonf-tonf.

Mi risponde in maniera piena, gratificante. Un dialogo ritmato. *Tonf, tonf-tonf. Tonf, tonf-tonf.* Sincronizzo i colpi con il respiro, sento il cuore pulsarmi nelle orecchie, i pensieri finalmente mi abbandonano, nella penombra e nel silenzio della stanza. All'improvviso, ho le narici piene del profumo della sua pelle, di casa. Aumento il ritmo, ho bisogno di svuotare la mente, di stare da solo, non certo del fantasma di mia moglie. Mi vengono in mente i suoi occhi umidi, lo sguardo attonito, il bruciante senso di vergogna, le parole che non uscivano, la porta che sbatteva.

Ogni tanto osservavo Daniela con la coda dell'occhio. Sembrava assorbita da un qualche programma di *Discovery Channel*. La nostra casa, arredata insieme, i mobili in tinta con le mensole. In quei momenti mi sembrava di essere giunto a destinazione, appagato e orgoglioso. Forse avevo troppo da perdere e temevo che anche solo una piccola frazione di felicità mi potesse sfuggire di mano.

Stavo aspettando pazientemente che il seme germogliasse. Avevo fatto tutto come dovevo, ora la palla era passata a lei.

"Senti, Simone, è ora di finirla con questa storia."

Non staccava gli occhi dal televisore.

Mi ero un po' risentito per le sue parole. Cos'era quella condiscendenza?

"Non finisco nessuna storia. Comunque se non ti va bene il rapporto che ho con nostro figlio, è un problema tuo."

"Non metterla giù così dura. Voglio solo dire che non è educativo che tu gliela dia sempre vinta su tutto."

"Quante storie... ha dieci anni ed è un bambino molto maturo. Lo dicono tutti i suoi insegnanti. E non è che ci chiede chissà che cosa. Dimmi una sola richiesta irragionevole che ci ha mai fatto. Sa benissimo che non siamo ricchi e che non può chiederci tutto quello che gli passa per la testa. Anzi, non desidera niente, rispetto ai suoi coetanei."

"Il computer, glielo abbiamo preso, no? I giochi, poi, ogni tanto ti chiede la carta per comprarne uno. E il telefonino, oltre a qualche gioco che compra anche per quello."

"Il computer, ok. Considera che ci sono amici suoi con computer che costano almeno quattro volte tanto. Lui a malapena riesce a giocare con i settaggi video al minimo e non si è mai lamentato. Lo stesso per i giochi. Va su *Steam*, e cerca quelli che costano meno o i più vecchi. Ti assicuro che gli altri genitori spendono cifre molto superiori per queste cose."

"Per l'amor del cielo! Neanche stessimo parlando di filosofia!"

"Infatti, non è importante. Ma neanche per tuo figlio è così importante, è quello che sto cercando di spiegarti."

"Quindi?"

"Quindi non vedo nulla di sbagliato se ogni tanto lo vizio o quantomeno cerco di divertirmi con lui, visto che guarda caso abbiamo gusti simili."

Daniela mi aveva scoccato una delle sue occhiate esasperate, per poi rivolgere nuovamente l'attenzione allo zapping televisivo. Voleva mantenere la disciplina, ma non aveva evidentemente la forza morale di opporsi a una cosa che sotto sotto desiderava pure lei.

Il seme era germogliato.

3

Schiva e colpisci. Para e colpisci. Calcio basso, pugno, gomito. Ancora e ancora. *Jab, jab-jab.* Senza mai fermarmi. Mezz'ora di *tabata training*[1]. Alla sbarra. Addominali, ancora *tabata*, sacco. C'è caldo, oggi soffoco qua sotto.

Nessuna palestra, vivo e mi alleno in questa stanza, anche se qualcuno potrebbe avere dei dubbi nel definirla vita. Fatico, dormo, mangio quello che capita, mi gonfio di iniezioni e mi tengo pronto per quando mi chiamano. Lo scantinato della villa è scuro, ampio, desolato, come una tomba, a ricordarmi della fine che mi attende. Quando mi avevano scaraventato giù dalle scale, la prima volta che ero arrivato qui, frastornato per le botte e disorientato per l'oscurità, avevo respirato un'aria fetida di fumo, poi avevo visto, appoggiato compostamente contro il muro, un uomo che fumava una sigaretta. L'avevo soppesato per qualche istante con sospetto, poi mi ero messo in un angolo a piagnucolare e a lamentarmi per il dente rotto e il labbro spaccato. Lui si era limitato a una veloce occhiata nella mia direzione, come se avessero appena scaricato ai suoi piedi un divano sfondato. Non avevo trascorso una notte tranquilla, ero terrorizzato e scattavo in piedi con il cuore in gola a ogni minimo rumore. Avevo ascoltato per ore le urla e le risate dei miei carcerieri ubriachi, finché mi ero addormentato esausto alle prime luci del mattino, quando finalmente era calato silenzio. Al mio risveglio, avevo trovato Il mio compagno di stanza sempre al suo posto, silenzioso e intento a fumare una sigaretta dietro l'altra. Doveva averne una bella scorta, perché ai suoi piedi era ammonticchiato un impressionante cumulo di mozziconi. Magrissimo e molto curato, con abiti vistosamente alla moda. Il suo look era rovinato dalla camicia strappata e un piede scalzo. Un occhio pesto e il naso gonfio rivelavano che aveva subito il mio stesso trattamento, ma non sembrava turbato, e il suo atteggiamento mi aveva regalato un po' di coraggio. Avevo provato a chiedergli cosa ne pensasse della nostra situazione, ma si era limitato a fissarmi per poi rivolgere l'attenzione verso l'ennesima sigaretta e al cielo oltre le finestre, alte sopra le nostre teste. Quella giornata era trascorsa così, ognuno assorbito dai propri pensieri, interrotti solamente dall'arrivo del pranzo, l'unico della giornata. Era un vassoio sporco pieno di avanzi, probabilmente destinati all'immondizia girati a noi per carità cristiana. Io non l'avevo toccato e poco dopo avevo avuto una crisi. Fuori controllo, mi ero messo a urlare e a prendere a calci la porta, poi avevo provato a raggiungere le finestre, senza risultato. Infine, mi ero messo a piangere e mi ero seduto nel mio angolo. L'uomo aveva continuato a fumare tranquillamente per tutto il tempo, poi si era avvicinato e aveva cominciato a parlare. Mi aveva raccontato di sé, sostenendo di essere stato rapito perché era un ricchissimo broker per cui avrebbero chiesto un riscatto stratosferico. E poi la sua vita fantastica, la Porsche, le vacanze a Miami, le fiche pazzesche che si faceva ogni giorno. Aveva continuato per ore, fumando e parlando. Quando era giunta la sera, si era interrotto e si era messo a dormire. Anch'io ero esausto e pur nella tensione ero crollato.

Il giorno seguente, come se nulla fosse, aveva continuato il suo discorso. Si interrompeva solo per mangiare e dormire, e per prendere fiato aspirava l'aria attraverso la sigaretta accesa. L'aria nello scantinato era completamente satura di fumo e a me mancava il respiro. Il peggio era che in un angolo c'era una pila di stecche, quindi la sua riserva era virtualmente infinita. Mi sembrava eccessivamente eccitato, ma non ero in condizioni di analizzare lucidamente la situazione e lo ascoltavo affascinato. Dopo un po' avevo quasi smesso di preoccuparmi del mio destino, tanto il mio compagno di prigionia mi distraeva dipingendomi il suo mondo fantastico. Non smetteva mai di ripetermi che quando saremmo usciti di lì, sarei stato suo ospite e avrei lavorato per lui, che non avrei più dovuto preoccuparmi del mio lavoro di merda. In quella situazione assurda ero quasi disposto a credergli. Era cortese e premuroso. Quando ci arrivava l'unico pasto della giornata, si informava sulle mie preferenze prima di divorare la sua parte di scarti. A partire dal terzo giorno, il suo aplomb aveva iniziato a incrinarsi. Passava molto più tempo sdraiato con gli occhi chiusi, in uno stato catalettico, anche se non sembrava dormire. Sudava e tremava pesantemente, per poi scattare in piedi, gli occhi fuori dalle orbite e mettersi a urlare e prendere a calci la porta scongiurando di farlo uscire. Infine aveva perso completamente interesse nell'utilizzo del bagno e si era messo a vomitare e defecare ovunque. A nulla erano servite le mie urla e richieste d'aiuto, anzi avevano smesso di passarci il vassoio, probabilmente infastiditi dall'odore nauseabondo. Ho il sospetto che fino a quel momento non avessero ancora deciso che fare di noi, ma la piega che avevano preso gli eventi li avevano spinti a prendere una decisione su due piedi. Nel giro di una settimana avevano raggiunto il limite della sopportazione ed erano venuti a portarlo via. Lui era ormai in un altro mondo, con la bava alla bocca, incurante di quanto lo circondava. In compenso lo scantinato era ridotto a uno schifo e, pungolato a dovere da due ceffi, avevo passato i due giorni successivi a pulirlo.

Jab-jab, gancio. *Jab-jab*, gancio. Comincio ad ansimare. Ho ancora nelle narici quell'odore di merda e vomito, nonostante siano passati più di quattro anni. Che razza di persona sono? Non ho interessi, neanche le donne mi attraggono più. Mi diverto a sfogliare vecchie riviste porno, le guardo da ogni angolazione, ma non hanno nessun effetto. Saranno gli steroidi. Voglio solo allenarmi, il più a lungo possibile, sfiancarmi e non pensare. E quando sono troppo stanco per muovere anche solo un dito, sdraiarmi e fissare il buio. Non chiedo altro. Questa è la mia vita, ora, intervallata soltanto da qualche breve momento di furore selvaggio. In quei momenti il mio rancore esplode, finalmente libero, pronto a distruggere chiunque mi venga messo davanti. E se invece vengo fatto a pezzi io, poco male.

Questo seminterrato sarà sui trecento metri quadrati, interrotti a intervalli regolari da massicce colonne in cemento, del diametro di circa un metro, che sorreggono il peso della casa. Pareti e colonne sono di cemento armato grezzo, rugose, taglienti, umide e tetre. Sin dal mio arrivo, ho sempre detestato quelle strutture ingombranti e minacciose, mi hanno sempre dato l'impressione di sottrarmi aria e luce, persino passandoci accanto cercavo di star loro il più lontano possibile. Con il tempo, le ho ricoperte con pannelli di sughero e materassi. Ora sono dei veri e propri sacchi da allenamento, duri, inattaccabili. Ormai sono coperti di macchie di sangue e spesso devo trattenermi dal continuare ad aggredirle per non rovinarmi ulteriormente le mani e gli stinchi, che si riducono a brandelli sanguinanti ogni volta che mi accanisco contro di loro.

Lungo il perimetro della stanza, ad almeno due metri e mezzo d'altezza, corrono finestre di quasi due metri di larghezza e alte circa cinquanta centimetri, cinque per i tre lati liberi, escluso quello a nord, prospiciente il locale caldaie. Non fanno passare molta luce, riescono appena a rischiarare l'area sotto di loro, per il resto anche in pieno giorno lo scantinato rimane in penombra. Ma l'aria, sì, quella ne passa tanta. Ed è l'aria che cerco: l'aria fresca dall'esterno, che porta profumi, suoni, la vita del mondo. L'aria appena umida, che trasporta il piacere erboso delle piante quando al mattino si accendono i temporizzatori dell'impianto di irrigazione. E l'aria bagnata, terrosa, che trasporta la potenza del temporale, con i suoi ruggiti che rimbombano nello scantinato come un maestoso rullo di tamburi. Durante i temporali più violenti, quando l'acqua si accumula in sufficiente quantità in una certa zona del giardino, a ovest della villa, un piccolo torrente parte dalle finestre che si affacciano su quel lato. Il giardino è in lieve pendenza, ovviamente verso la villa. Così quando piove forte si formano delle pozze che vengono a defluire nello scantinato. Messi di fronte all'evidenza di continui allagamenti, i costruttori della casa devono aver pensato che per porre un rimedio questa situazione nulla potesse risultare più efficace che posizionare subito sotto le finestre della parete ovest degli scarichi, un po' più grandi di quelli delle docce. Lo spettacolo, soprattutto in caso di piogge torrenziali, è impagabile. L'acqua si accumula sulle finestre, creando un effetto acquario particolarmente vivido. Una volta, un mercoledì pomeriggio di un novembre piovoso e inspiegabilmente caldo, mentre stavo leggendo sdraiato sul mio materasso, incurante dell'acqua scrosciante, un tonfo regolare e persistente su una delle finestre mi aveva costretto ad alzare gli occhi dal libro. Non era tardi, ma le giornate erano già corte, e la luce fioca dall'esterno mi permetteva solo di percepire i contorni della figura scura delle dimensioni di un pallone da football americano che sbatteva contro la finestra di fronte a me. Era un enorme ratto che a seguito della morte si era gonfiato a dismisura. La scena era durata diverse ore, con l'acqua che scorreva lungo il muro e si andava a raccogliere in profonde pozzanghere ai miei piedi.

L'estate scorsa, in occasione di un temporale improvviso e violento, la situazione è precipitata in maniera disastrosa. Un vero e proprio fiume, selvaggio e inarrestabile, si è rovesciato dalle finestre, rompendole, e si è accumulato in una vasca sempre più ampia e profonda, con gli scarichi che lavoravano inutilmente per far defluire l'acqua. Sono passato dalla placida osservazione dell'evento alla consapevolezza che stavo rischiando la vita. In pochi minuti, l'acqua è salita e aveva allagato tutto, e io sono dovuto scappare in fretta e furia. Sono riuscito appena in tempo a nuotare verso la porta, prendere le scale e uscire ansimando nel pieno della notte, al buio, sotto la pioggia scrosciante e con l'acqua alle caviglie. Ho perso tutti i miei scarni averi, materasso, attrezzi, libri, e Nick, senza battere ciglio, si è esibito in quello che mi è parso un comportamento vagamente umano, facendomi mettere a posto il seminterrato da una squadra di operai in pochissimo tempo e ricomprandomi buona parte dei beni perduti.
Il lato a nord, lontano dal sole e dalla luce delle lampade, è il mio ritiro, il posto dove mi piace coricarmi. Il sordo rumore delle macchine stipate dietro la parete, condizionatori e caldaia, mi culla dolcemente. Osservo le ombre del giardino che si riflettono sul soffitto per un po', la testa libera da pensieri, poi questo suono rassicurante mi fa

piombare in un sonno ristoratore che dura anche tre o quattro ore di fila, il massimo a cui posso aspirare. Quando non sogno Giorgio, o Daniela, a volte mi capita di vedermi come se mi stessi guardando attraverso gli occhi di un avversario. Ridotto a poltiglia insanguinata, gli occhi scomparsi in orbite oculari scure grondanti, la mia bocca spalancata, ma incapace di emettere suoni. Mi sveglio di soprassalto, madido di sudore. Per calmarmi, mi metto a fare flessioni, addominali e a saltare con la corda finché non stramazzo.

Il centro della stanza è il luogo dove mi alleno. È uno spazio ampio, circondato dalle colonne e illuminato da una debole lampadina gialla che pende dal soffitto. Sembra quasi un ring, con i miei attrezzi a fare da arredamento, il sacco, appeso con grosse catene lucide a un gancio, il pallone elastico e la corda tesa. Poi, sparsi qui e là, ci sono alcuni pesi e la corda per saltare. Ho persino trovato in una discarica un uomo di legno da kung-fu, scuro e lucido. È fantastico, lo uso il più possibile, anche se probabilmente in maniera impropria. Con il tempo, mi sono anche costruito una specie di materassino morbido per fare gli addominali. Sul lato orientale ho preparato una sorta di cucina-soggiorno con dispensa, frigorifero e un piccolo tavolo da campeggio. Consumo solo cibi in scatola, mangiando in piedi il più velocemente possibile. Odio la sensazione di impotenza che provo mentre mi ingozzo, e Nick lo sa. Quando viene giù e mi coglie mentre sto mangiando vedo gli occhi luccicargli e un sorriso furbo comparirgli sulle labbra. Lo ammazzerei solo per questo. Poco più in là c'è anche un divano di velluto verde, enorme, lercio e scucito, con l'imbottitura che fuoriesce in più punti. L'ho trovato una notte d'inverno lungo la Paullese, mentre stavamo tornando dal giro per riscuotere. Siamo passati di fianco a un falò di prostitute e ho visto questa lunga ombra nera, coricata su un lato come una balena arenata. Ho chiesto di fermarci e l'hanno fatto pure volentieri, sperando in una mia redenzione dovuta all'improvvisa passione per una donna vista di sfuggita. Quando si sono accorti che mi stavo dirigendo verso il relitto e non alla volta delle donne, mi hanno coperto di insulti. Dopo una lunga trattativa sono comunque riuscito a farlo caricare sul tetto dell'auto. Ovviamente prima hanno dovuto convincere le prostitute intirizzite che si sono improvvisamente ravvivate e hanno reclamato diritto di possesso sull'oggetto. Così abbiamo stabilito un prezzo forfettario, comprendente i loro servigi, di cui Luis e Marcos hanno favorito, uno proprio sul divano, l'altro in macchina. Vi trascorro la maggior parte del tempo libero, riposandomi tra una sessione e l'altra, o leggendo libri di arti marziali e combattimenti. È sporco, emette un odore di marcio, chissà cosa ci avranno combinato sopra, ma provo un senso di protezione e benessere quando mi ci stendo.

Per arrivare allo scantinato bisogna percorrere una breve scalinata, appena visibile dall'atrio della villa, e mascherata da una porta. Gli scalini, in legno di infima qualità, emettono ogni sorta di lamento e scricchiolio al passaggio di una persona. Per quanto possano risultare fastidiosi quando li percorro saltando alle cinque del mattino per andare a farmi i miei venti chilometri di corsa, quando qualcuno si dirige qui mi danno un preavviso bene accetto, che raramente mi coglie impreparato. Le scale terminano in una porta in legno, malferma e cigolante, con cardini e maniglia arrugginiti. Non c'è serratura, d'altronde non basterebbe certo a proteggermi dalle scorribande notturne di Nick.

La caldaia urla al di là della parete, a pochi centimetri dal mio cranio. Nick esige termosifoni roventi in tutta la casa, così noi possiamo goderci la vista di lui in mutande e camicia, e dei suoi ospiti in calze autoreggenti, stivali o mise da cameriera, mentre qui non c'è riscaldamento e devo accontentarmi del calore irradiato da sopra. Fa freddo, stasera. Sdraiato sul materasso, guardo il soffitto, sfrego le mani congelate, osservo la condensa lattiginosa che ad ogni respiro si forma a un palmo dal mio viso. Sento qualcosa graffiarmi in petto, tossisco e sputo per terra poco oltre il materasso. Sopra di me, il solito trambusto. Sputo ancora. Odio questa gente, non sono certo come loro, non voglio vivere come loro, piuttosto preferisco patire il freddo. Che stiano pure al caldo, a ubriacarsi, farsi scopare da travestiti o torturare prostitute. Io mi tengo il mio ultimo barlume di umanità, al gelo nel mio scantinato. Fa veramente freddo, ora. Mi alzo e comincio a saltare con la corda. Una fitta alla caviglia mi ricorda il mio ultimo incontro, con una smorfia mi metto a fare flessioni, poi addominali, poi un po' di *shadow-boxing*.

Conosco bene i miei difetti. Con l'allenamento ho tentato di superarli, ma è tempo perso, meglio puntare sulle mie qualità. Non ho certo di fronte fini strateghi. Non sono uno con il colpo del ko. Non ho la struttura fisica da gladiatore. Non ho neanche la tecnica di qualche esperto di arti marziali. Ce ne sono tanti che praticano karate, jujitsu, kung fu, muay thai e chissà che altro. Non sbattono le palpebre, hanno la mascella quadrata, il corpo cosparso di tatuaggi, i bicipiti gonfi e gli addominali tesi. Ma in questi incontri non si prendono premi per l'ipertrofia dei pettorali o il tatuaggio più artistico, non si fa boxe o k2, full-contact o MMA, non ci sono round o giudici. Si combatte e basta. A morte, se uno si lascia troppo prendere la mano, incitato dalle urla del pubblico, dalle droghe o dal sapore del sangue. Nessun *tap out*, sta a chi attacca decidere se smettere o meno, anche se in genere qualcuno interviene per evitare problemi. Nessun rancore, ma neanche terzo tempo. Tutti quelli che mi capitano davanti sono a loro modo dei falliti. Sotto sotto lo sanno anche loro, ma celano questa consapevolezza dietro l'aria da duri, le ossa frontali spesse, le arcate sopraccigliari pronunciate e lo sguardo assassino alla Luca Brasi[2]. Buttafuori, ex-combattenti di qualche circuito minore, anche mercenari senza lavoro. C'è di tutto, e se ci parli un po' vengono fuori delle storie incredibili. Ho conosciuto gente che fino al mese scorso combatteva in Iraq. Mitra, jeep e addestramento da incursori.

Gente che sa far male. Ma se sono finiti qui, vuol dire che non erano poi così bravi, o che non avevano tutte le rotelle a posto o devono aver fatto incazzare la persona sbagliata. Bisogna capire queste cose, e subito. A leggere il curriculum, a misurare la circonferenza dei bicipiti, sono tutti più forti. Ma la loro debolezza è che sono convinti di esserlo. La mia forza, invece, è il sapere che se combattono in questo tipo di ring, qualcosa che non va c'è, perché siamo tutti dei cani che si sbranano per restare in vita. Quindi ogni volta cerco di stare attento alle avvisaglie. Pupille dilatate, sudore, guizzi improvvisi, eccessivo nervosismo, parole fuori luogo. Con questi ci vado a nozze. Poi ci sono quelli tosti, i veri guerrieri, quelli che già solo quando mi guardano mi mettono addosso pressione e sembrano fortezze inattaccabili, vengono verso di me a grandi passi e io non posso fare altro che indietreggiare. Ma anche lì c'è il lembo di carne sensibile, il punto che fa male, resta solo da scoprirlo e tentare di centrarlo. Bisogna solo riuscire a trovarlo per incrinare la corazza, poi romperla nel minor tempo possibile.

Certo, non si può vincere sempre. Quando ci si rende conto che l'ostacolo è insormontabile, che non si riesce a intaccare l'armatura dell'avversario - oppure quando bisogna perdere perché Nick o qualcuno più in alto hanno scommesso che deve andare così - allora bisogna cercare di minimizzare il danno. Perdere un dente, qualche livido in faccia, il labbro rotto, sono un prezzo accettabile da pagare. Già farsi rovinare i tendini del braccio, perdere un timpano, farsi strappare i genitali o rompere un osso, ecco, quelli rappresentano un costo eccessivo. Non ne vale la pena, meglio evitare. In questi casi, bisogna cercare di spostarsi lontano dal colpo, nel momento in cui lo si riceve. Mai contrastare l'energia cinetica di un pugno che si pianta sulla tempia. Assecondare il flusso, e se possibile accentuare il danno, per far contento il pubblico e cercare di tagliare corto .

Il momento peggiore è quando capita un uomo qualunque, un povero cristo dato in pasto al macellaio di turno che deve ridurlo a brandelli per la gioia degli spettatori. Qualcuno che deve averla combinata grossa. Uno scambio di sguardi, una mezza parola masticata, l'incontro deve finire male, in maniera plateale, se possibile. Una volta steso, ormai morto o in via di passare all'altro mondo, gli si avvicina un uomo che fa finta di parlargli, annuisce vigorosamente. Arriva poi un altro uomo e insieme portano via il fardello a spalle, cercando di dare l'impressione che si sia ripreso e che si riesca a reggere sulle proprie gambe. Non importa la quantità di sangue che la vittima sprizza sul pavimento, il trucco funziona immancabilmente, perché offre quello che la gente vuole vedere. Nessuno ha delle crisi di coscienza o crea problemi, ma soprattutto, nessuno può affermare di aver assistito a un omicidio. La lista di persone di cui si è persa traccia è lunga. Sono dei condannati. Come lo sono stato io, e in un certo senso lo sono tutt'ora.

4

Appena uscito dall'università, con la testa piena di progetti e aspirazioni, avevo iniziato a mandare in giro curriculum come se fossero stati coriandoli. Avevo creduto senza alcuna ombra di dubbio che avrei ricevuto dozzine di risposte per potermi scegliere un lavoro comodo, qui a Milano. Poi sarei andato a Londra, e magari chissà, nei paesi scandinavi, o negli Stati Uniti, o anche in Giappone.

Avevo barrato tutte le caselle giuste per poter avere la carriera assicurata. Maturità con un ottimo voto, poi un indirizzo di laurea che mi avrebbe garantito un lavoro di successo. D'altronde, mio padre e mia madre, al momento di scegliere la facoltà, me l'avevano detto.

"Scegli quello che vuoi, noi non ti vogliamo fare certo pressione, ma pensa anche al tuo futuro, al lavoro."

Fiumi di parole, concentrati sulle uniche lauree che secondo loro mi avrebbero garantito un minimo di ottimismo quando avrei dovuto trovare un posto di lavoro e, successivamente, una posizione di rispetto nella società - mai capito che volesse dire quest'ultimo punto, nonostante fosse quello su cui insistevano maggiormente.

"Vuoi mettere, un ingegnere, un dottore, o un commercialista!"

Non mi ero figurato niente di tutto ciò, ma neanche immaginato qualcosa di diverso, così nel pieno della confusione e dell'insicurezza, ma certo del mio libero arbitrio, avevo optato per Ingegneria, il cui open day mi era sembrato il meno intimidatorio, composto da gente un pochino più sfigata di me e dall'atteggiamento più remissivo. Senza considerare le spese d'iscrizione, inferiori rispetto alle altre. Non che avessi pensato di appoggiarmi ai miei per tutta l'università, non avrebbero potuto mantenermi tutti gli studi. Nonostante non ne avessero mai parlato, per un impiegato comunale e un'insegnante l'impegno economico sarebbe stato proibitivo. Avevo deciso che avrei passato il primo anno di università a carico loro, giusto il tempo per orientarmi, capire come funzionava l'università, conoscere un po' Milano e magari trovarmi un lavoro. Successivamente, mi sarei trovato una stanza da qualche parte e avrei salutato Saronno e le Trenord senza particolari rimpianti.

Sette anni dopo mi ero ritrovato con una laurea in Ingegneria Meccanica - la facoltà con maggior numero di assunti a tre anni dalla laurea, almeno stando ai rigorosissimi studi citati più volte da mia madre - una fidanzata incinta e in piena crisi di nervi, un lavoro in nero in uno studio di progettazione e tre amici con cui condividevo un appartamento, affittato rigorosamente in nero.

Avevo conosciuto Daniela a un aperitivo, al terzo anno di università.

In quel periodo, ogni locale di Milano distribuiva pasta scotta e tramezzini ammuffiti a tutti gli studenti squattrinati della città. Questi ricambiavano felici, dilapidando i miseri stipendi da lavoro occasionale in negroni e cuba libre come se fossero stati bicchieri di aranciata alla festa dell'oca. La molla erano ovviamente le ragazze, tante ragazze - particolare a cui noi di Ingegneria eravamo molto sensibili. Il nostro gruppetto era formato da cinque persone, noi quattro coinquilini e Massimo, la nostra guida spirituale in quel mondo fatto di frasi sussurrate con gli occhi. Entrava sicuro in un bar a passi larghi e si guardava intorno spavaldo, conscio del fatto che stava attirando l'attenzione generale su di sé. Noi eravamo dimessi, assolutamente succubi della sua personalità. Lo seguivamo e ci mettevamo un po' intimoriti in un angolo in attesa di un suo cenno. Pieni d'ansia e bruciante invidia, lo osservavamo salutare, sorridere e ammiccare freneticamente. Poi, una volta marcato il territorio e deciso a chi destinarci, finalmente guardava nella nostra direzione. Era il nostro momento. Un po' imbarazzati ma fiduciosi, ci dirigevamo velocemente alla volta del gruppo di ragazze, ci esibivamo in grandi sorrisi, ostentando sicurezza e scimmiottando il nostro maschio alfa, che si era dileguato subito dopo averci presentato. La maggior parte delle volte, la dipartita di Massimo causava nelle dolci interlocutrici un cocente disappunto e noi di conseguenza venivamo accolti da sguardi apatici se non addirittura apertamente ostili. Il tempo di fiutare l'aria e captare il messaggio, ed eravamo già impegnati a recuperare il nostro amico, nel frattempo scomparso a rimorchiare qualche fanciulla che non reputava adatta a noi. Dopo due o tre scene di questo tipo nel giro di un'ora, al vederci arrivare per l'ennesima volta con gli occhi bassi e il passo strascicato, il perenne sorriso gli si spegneva sulle labbra e gli occhi si riempivano di disappunto. Potevo leggergli nell'anima la voglia di mandarci al diavolo, ma era un buon ragazzo, compassionevole, e senza battere ciglio si rimetteva in moto per ricominciare da capo. "Tutti o nessuno" - esclamava platealmente come rivolto a un pubblico trepidante. Saltavamo spasmodicamente da un tavolo all'altro, da un locale all'altro, fino allo sfinimento. Alla fine, neanche i migliori propositi di Massimo potevano nulla contro la nostra inconcludenza. Capita l'antifona, a un certo punto della serata si materializzava sorridente in compagnia di una qualche ragazza appariscente che aveva scovato chissà dove, ci salutava malinconico e ci lasciava al nostro triste destino, un mesto rientro all'appartamento previa puntata da un *McDonald's* di strada. Certo non andava sempre così. In alcune occasioni riuscivamo a racimolare un sorriso e scambiare qualche parola. Un paio di volte queste estemporanee conoscenze avevano portato a castissime ma nondimeno esaltanti frequentazioni, con tanto di uscite di gruppo, cinema e aperitivi. Esaltato e confuso, mi ero dipinto questi rapporti da amicizie disinteressate, ma non era così facile. L'insoddisfazione mi tormentava l'anima quando, dopo aver riaccompagnato a casa una di queste ragazze e averla salutata con un ridicolo quanto bruciante bacio sulla guancia, tornavo a casa alle prime luci dell'alba.

Mi avevano strappato i vestiti di dosso e picchiato brutalmente, a lungo. Poi mi avevano rinchiuso in uno stanzino buio, lo spazio era appena sufficiente per sedermi. Era fine novembre, faceva freddo, aveva piovuto tutto il giorno e l'aria era gonfia di umidità. Io ero scalzo, a torso nudo, con i soli pantaloni addosso. Per scaldarmi mi ero alzato e avevo iniziato a battere i piedi con forza, poi mi ero messo le mani congelate nelle tasche e avevo trovato il mio portafogli. Per qualche motivo me l'avevano restituito, dopo averne prelevato i pochi soldi che c'erano dentro, ovviamente. Una lama di luce filtrava sotto la porta e schiariva debolmente un piccolo angolo di pavimento. Avevo aperto il portafogli e depositato sul pavimento una foto, proprio nel punto più luminoso.

Era buio, e la luce era fioca, ma sufficiente a distinguere Daniela e Giorgio che mi sorridevano. Daniela non aveva fatto in tempo a girarsi verso di me ed era venuta quasi di profilo. Nell'inquadratura splendeva il suo occhio sinistro, di un color nocciola, impreziosito di pagliuzze verdi e gialle, dalla cornea bianchissima, mi fissava come dotato di luce propria. Giorgio, invece, era stato lesto a girarsi e mettersi in posa. Adorava essere fotografato, e probabilmente mi aveva tenuto d'occhio quando mi aveva visto armeggiare con la macchina fotografica. Al momento giusto, aveva fatto un balzo e con una rotazione di 180 gradi era atterrato a gambe larghe, il sorriso già stampato sulle labbra, pronto a essere immortalato. Sguardo fiero e spavaldo, portava con studiata trascuratezza il retino per granchi appoggiato a una spalla. All'estremità del manico, il secchiello rosso pieno di biglie ondeggiava pericolosamente, dando l'impressione di poter cadere nel vuoto in ogni istante. Osservando la foto, avevo l'impressione di vederlo dondolare, e sentivo la tentazione quasi irrefrenabile di allungare una mano per evitare che gli cadesse.

Avevo avvicinato la foto agli occhi, cercando di riconoscere la canottiera che indossava mio figlio. Di un blu intenso con i bordi rossi, con un grosso disegno sul davanti, un animale, o un personaggio dei cartoni animati, non avrei saputo dire. Era successo solo pochi mesi prima, ma come mi era sembrato lontano nel tempo! Mi ero stretto nelle spalle, rabbrividendo. Quell'estate avrei voluto trascorrere le vacanze in Liguria, come al solito, invece Daniela aveva insistito allo sfinimento per andare in Puglia. Non mi sono mai piaciute le novità, e ancora meno andare in luoghi che non conosco, ma per quella volta avevo dovuto cedere ai desideri di mia moglie. Muovendomi, avevo spostato leggermente la foto. Il viso di Daniela veniva tagliato in due dall'ombra, lasciando in vista solo il naso e il mento. Avevo spostato leggermente la foto con la punta delle dita, per allinearla meglio alla porta e ricevere un po' di illuminazione in più. Quel giorno c'era un forte vento, eravamo in riva al mare a passeggiare su grosse rocce incrostate di sale. Daniela aveva i capelli tutti gonfi

per il vento saturo di acqua salmastra, continuava a
metterseli a posto in un ciclo senza fine. Il mare era
molto mosso, continuavamo a essere colpiti da
schizzi di acqua spumosa, e Giorgio non finiva di
lamentarsi per il caldo, la camminata, la noia. Per
distrarlo, avevamo iniziato una sfida a chi trovava
per primo una stella marina. Loro erano andati un po'
avanti, io avevo scattato delle foto alla riva, alle onde,
ai gabbiani, poi si erano girati e me li ero trovati
nell'inquadratura. Erano molto più vicini di quanto
mi aspettassi, ma con quella luce, il vento, la
spontaneità della loro espressione, era venuta una
bella foto, che avevo stampato e mi ero messo nel
portafogli. Erano entrambi sorridenti, sembravano
felici. Un'ombra sulla fronte di mia moglie mi aveva
spinto a osservarla meglio. Lo ricordo bene, perché
era stata l'ultima volta che avevo visto il suo viso. Poi
non ho più avuto il coraggio di guardare quella foto.
Dev'essere ancora nel portafoglio, in qualche angolo
qui sotto.
Ero scoppiato a piangere, a lungo, in quella notte
fredda.

Eravamo andati in un bar a Brera, malvolentieri, al
solito trascinati da Massimo. Noi quattro
camminavamo dietro, strascicando i piedi e facendo
finta di guardare i negozi chiusi per ritardare il più
possibile l'arrivo. Speravamo inutilmente che il
nostro capo spirituale cambiasse miracolosamente
idea, concedendoci una serata libera da delusioni o
magre figure.

Era stato facile individuare la nostra destinazione, una anonima vetrina illuminata davanti alla quale si affollavano decine di ragazzi e ragazze, bevendo e ridendo. Ci eravamo guardati negli occhi e tacitamente avevamo convenuto che lì avremmo dato il peggio di noi, senza possibilità di scampo. Mi sembra fossero tutti in maschera, e il locale era addobbato, probabilmente era Carnevale, o forse Halloween, non ricordo. Una volta all'interno, mi ero subito sentito mancare l'aria. Lo spazio era stretto, con pochissima luce, pieno di fumo, con musica ad altissimo volume e stipato di gente.

Massimo, un sorriso tronfio e vagamente idiota stampato sulle labbra, continuava a salutare e a presentarci gente che parlava con un buffo accento. Noi ricevevamo pacche sulle spalle e bicchieri pieni di vodka, gin o chissà che cosa, che dovevamo trangugiare per poter proseguire. Il nostro anfitrione, salutando e bevendo ci aveva condotto piano ma in maniera decisa verso il fondo del bar, dove una scala a chiocciola in ferro battuto conduceva verso il basso. Aveva scolato l'ennesimo bicchiere che gli era stato offerto, ci aveva fatto segno di seguirlo e si era calato. L'alcool cominciava a fare effetto, tanto che i ripidi gradini mi davano l'impressione di slittare sotto i miei piedi. Mi ero aggrappato con forza al corrimano, e avevo fatto bene, visto che nel breve tragitto avevo dovuto sorreggere un paio di volte qualche mio coinquilino che sopra di me aveva perso l'appiglio, probabilmente preda delle mie stesse allucinazioni.

Lo spazio in cui ci eravamo venuti a trovare era

molto più ampio del livello sovrastante, ma la qualità della vita non sembrava giovarne. Volume, fumo e ressa erano proporzionalmente aumentati, e davanti a noi si contorceva una bolgia indistinta di corpi. Massimo era scomparso, e noi ci trovavamo ai piedi della scala, continuamente spintonati da gente che si avvicendava su e giù per le scale. Non ricordo quanto tempo fossimo rimasti lì come ebeti, ma so per certo che il flusso di alcol non si era fermato, mani sconosciute avevano continuato a offrirci bicchieri pieni di liquidi brucianti che spingevano la mia consapevolezza sempre più in profondità. A un certo punto, mi ero ritrovato a parlare con un ragazzo alto e magro, molto pallido, i capelli a caschetto, come se fossero stati tagliati mettendogli una pentola in testa, la barba rada e incolta, le spalle erano spinose sotto la maglietta lacera... Emanava una puzza tremenda e a differenza di noi tutti sembrava assolutamente estraneo a qualunque tipo di interesse verso la propria immagine. Mentre continuavo a fissargli il cranio, inebetito, mi aveva raccontato di essere iscritto al terzo anno di Conservatorio e di lavorare in un ristorante per mantenersi gli studi. Non riuscivo a capire come si potesse assumere una persona con quell'odore. Come se non bastasse, aveva un terribile alito carico d'alcol e continuava a urlarmi in faccia con un fortissimo accento slavo. Dopo un po', avevo cercato con lo sguardo i miei compagni di ventura, e mi ero alzato nella speranza di ritrovarli in mezzo a quella marea di gente, ma lui mi aveva trattenuto con un braccio e si era lanciato in una serie di divertenti aneddoti sul suo lavoro.

"Cazzo, un mese fa ho rischiato di tagliarmi una mano, proprio il giorno prima di una prova importante, capisci? Qualcuno aveva messo questo coltello, vedi, proprio tra due piatti. Ma un coltello per tagliare il prosciutto, cazzo, di quelli grossi, capisci, non so come c'era finito lì. E io che faccio? Devo prendere i piatti, togliere le schifezze e infilarli nella lavastoviglie. Insomma, prendo questi piatti, sento che dentro c'è qualcosa, ma non ci ho pensato, perché Juan, un ragazzo messicano che lavora lì, mi stava raccontando della tipa che si era scopato la sera prima, come se la fosse fatta in auto, con lei girata sui sedili posteriori e la testa nel bagagliaio e insomma, io rido e non penso a quello che sto facendo, e prendo in mano questa cosa, e non capisco cosa sia, penso a una forchetta, o che so, e che cazzo. In genere tolgo le posate prima, ma io prendo questo pezzo d'acciaio, e poi mi rendo conto che ho in mano la lama del coltello, capisci? La lama! La parte tagliente dritta contro il mio palmo. Tu forse non lo sai, perché non ci lavori, ma questi coltelli sono affilatissimi, sono pazzeschi. Ci devono tagliare il prosciutto davanti ai clienti, quindi non possono fare brutta figura, seghettando e tagliando fette tutte sbrindellate. No, ne devono uscire fette sottili e trasparenti come la velina, dal bordo regolare. Insomma, io ancora non lo so come ho fatto a non tagliarmi. Ti rendi conto? Roba da rischiare di recidermi i tendini. Addio carriera, altro che esame."

Esagitato, con gli occhi stralunati e la fronte

imperlata di sudore, avevo l'impressione di essere innanzi alla versione della sua personalità che si palesava sotto l'influsso di alcol o droghe. Annuivo, con gli occhi atteggiati a meraviglia, ma pronto a schivare gesti inconsulti. Intanto avevo adocchiato una rossa seduta su uno sgabello alto proprio di fronte a me. Ne sbirciavo ogni tanto il culo, nella speranza che si chinasse e lasciasse intravvedere le mutande. Magra consolazione, ma di certo meglio di quanto potesse offrirmi il mio agitato interlocutore.

"Venerdì della settimana scorsa, ci credi amico, mi trovo praticamente da solo nel ristorante. Arrivo al lavoro, tranquillo come se nulla fosse, non faccio in tempo a smontare dal motorino che mi viene addosso il capo, tutto sudato, insieme a Juan e a un altro tipo mai visto. Me lo presenta, si chiama Alex, da non so dove, ci stringiamo la mano. È un tipo scuro e basso, con i baffetti, gli occhi sfuggenti e le mani piccole."

Si era alzato di scatto e si era messo a camminare a piccoli passi avanti e indietro, con le gambe piegate per sembrare più basso e l'indice della mano destra sotto il naso. A mimare i baffi, credo.

"E sono tutte sudate, non hai idea di come erano viscide!"

Per indicare lo schifo, aveva iniziato a grattarsi le mani con forza, con le unghie, come ancora schifato dal contatto. Giusto per non sbagliare, mi ero passato velocemente i palmi sui pantaloni, ma il ragazzo davanti a me era già passato oltre e aveva ricominciato a urlarmi e sputarmi in faccia gocce di gin.

"Il capo continua a blaterare, dice che è un'emergenza, che tutti gli altri hanno chiamato dicendo di avere un'influenza intestinale o chissà che cosa, e mi chiede com'è possibile tutti nello stesso momento. E io che ne so? Continua dicendo che lui e Alex lavoreranno in cucina, mentre io e Luis faremo i camerieri e daremo una mano. Per fortuna la città si è svuotata, non ci sono molti clienti, ma il capo è una bestemmia unica, sembra inconsolabile. In cucina sento piatti rompersi e padelle sbattere. Il finimondo. Alex emerge per un attimo, sudato, ma lo sguardo tranquillo, poi viene ripreso per la collottola e trascinato dentro. Non ti dico che serata, urla che li licenzia tutti, intanto visto che siamo lì se la prende con noi, e con i clienti pure. Uno, smunto e triste, chiede chissà perché uno sconto, non ti dico come lo ha trattato. Si mette a battere i pugni sul tavolo, poi inizia a piangere dalla rabbia, tanto che quello vede bene di filarsela senza fare troppe storie. Poi entra questo gruppetto di anziani, in un tavolo d'angolo, madonna, non hai idea. Non la smettono più, continuano a chiamarmi per dirmi cosa bisogna fare per migliorare il ristorante, che secondo loro così proprio non ci siamo. Inizia uno, poi intervengono tutti gli altri, ognuno con la propria opinione su come rinnovare il menu per conquistare nuovi clienti e come aumentare la qualità delle materie prime "perché non è che siano così buone ora, sa?" o sul modo per rinfrescare l'arredo che così "è un po' misero". Un incubo. Ho sempre pensato che fare il cameriere fosse un bell'avanzamento di carriera rispetto all'umile lavapiatti, ma devo ricredermi. A parte il rischio di tagliarsi per una distrazione, di là in cucina non c'è certo quello zoo di umanità invadente. E un altro, più tignoso, a un certo punto si lamenta con me per la carne cotta di merda. Mi viene in mente la scena di poco prima, e penso che bisogno c'è di insistere? Con il casino in cucina e quell'Alex che tutto sembra tranne che un cuoco non mi sembra impossibile. Vado a dirlo al capo, e questo si mette a urlare come un pazzo e a sbattere le pendole sul ripiano. Io filo via perché lo vedo che mi sta per mettere le mani addosso, poi dall'altro lato della sala lo vedo aggredire il cliente e Juan accorrere urlando."

Silenzio improvviso.

Mi stavo osservando intorno alla ricerca dei miei amici, ma comunque seguivo il flusso di parole, mezzo rapito dal racconto. La brusca interruzione mi aveva fatto voltare verso di lui, pensando se ne fosse andato. Era immobile, con lo sguardo fisso davanti a sé e la bocca aperta, un filo di bava che colava dalle labbra sottili. Istintivamente, avevo seguito la direzione dei suoi occhi e mi ero trovato davanti al culo della rossa. Le natiche erano ben delineate attorno a un profondo solco che si univa a un tanga rosso acceso per scomparire nel bordo della gonna, ben più in basso. In quel momento mi sentivo vicino come non mai al mio sfortunato interlocutore, accomunati dallo stesso, invisibile dramma. In effetti, ci eravamo avvicinati anche fisicamente, sentivo la sua coscia aderire alla mia, nella ricerca di un supporto emotivo. Quello che si stagliava di fronte a noi era una freccia, tesa verso un mondo a noi negato. Senza possibilità di scampo, tanto che quel tanga rosso ha visitato le mie fantasie più morbose per diversi anni a venire.

Ricordo ancora di aver deglutito rumorosamente in quel momento, per poi essermi guardato intorno, imbarazzato e accaldato. Mi ero sentito un po' in colpa sia per l'occhiata che per l'appagamento che avevo provato. Che razza di persona stavo diventando? L'alcol aveva evidenziato la mia indole naturale? Avevo adocchiato velocemente il mio compagno, sempre immobile. Non gli colava più la bava, ma non riusciva a uscire dal circolo vizioso lanciato da quella visione. La rossa si era sollevata e ci aveva fissato per qualche istante, ma lui non si era mosso, completamente inebetito.

"Come è finita?"

Il ragazzo mi aveva finalmente guardato, non ancora a fuoco nel mondo reale.

"L'aggressione al cliente."

Aveva fatto una spalluccia.

"Il capo è rinsavito e gli ha pagato la cena. Si sono lasciati ridendo e abbracciandosi come vecchi amici."

La visione sembrava avergli fatto smaltire la sbornia, l'occhio ora era spento, e non sembrava così vitale come poco prima. Forse come me stava pensando di andare a casa a masturbarsi per farla finita.

"Ma alla fine erano veramente malati, gli altri?"

Il ragazzo aveva scosso la testa, guardando il fondo del bicchiere di birra a cui aveva dato profonde sorsate durante tutto il racconto.

"Aveva ragione il capo. In qualche modo deve essere venuto a conoscenza di qualcosa, probabilmente uno di quegli idioti si è fatto sfuggire una parola, chi lo sa. Fatto sta che l'altra sera a fine serata ero nel mio solito posto, vicino al lavandino. Stavo finendo di asciugare le posate e ho sentito urlare. Il capo sembrava un pazzo. Ci ha raccolti tutti nella sala, ci ha messi in fila e ci ha insultati, dal primo all'ultimo, anche me e Juan, dicendo che alla prossima ci avrebbe licenziato. E che aveva già pronti i sostituti. Gente come Alex, immagino."

Eravamo a fine Luglio, faceva caldo, ed ero sempre sudato. Con i corsi ormai finiti, tutti noi cercavamo di rincorrere l'ultimo appello per poter andare in vacanza con la coscienza pulita e non doversi esibire in improbabili spiegazioni con i genitori. Io non ero molto informato sulle vicende politiche interne o su quello che succedeva all'estero. Cercavo di riempirmi la testa il più velocemente possibile con i corsi all'università per lo stretto tempo necessario al superamento dell'esame, con un voto dignitoso. Tutto il resto era una nebbia fumosa. In politica cercavo di votare qualcosa vicino alla sinistra, più che altro per non dovermi sorbire discussioni infinite con mio padre o mia madre, agguerriti comunisti, almeno così si definivano. Quando con qualche ragazza era uscito un argomento riguardante l'attualità o la politica, mi ero immancabilmente esibito in una versione superficiale ed imbarazzante di me, ero quindi contento che il mio nuovo amico non si fosse avventurato in discussioni di questo tipo. Anche perché il suo accento slavo faceva risuonare nella mia testa un campanello d'allarme, che però non riuscivo a collegare con nessuna delle nozioni in mio possesso. Sentivo che era ora di andarmene, ma per qualche motivo non riuscivo a staccarmi da lì. Avevo continuato a osservarlo e mi era sembrato di leggergli dentro. Ero un po' imbarazzato anch'io, testimone di quel suo momento senza difese. Mi era sembrato quasi di provare affetto per quel ragazzo appena conosciuto. Sorridendo, senza sapere che dire, avevamo continuato a fissare entrambi i nostri bicchieri.

Ripensandoci ora, mi rendo conto di aver provato un senso di superiorità nei suoi confronti. Quello che avevo scambiato per affetto, o empatia, era in realtà autocompiacimento per essere stato magnanimo e aver prestato attenzione, forse addirittura solidarietà, verso una persona che tutto sommato ritenevo inferiore a me. E perché l'avevo considerato inferiore? Perché avevo intuito la sua sofferenza, mentre io non sapevo neanche cosa fosse? Perché io stavo vivendo una vita frivola e senza problemi, mentre lui doveva guadagnarsi ogni singola cosa? Non avrebbe invece dovuto generare rispetto in me il suo esempio? Forse avrebbe dovuto, ma non era successo. Se devo essere candidamente, brutalmente onesto con me stesso era così che mi ero sentito. E questo mi aveva messo nella condizione di potergli dire qualunque cosa.

Quindi, un po' per curiosità, un po' per interrompere quel silenzio che aveva cominciato a pesarmi, gli avevo rivolto una domanda che mi stava ronzando in testa da una decina di minuti.

"Tu sei jugoslavo?"

Dopo un istante, lui aveva annuito, sempre sorridendo e volgendo lo sguardo verso la ragazza, o meglio, l'immagine precedente della ragazza, stampata indelebilmente sulle sue retine.

"Ho sentito che c'è un po' di trambusto dalle tue parti."

Nonostante mi stessi fingendo particolarmente interessato, con la fronte corrugata e lo sguardo comprensivo, mi ricordo bene quanto poco mi interessasse realmente una sua risposta.

Aveva smesso di sorridere, e aveva fissato la birra freddamente, come se fosse stata una cimice sul suo pollice. Mi ero sentito un po' a disagio. I secondi passavano, e con gratitudine avevo cominciato a pensare che non avesse sentito la domanda - c'era molta confusione intorno a noi.

"Una cosa brutta."

Mi ero sporto verso di lui perché aveva bisbigliato, rivolto al bicchiere.

"una cosa?"

Aveva alzato gli occhi su di me e senza dire niente mi aveva fissato, poi si era alzato e se n'era andato.

Non capivo cosa fosse successo, ma in un certo senso avevo provato un senso di sollievo. C'era qualcosa nel suo sguardo che non mi era piaciuto, e questo si andava a sommare alla sensazione che già avevo ignorato poco prima.

Avevo finito la mia birra ed ero andato in cerca dei

miei amici. Il frastuono era terribile, e sentivo dentro di me una strana agitazione, ero frenetico, e mi sembrava che tutti mi guardassero. Dovevo uscire di lì, me ne sarei andato a casa, anche da solo. Mentre salivo la terribile scala a chiocciola, spingendo via chiunque mi si parasse innanzi, raccogliendo insulti e occhiatacce, sentivo montare dentro di me l'eccitazione. Non sapevo se per l'alcol, la mancanza d'aria o la stanchezza, mi sentivo spaventato, euforico, confuso. Mi ero fatto largo quasi correndo tra i corpi ondulanti e sudati per arrivare all'aperto, poi avevo appoggiato le mani alle ginocchia e avevo preso grosse boccate d'aria, esausto, ma anche sovreccitato, poi ero scoppiato a ridere da solo.

Era una risata strana, tesa, un modo per dare sfogo a quello che sentivo dentro che non trovava una via d'uscita. Tornato in posizione verticale, avevo sentito su di me il peso di numerosi sguardi. Davanti al locale c'erano una cinquantina di persone, l'aria era pervasa da una forte musica ritmata, probabilmente diffusa da qualche altoparlante esterno. Mi ero girato e avevo visto un gruppetto di una decina di persone, proprio dietro di me. Erano usciti e lentamente si erano disposti ad arco, per circondarmi. Non avevano affatto un aspetto amichevole, e nel mio stato non sapevo proprio come prendere la situazione. Anche gli astanti avevano notato lo strano movimento dei nuovi arrivati, e si erano spostati leggermente, facendo loro spazio e tenendoli d'occhio con sospetto.

Non mi piaceva.

Non mi piaceva per niente.

Cominciavo a pentirmi di essere venuto lì. Avevo provato una sensazione simile in altre situazioni, che proprio in quel momento mi affollavano la mente. Come quando avevo rubato una bicicletta alla stazione di Saronno nel 1992, o avevo copiato il compito di matematica - poi risultato sbagliato - alla maturità. O come quando avevo baciato quella ragazza belga ubriaca, in treno, durante il viaggio di tre anni prima con i miei amici. L'avevo toccata dappertutto, senza alcun rispetto, quasi arrivando a strapparle i vestiti, assalito da una foga che non mi riconoscevo, poi ero tornato in me e l'avevo lasciata sul sedile, addormentata, di fronte a lei una anziana signora che mi guardava inorridita. Come quando avevo copiato la parte scritta di Analisi 2, quanto mi ero sentito in colpa per quella stupidaggine, al punto da meditare per settimane un incontro con il professore e rivelare tutto.

Il gruppetto mi aveva completamente circondato, qualcuno si stava rivolgendo a me in una lingua sconosciuta. Da tono e sguardi, niente di amichevole. Mi ero guardato intorno, alla ricerca disperata di aiuto, ma tutti gli altri si erano fatti da parte. Poco più in là c'erano i miei amici, con lo sguardo ebete rivolto verso i loro piedi. Mi ero irritato, ma subito dopo mi era dispiaciuto per loro. Non potevo certo sperare che mi aiutassero. Bravi ragazzi, certo, ma menare le mani non era il loro forte. Le orecchie avevano iniziato a fischiarmi. I ragazzotti stavano prendendo coraggio, mi erano arrivati un paio di schiaffi sulla nuca, poi uno si era fatto avanti minaccioso.

Il panico, l'iniezione di adrenalina, un calore incontenibile al petto e una tensione fortissima dietro le orecchie, la sensazione di non essere padrone del mio corpo. Senza capire cosa stessi facendo, avevo preso una sedia e con un improvviso movimento del braccio l'avevo scaraventata addosso a quello più vicino. Il suono dell'impatto e il suo gemito erano stati soddisfacenti, così avevo preso fiducia. Avevo dato un paio di calci per tenerli lontani, poi avevo afferrato un bicchiere da terra e l'avevo lanciato davanti a me, per approfittare del varco e darmela a gambe levate. Ero in apnea, l'espressione stralunata, avevo fatto forse due passi, all'improvviso avevo visto venirmi incontro l'asfalto. Qualcuno mi aveva fatto lo sgambetto, poi subito una serie di colpi contro la schiena, i fianchi, la testa. Mi proteggevo la testa con le mani, e in un momento di pausa avevo visto uno che si accaniva più degli altri, aveva la bava alla bocca, gli occhi stralunati e il caschetto svolazzante, addirittura qualcuno lo teneva per le spalle.

Adesso non avrei problemi ad affrontare una situazione del genere, e dovrebbero essere ben allenati e decisi per non perderci qualche dente o un occhio. Ma allora ero un'altra persona. In una realtà parallela.

Sarebbe finita malissimo, ma per fortuna erano intervenuti i gestori del locale a fermarli. Urla, qualcuno mi aveva rimesso in piedi, poi l'arrivo della polizia. Mi avevano tempestato di domande, a cui sinceramente non sapevo rispondere. Ero molto scosso, l'adrenalina aveva lasciato spazio al terrore e stavo cominciando a sentire dolori un po' in tutto il corpo. Avevo detto di non aver capito cosa fosse successo, ma avevo osservato con soddisfazione uno dei loro passarmi davanti con la faccia coperta di sangue.

"Ehi, che è successo?"

Massimo. Gli altri si erano eclissati.

"Oh, ho solo rischiato di farmi accoppare da un gruppo di trogloditi, tutto qui."

"Ho visto un po' di parapiglia, infatti."

"Be', grazie per esserti sincerato della situazione in tempo utile.

Si era guardato bene dall'intervenire anche lui. Lui mi aveva deluso. Con mia enorme sorpresa, al suo fianco si era materializzata la rossa. Dimentichi di noi tutti, avevano cominciato a baciarsi, con trasporto, lui faceva scorrere le mani sulle cosce di lei, tirandole su e giù l'orlo della gonna. Anche i poliziotti erano rimasti interdetti di fronte alla scena. Io avevo distolto lo sguardo, nauseato, e mi ero incamminato per andarmene finalmente a casa.

I poliziotti mi avevano proposto di chiamare un'ambulanza, ma non avevo proprio voglia di finire la serata in ospedale. A ogni passo, però, rimpiangevo la scelta avventata. A causa dei calci, sentivo pulsarmi dolorosamente le tempie, come se dal cervello fossero spuntate propaggini che spingevano per uscire. Anche le costole non erano messe meglio, fitte acute mi attraversavano il costato come scosse elettriche, togliendomi il fiato.

Mentre camminavo, ripensavo all'espressione di quel folle che sembrava volesse uccidermi. Non potevo credere che fosse la stessa persona mite con cui avevo parlato per più di un'ora. Avevo stretto i pugni dentro le tasche. Il buio, il silenzio intorno a me concedevano libero sfogo alle mie sensazioni. Chiudendo gli occhi, sentivo montare dentro di me rabbia e frustrazione.

Ricordo bene quel momento. La rissa appena scampata, il dolore fisico, l'adrenalina scemata ma ancora in circolo, l'insoddisfazione perché tutto era finito così presto e non come avrei voluto. In quelle vie buie e silenziose era scattato qualcosa. Avevo avuto paura, ma un nuovo me era germogliato e aveva iniziato a farsi strada nel mio cuore.

A un certo punto, avevo girato un angolo e mi ero trovato di fronte una persona. Avevo chiesto scusa distrattamente e avevo fatto per proseguire, ma un'occhiata veloce mi aveva raggelato. La figura alta e magra, i capelli lisci a caschetto mi avevano provocato un tuffo al cuore. Senza guardarmi, aveva proseguito strisciando lungo il muro. L'avevo seguito un po' con lo sguardo, poi, preda dei miei istinti, ancora impressa nelle retine la sua immagine che mi prendeva a calci, non avevo saputo trattenermi. Con un ringhio selvaggio, mi ero scagliato contro di lui e l'avevo atterrato con un pugno sull'orecchio. L'avevo girato sulle spalle e l'avevo colpito ripetutamente. Era inerme, non emetteva suoni, non cercava neanche di proteggersi. Ero fuori di me, l'avrei ammazzato. Con un grosso sforzo, ero riuscito a fermarmi. Prendendo fiato, l'avevo guardato meglio. La pelle intorno agli occhi era diventata scura, violacea, gli occhi erano spenti, gonfi, umidi, il viso aveva assunto una tonalità grigiastra, malsana. Eravamo rimasti per un po' a guardarci, ansimando, al punto che mi ero chiesto cosa farne di lui e cosa stessi facendo lì. Poi lui si era alzato, lentamente, e se n'era andato, senza dire niente, e io ero rimasto con la mia rabbia e la mia frustrazione, incapace di dar loro un senso. Avevo gridato forte, poi ero tornato a casa, finalmente.

"eccole. Nadia e Idra."

Le guardo brevemente, poi incrocio i loro occhi, le pupille dilatate, lo sguardo fuori fuoco.

"senti, non so che fare con te."

Continuo a guardarlo. Neanch'io so cosa fare con lui. Scuoto la testa, desolato.

"non capisco."

Nick si rivolge a Marcos, incredulo. Poi dà una veloce occhiata ai due scheletri in mutande e tette appassite al vento. Quella a destra sembra animata da una qualche scintilla di vita, una curiosa espressione sul viso. Non sembra entusiasta all'idea di dover passare qualche tempo in mia compagnia. La sua amichetta, invece, è già con la mente da un'altra parte. Qui o di sopra, con me o con chicchessia, poco importa per lei. Nick allarga le braccia, poi abbassa il capo e lo scuote vigorosamente.

"Vedete? Non capisce."

Sono davanti alla mia porta, fronteggio il gruppetto bloccando l'ingresso con il mio corpo. Ogni volta è la stessa storia, ma la loro frustrazione non smette mai di divertirmi. Mi chiedo come Nick non riesca a stufarsi di questo siparietto, sempre lo stesso, da anni.

Come ogni mattina dopo la corsa mi sono fatto una doccia e mi sono preparato con calma un caffè. È un momento in cui sono particolarmente vulnerabile. Ho il mio carico di endorfine che circolano in corpo e che mi rendono ben disposto nei confronti del mondo esterno e dei suoi abitanti.

Anche quella mattina c'è stato un bel trambusto. Forse una decina di ospiti, tutte puttane e travestiti, con Nick, Luis e Marcos a fare gli onori di casa. Non mi riguarda, che si divertano pure. In genere rientrano dalla serata quando esco per la corsa, salgo le scale accompagnato dal loro coro di schiamazzi e scappo nell'alba brumosa e silente. Ultimamente quei tre balordi gozzovigliano spesso. Una volta cercavano di mantenere un profilo più basso, timorosi di dare nell'occhio. Uscivano, bevevano, qualche volta facevano una festicciola, però cercavano di mantenersi lucidi. Tutto sommato, devono rendere conto anche loro a qualcuno, e non credo sia molto salutare combinare qualche casino. Da un po' di tempo, invece, si sono montati la testa. Auto di lusso, ogni tipo di comfort, tornano regolarmente verso l'alba, sempre in compagnia. È ormai quasi una sveglia per me. Il rombo delle auto e un paio di sgommate precedono il loro arrivo, io aspetto che entrino in casa, imbocco il vialetto e tanti saluti. Ridono, ballano, bevono, si fanno, scopano. Messo così, sembra un idillio, ma io so bene che non è tutto qui. La mia corsa mattutina dura un'ora e mezza, a volte due. Al mio rientro, i preliminari sono finiti, così come le risate. Segno che si comincia a fare sul serio. Se va bene, la musica copre i grugniti e il ridicolo falsetto che Nick sfodera quando è eccitato. Se invece lui e i suoi compari sono un po' troppo su di giri, dai piani alti arrivano strilli angosciati, urla minacciose e insulti, colpi, pianti disperati.

Comunque vada, dopo qualche ora gli ospiti intascano i soldi e se ne vanno, sollevati per lo scampato pericolo o affranti per le ferite da doversi leccare. Compiuta la missione, i miei coinquilini possono collassare in pace.

La cosa non mi impressiona più, e immagino che se si trovi sempre qualcuno disposto a farsi maltrattare così, sia perché pagano bene. Mi stupiscono i pianti, quello sì. Come si fa a non sapere a cosa si sta andando incontro con della gente così? E se si accetta il lavoro, vuol dire che è si disposti a farsi picchiare o torturare, ragion per cui non ha senso piangere. Forse non hanno molta scelta, probabilmente sanno che qualcuno farebbe loro di peggio, se rifiutassero, ma gli augurerei allora di stordirsi al punto da essere completamente anestetizzati contro le torture di Nick e compari.

Stamattina ero sdraiato sul divano a sorseggiare il caffè, e sentivo una sorta di formicolio alla pancia, come un presentimento. Già prima che la sua voce stridula corresse per le scale, mi sentivo che Nick sarebbe sceso. Ha questa specie di tarlo, glielo leggo negli occhi. Il fatto che ci sia questa persona, in casa, che non condivide i suoi sollazzi come farebbe qualunque essere umano normale, lo mette in allerta. Non apprezzando quelli che lui considera sacrosanti momenti di svago, molto probabilmente significa che non sono neanche in linea con i suoi pensieri e - Dio del cielo - i suoi principi.

Lo so che pensa questo. Lo pensa ogni volta che mi guarda. Al momento genero soldi, quindi è obbligato a tenermi con sé, ma ciò non significa che io gli piaccia o che non abbia in cantiere di liberarsi di me. Sono alcuni anni che vivo nella stessa casa con lui, lo conosco, e so che il momento risolutivo si sta avvicinando. In ogni caso, quando il tasso di cocaina e alcol nel suo corpo raggiunge un certo livello, i freni inibitori collassano e lui si mette di buona lena per risolvere i problemi di quella che considera la sua famiglia. A modo suo, s'intende.

Gli altri suoi compari, quando si riducono nelle stesse condizioni, diventano ancora più aggressivi e violenti. Lui, invece, viene come avvolto da un'aura di magnanimità. Da criminale crudele incapace di provare anche la minima empatia per gli altri, si trasforma, diventa quasi affabile. Devo ammettere che la prima volta mi ero spaventato, a vederlo così. Mi aveva guardato con gli occhi umidi, poi mi aveva abbracciato, in un gesto di perdono e riconciliazione. Se fosse come gli altri suoi compari, in condizioni di grande euforia avrebbe da tempo sceso le scale armato di fucile e mi avrebbe legato a un tavolo per farmi violentare da tutti gli esseri umani di sesso maschile presenti in casa, per poi lasciarmi una bottiglia nel culo fino al mattino successivo. Marcos e Luis al suo posto lo farebbero, me l'hanno detto. Nick invece, con la sua gentilezza chimica, ci rimane veramente male quando rispondo in maniera negativa alle sue offerte. Ovviamente, mi nego nel modo più cortese possibile, giusto per non rischiare di rovinare la sua benevolenza verso il mondo.

È un tipo costante, devo dargliene atto. Negli anni,

mi ha portato prostitute di ogni età ed etnia, da magre ragazzine pallide a vecchie signore truccate pesantemente, e poi asiatiche, nere, slave, terrorizzate, strafatte, strafottenti, picchiate. Mi sono fatto una vera e propria cultura del genere. Una volta mi ha presentato una donna che sarà pesata centotrenta chili, non so dove fosse riuscito a recuperarla. Già i passi lungo le scale mi avevano messo in allerta, e quando mi si è parata davanti, istintivamente ho fatto un passo indietro. Mi ha squadrato ed è scoppiata a ridere, l'espressione cattiva. Ero già da un po' avvezzo a combattimenti e balordi di ogni genere, ma quella donna mi ha seriamente intimorito. Al suo fianco, Nick ha continuato a osservarla, perso nelle sue fantasie. Fantasie che dopo il mio rifiuto deve aver messo in pratica, perché i passi pesanti e la voce profonda del donnone hanno rimbombato per diverse ore nella casa.

C'è stato poi il periodo degli uomini, anche se, forse influenzato dalle proprie preferenze, Nick si è sempre limitato ad alti e muscolosi travestiti, con parrucche più o meno colorate. Con questi, non avevo neanche bisogno di insistere. A un mio cenno del capo, se li riportava in camera tutto contento.

Non è che non abbia voglia di scopare. Ne ho eccome. E devo dire che vedere quelle donne seminude a pochi centimetri da me, mi causa sempre forti impulsi. Il fatto è che non sono mai andato con una prostituta, mai, e sapere che sono appena passate sotto le mani di gente come i miei compari, mi riempie di pena e tristezza. Non certo lo stato d'animo ideale per eccitarmi. Ho sempre pensato che se mi fossi trovato solo con una di loro, non avrei saputo che fare e mi sarei messo a picchiare il sacco per darmi un tono.

Ultimamente, e questa è una di quelle volte, il trovarmi lì alla porta con davanti a me un paio di ragazzine svestite, con Nick ammiccante, mi fa salire un improvviso e prepotente calore al petto. Una sensazione forte, inarrestabile, simile a quello che provo quando faccio un incontro, o durante il mio giro di locali, quando qualcuno che non vuole pagare mi fa saltare i nervi. Un po' mi vergogno, per quel che resta della mia coscienza. Queste persone sono indifese, abusate, torturate. Eppure mi viene un gran nervoso, tanto che devo stringere con forza lo stipite della porta per non commettere qualche sciocchezza. Stamattina è ancora peggio. Non so bene che mi succeda, ma quasi sarei tentato di accettare l'invito di Nick. Chiuderei le due ragazze in camera e le picchierei, più di quanto non possano fare Marcos e Luis di lì a poco. Non capisco perché accettano questa situazione. Sì, so che hanno un magnaccia che le picchia e violenta, so che vengono minacciate e che se non fanno quel che viene detto loro rischiano di brutto. Non sono nessuno, non hanno diritti, quindi non hanno alcuna possibilità di scappare da questa situazione. Però mi chiedo, è vita questa? La morte è davvero la cosa peggiore che possa capitare loro? Io questa accettazione proprio non la capisco. Non comprendo perché non reagiscano. E voglio picchiarle per questo, picchiarle per vedere fino a che punto si lascerebbero maltrattare prima di reagire.

Le guardo, perso nelle mie fantasie, ho il fiato un po' corto, sento il calore salirmi alle gote e le orecchie fischiarmi. Mi sale una strana sensazione all'inguine, mentre una goccia di sudore mi scivola sulla tempia destra. Nick ha recuperato un po' di entusiasmo, deve aver letto qualcosa nei miei occhi. Riporto il mio sguardo su di lui e scuoto seccamente la testa. Lui accusa il colpo, sobbalza. Richiudo la porta velocemente, confuso e fuori di me. Per questa volta, Nick dovrà fare a meno della mia gentilezza. E se dovesse prendersela, be', fatti suoi.

Effettivamente se la prende, comincia a tirare calci contro la porta.

"Vaffanculo coglione, ti spacco la testa la prossima volta."

È forte, Nick, sento i cardini gemere. Io sono pronto, ma non capisco perché non apra semplicemente la porta, visto che è aperta. Sarà ancora sotto l'effetto di qualche sostanza. Dopo un po', si stanca. Sento i loro passi risalire lentamente le scale, ancora qualche insulto, poi solo il mio cuore che batte all'impazzata. Di lì a poco cominciano le risate, la musica, le corse, i grugniti, le urla, poi i pianti.

Ma che mi sta succedendo? Cammino per la stanza, incapace di darmi pace, mi sento soffocare. Tiro pugni al sacco finché non sento le braccia. Non basta, voglio sentire male. Inquadro l'uomo di legno, comincio a tempestarlo di pugni. Così si ragiona. Smetto quando è coperto di sangue, poi mi siedo per terra, ansimante. Alzo la testa e guardo il sole del mattino ormai inoltrato.

Domenica pomeriggio, piegato in avanti sul volante, senza sbattere le palpebre per la concentrazione, alla ricerca di un posto per l'auto. Quella volta, niente centro commerciale. Avevo depositato Daniela e Giorgio in piazza Cairoli e stavo cercando di parcheggiare da qualche parte. Il sole del pomeriggio, basso e tagliente, attraversava il parabrezza quando riusciva a trovare un varco tra i palazzi, accecandomi e disorientandomi. Era un miracolo che non avessi ancora investito nessuno. Mi ero fermato un attimo a bordo strada e avevo tirato fuori la testa dal finestrino per osservare lo spettacolo. Il cielo sopra la mia testa, di un blu profondo e infinito, virava al bianco man mano che abbassavo lo sguardo. Alcune nuvole, sparute e coraggiose, ma dallo squillante color oro, pattugliavano il confine con il sole e scompigliavano il gioco di viraggio dei colori con riflessi e forme vivaci. Poi iniziava il regno dell'uomo, quasi commovente nella sua violenta acromia. La linea dei palazzi, nera, definita e rigida, poneva fine a questa esplosione di luce, assorbendola senza pietà.

Domenica pomeriggio, appuntamento con il cinema.

Stavo per tornare per l'ennesima volta verso lo Strehler, quando con la coda dell'occhio mi ero accorto di un posto libero in una via laterale, dall'altra parte della strada. L'avevo guardato con cupidigia, mordendomi il labbro, poi gettando occhiate veloci negli specchietti. Non c'era un gran passaggio di auto, ma non me la sentivo di fare un'inversione proprio in mezzo a Foro Bonaparte. Avevo cercato di mantenere la calma e atteso pazientemente il semaforo in fondo alla via. Ricordo che ero piuttosto teso, sentivo dentro di me una curiosa ansia. Avevo già discusso animatamente con diversi automobilisti durante il tragitto, ed ero stato aspramente ripreso da mia moglie. Ricordo di aver girato a sinistra come mi ero prefissato, avevo accelerato un po', preso dal timore di trovare il posto occupato, e invece era lì, ancora disponibile. Era nella zona della strisce blu, quindi sembrava tutto a posto. Abbastanza velocemente, avevo effettuato la manovra in retromarcia per poi uscire di muso, così più tardi, con il buio, avrei corso meno rischi a uscire. Il telefono si era messo a suonare. Una sbirciatina veloce allo schermo illuminato. Come mi aspettavo, Daniela.

"Dove sei? È un'ora che ti stiamo aspettando!"

"Scusa tesoro, ma, come avrai notato, non è proprio pieno di posti auto disponibili!"

"E mettila nel parcheggio a pagamento, ancora un po' e perdiamo il film."

Non ricordo esattamente, mi sembra di aver visto un uomo, mentre sistemavo l'auto, che camminava sul marciapiede dietro l'auto. C'era spazio in abbondanza, ma non mi è mai piaciuto chi fa manovre brusche con l'auto in prossimità di un pedone, quindi avevo aspettato con pazienza che l'uomo passasse, poi avevo ingranato la retromarcia. All'improvviso avevo sentito battere con forza contro il lunotto posteriore. Avevo inchiodato e avevo visto l'uomo di prima, fermo, dietro la mia auto, furente, che continuava a battere con la mano contro il vetro. Non ero nello stato d'animo ideale, e mi ero catapultato giù dall'auto con la testa che mi scoppiava e i denti serrati con forza.

"Che vuoi, qual è il problema, eh?"

Era sulla cinquantina, i capelli corti, brizzolati, statura media, tozzo, un po' di pancia, lo sguardo duro. Mi era sembrato vestito leggero per la stagione, solo una giacca e una camicia con il colletto aperto, tinte scure. Aveva lineamenti marcati, vigorosi, come mi sono sempre immaginato certi personaggi dei romanzi. In ogni dettaglio della sua figura, così notevole, si poteva riconoscere l'attitudine al comando, e sotto sotto una non troppo sopita minaccia. La luce volitiva negli occhi, i tratti decisi del viso, il naso squadrato, la mascella diritta, il mento prominente, la fronte bassa, il compresso gonfiore degli arti, corti e storti, la schiena dritta, le mani strette a pugno. Tutto invitava a distogliere lo sguardo. Continuava a battere contro l'auto, con forza. Aveva diversi anelli che emettevano un rumore preoccupante contro vetro e fiancata.

"Smettila, che fai?"

Gli ero andato addosso, con aggressività.

"È mio il posto, via."

La sua voce era dura e bassa, un po' rauca. Avevo pensato lo facesse apposta ad assomigliare a Marlon Brando.

"Ma che dici? Che auto? Trovatene un altro, vecchio. E smettila con questi anelli!"

Gli avevo preso la mano e l'avevo spinto lontano dall'auto. Lui si era opposto con forza, e ne aveva parecchia, ma io ero furibondo. Non era stata una vera e propria rissa, lui era rimasto troppo stupito, come se non si aspettasse che qualcuno potesse osare mettergli le mani addosso. Per un attimo avevo perso il controllo, mi ero sentito capace di prendere la testa di quell'uomo e spaccarla contro il muro alle sue spalle. Avevo avuto un momento di blackout, non ricordo cosa sia successo. So solo che poco dopo era andato via urlando e lanciando minacce. Io gli avevo urlato di rimando, ansimando, quasi con la bava alla bocca. Poi, ancora scosso, con il sudore che mi colava lungo la schiena, ero corso dalla mia famiglia in attesa. Al mio arrivo, Daniela mi aveva squadrato con sospetto, ma non aveva detto niente ed eravamo entrati ognuno tenendo per mano Giorgio.

Il film era stato uno spasso. Nonostante non fosse in 3D, nonostante Daniela si fosse arrabbiata per il ritardo con cui eravamo usciti di casa, i contrattempi con il parcheggio e il fatto che fossimo entrati per un pelo. Osservando l'espressione estatica di Giorgio era facile leggere il suo stato d'animo. Persino Daniela aveva abbandonato quasi subito il broncio una volta accomodata in sala e si era lanciata in qualche fragorosa risata insieme a tutto il pubblico della sala. Stavamo tornando felici verso l'auto, io e mio figlio, ancora immersi nelle fantastiche evoluzioni volanti dei draghi. Questo era il bello di vedere un film con mio figlio. La storia in sé aveva una durata temporale limitata, ma le emozioni, le suggestioni rivivevano nella condivisione, in una nuova veste di gioco. E così avevo fatto quella sera. Avevo abbassato la schiena, allargato le braccia e gettato un'occhiata furtiva a Giorgio. L'idea di fare lui il pilota e io il drago gli aveva attraversato la mente, seppure per un attimo. Glielo avevo letto negli occhi. Ma ormai era troppo grande per portarlo sulle spalle. La mia schiena si era ribellata, due settimane prima, quando avevo fatto l'auto da corsa. Meglio accontentarsi di uno scontro alla pari. Così aveva imitato la mia posizione aerodinamica e ci eravamo messi a emulare i draghi volanti lanciandoci in duelli aerei sbuffando e ruggendo, delusi al contempo di non riuscire a sputare fuoco, con Daniela che aveva continuato a ridere divertita.

Nonostante la nebbia, ricordo bene il verde del semaforo, ne sono sicuro ancora adesso. In caso contrario, Daniela mi avrebbe urlato nell'orecchio prima ancora di arrivare all'incrocio, attenta com'era a ogni mio movimento mentre guidavo. Il semaforo era verde, ma quel signore era apparso dalle ombre, stagliandosi contro il grigio del mondo intorno a noi e aveva attraversato senza guardare. Tranquillo, strafottente.

Daniela aveva gridato. Nello stesso momento, io avevo premuto con tutta la mia forza il pedale del freno. Le ruote erano slittate leggermente sull'asfalto stridendo, ma la bassa velocità mi aveva permesso di fermare l'auto quasi subito.

"Che cazzo fai?"

Daniela era furiosa. Avevo controllato nello

specchietto retrovisore per inquadrare Giorgio. Era al suo posto, legato alla cintura sul sedile posteriore. Solo gli occhi spalancati e la bocca leggermente aperta lasciavano trasparire il suo nervosismo.

"Che succede papà?"

"Tutto a posto, figliolo."

Daniela borbottando insulti si era allungata all'indietro per controllare suo figlio.

"Tutto bene, tesoro?"

"Sì, mamma."

Poi avevo spostato finalmente lo sguardo davanti a me. Un uomo, illuminato dalla luce dei lampioni e dei fari dell'auto, ci stava osservando tranquillo. Era una figura tozza, dall'aspetto vagamente familiare, e stava davanti al cofano, le mani nelle tasche. Io avevo suonato il clacson istericamente, poi avevo allargato le braccia, senza riuscire a dire niente. Forse ancora distratto dalle acrobazie aeree del film, non l'avevo proprio visto. Ero scosso e allo stesso tempo sollevato per lo scampato incidente, mentre Daniela, ormai tornata al suo posto, ribolliva di rabbia, agitandomi ancora di più. Ero certo di essere passato con il verde, e, sorvolando la figura ancora in mezzo alla strada, avevo lanciato un'occhiata al suo semaforo.

Era ancora rosso.

La consapevolezza che avesse torto mi aveva fatto salire una vampata di calore dalla bocca dello stomaco. Poi una irritata serie di colpi di clacson mi aveva fatto sobbalzare. Avevo dato un'occhiata nello specchietto: un'auto dietro di noi, il conducente con gesti eloquenti mi aveva esortato a proseguire.

L'uomo davanti alla nostra auto, continuando a guardarmi negli occhi, si era voltato lentamente come per proseguire e aveva fatto un passo avanti. Io avevo riacceso l'auto, che si era nel frattempo spenta, e avevo ingranato la prima. Accelerando piano, ancora scosso, ero arrivato praticamente alla sua altezza, lui mi aveva seguito con lo sguardo, i fari dell'auto dietro ancorati al mio paraurti posteriore per spingermi ad accelerare. Ero ancora indeciso se dargli almeno un risentito colpo di clacson o meno, quando all'improvviso avevo avuto l'illuminazione.

L'uomo del parcheggio!

Non ci potevo credere. Ero alla sua altezza e mi ero fermato. Lui, come se se lo fosse aspettato, aveva appoggiato il palmo della mano destra sul finestrino.

"Tesoro, che succede?"

Avevo guardato Daniela, e mi ero accorto che dietro di lei c'era un altro uomo, fermo. Mi era venuto il panico, il cuore aveva cominciato a battermi con forza, quasi rumorosamente. Avevo dato un'occhiata veloce a Giorgio, sembrava sereno. Riportando lo sguardo sul mio uomo, avevo visto che era apparsa un'altra persona al suo fianco. Il clacson dell'auto dietro di noi si era messo a suonare con violenza, il conducente doveva aver abbassato il finestrino perché lo avevo sentito gridare insulti a ripetizione. Avevo guardato di nuovo l'uomo al mio fianco, ma a parte un vistoso irrigidimento della mascella, come se si fosse messo in bocca un paio di noci, una per lato, non aveva avuto reazioni evidenti.

"Chi sono queste persone, Simone? Andiamo via, *ti prego*."

La voce di mia moglie tradiva la sua preoccupazione.

La tensione per l'assurda situazione, il timore per la mia famiglia, ero completamente preda delle mie sensazioni. Come a sedici anni, quando un paio di ragazzi più grandi di me mi avevano sorpreso nel bagno di un *McDonald's*. Eravamo nel piano interrato, non c'era nessuno ad aiutarmi, e mi avevano riempito la faccia di scarabocchi con un pennarello, neanche fossi stato un Maori. Ero andato fuori di testa, li avevo aggrediti urlando, mordendo e scalciando. Loro mi avevano guardato interdetti, poi mi avevano domato senza troppe cerimonie. Ricordo ancora l'urlo della cameriera quando mi aveva trovato, pitturato e sanguinante, con la testa nel cesso.

"Chiudetevi dentro e andate."

"Ma dove vai? Tesoro? *Simone*?"

Avevo spalancato la portiera e Giorgio era scoppiato a piangere. Prima di uscire, mi ero voltato verso mia moglie. Aveva uno sguardo piatto, estraneo, come se si fosse calmata all'improvviso, o avesse preso una decisione. I suoi occhi mi avevano lasciato una sgradevole sensazione, ma in quel momento cosa non lo era? Sembrava tutto così irreale, avevo l'impressione di guardarmi dall'alto, di non essere realmente padrone del mio corpo. Senza capire cosa stessi facendo, mi ero girato per affrontare l'uomo, che aveva atteggiato il volto a un sorriso di pietra.

"Chi si rivede."

Con una foga che adesso mi sembra comica, ero sceso dall'auto e avevo chiuso la portiera alle mie spalle. Quasi immediatamente, un forte rombo di motore e un acuto stridio di gomme dietro di me mi avevano fatto sobbalzare. Il tempo di girarmi, e avevo visto i fari posteriori della mia auto allontanarsi lungo la strada. Per un istante, avevo pensato fosse l'altra macchina, ma subito dopo era sfilata anche quella, l'uomo che avevo visto nello specchietto mi aveva lanciato un'occhiata atterrita ed era scomparso.

Avevo fissato stupidamente per qualche secondo il profilo del teatro Strehler che si stagliava contro il cielo scuro, come in cerca di un'ispirazione per mettere a fuoco la situazione. Mi ritrovavo in mezzo a una strada, in centro a Milano, con tre uomini in atteggiamento a dir poco aggressivo, intorno a me i rari automobilisti di passaggio si guardavano bene dal fermarsi e mia moglie mi aveva abbandonato sgommando. La nebbia sembrava rendere tutto ancora più surreale, e terrificante. Mi ero sentito assalire dal panico, che, mischiato alla strana urgenza che mi aveva fatto scendere dall'auto così velocemente, aveva avuto una strana reazione sulla mia consapevolezza.

All'improvviso, è stato come se avessi perso il controllo di me stesso. Non mi stupisco se di quei momenti serbo solo un vago ricordo. Le immagini degli avvenimenti successivi mi giungono ora filtrate attraverso una gelatina in una sequenza al rallentatore, come un vecchio film su una pellicola rovinata.

Rammento bene di aver percepito con chiarezza la botta di adrenalina, poi ero saltato addosso all'uomo prima ancora che i suoi scagnozzi capissero cosa fare. L'avevo preso in pieno in viso con una gomitata a caso, gli avevo tirato un calcio nelle palle e avevo fatto uno scarto laterale per affrontare i due uomini che mi erano venuti addosso, mentre il terzo si era chinato per sincerarsi delle condizioni del capo. Probabilmente erano armati, ma io ero ormai al di là di questo tipo di ragionamenti. Il calore dal petto mi era salito alle orecchie e oltre, fino ai follicoli, tanto che mi era sembrato si rizzassero i capelli sul cranio, nelle orecchie ormai un fischio acuto che copriva ogni rumore reale. Mi ero avventato come un posseduto su uno dei "nipoti", urlando e grugnendo, sbavando mentre colpivo. Avevo ricevuto dei calci, anche un pugno sulla tempia sinistra, cosa che in altre situazioni mi avrebbe fatto collassare, ma il dolore non mi era arrivato, come se il mio corpo fosse stato anestetizzato. Avevo aggredito l'altro, a morsi, anche, credo, poi un forte suono, un lampo e il buio.

6

"Allora, com'è andata con quella tipa, ieri sera?"

"Chi? Federica?"

"Appunto, vi ho visti intimi, ancora un po' la montavi sul divano.

"Tu, piuttosto. Al solito, a un certo punto sparisci. Tutte ci chiedono che fine hai fatto e noi non sappiamo che rispondere. Sembra quasi che non ci conosciamo."

"Te la sei portata a casa? E quei rimbambiti dei tuoi coinquilini scommetto sono andati in bianco pure con quelle racchie. E sì che le avevo scelte bene. Queste sicuro che non se le fila nessuno, mi ero detto. Appena uno ci parla, *bam*! Ci stanno senza neanche accorgersi che succede."

"Ma che dici? Ma di chi parli? Siamo stati tutti lì a parlare insieme. Abbiamo detto quattro stronzate, inventato che eri dovuto andare da un'altra parte e poi ci siamo salutati."

"Insomma, tutti in bianco, pure tu."

"La vedo dura conoscere una in un locale e portarsela a letto nel giro di un paio d'ore."

Mi ero morso la lingua. Era proprio quello che faceva Massimo.

"Quindi secondo te io racconto balle, eh? Ieri mi sono fatto un mazzo così per trovarvi un gruppetto con il numero e pure il tipo di donne giuste, assicurandomi persino la totale mancanza di competizione. Vi ho lasciato pieno di orgoglio, sicuro che ormai la palla sarebbe entrata in buca, visto che restava solo da appoggiarla. Se permetti, dopo un'impresa del genere ero a pezzi, e mi sono concesso il riposo del guerriero."

"Sì, eh?"

"Un salto all'Hollywood, e ho beccato questa tipa pazzesca, una tirocinante venuta da uno studio legale olandese. Sedi in tutto il mondo, fanno girare gli individui più promettenti, hai capito il tipo, no? Fanno riunioni-fiume, poi ristorante giapponese a mangiare sushi, che fa tanto elegante e infine tutti a festeggiare la vittoria di una causa o un aumento di stipendio in discoteca. Ma come fanno a lavorare così? Quello non era un tailleur, era un costume da film porno. E lì al locale non ti dico che competizione. C'erano i suoi colleghi, più tutti i maschi arrapati nel raggio di un chilometro che la seguivano con la bava alla bocca. Ma sai come va. Quando sento l'odore del sangue, non c'è n'è per nessuno, non mi fermo fino a che non affondo i denti."

Aveva mimato un morso, con i movimenti e le smorfie di un grande felino. Ero rimasto ad ammirarlo mentre continuava la descrizione delle sue nefandezze.

"Purtroppo la delusione è stata almeno pari alle aspettative. Un gatto di marmo. Una suora di clausura avrebbe cooperato con maggiore impegno e fantasia. Andandosene ha continuato a fare moine, che voleva rivedermi, che non poteva stare senza di me."

Aveva fatto una smorfia carica di disgusto,

allontanando con le mani un oggetto invisibile.

"Si era pure innamorata, la zoccola."

Sapevo per esperienza che non millantava. Un paio di volte mi aveva chiamato a notte profonda per dirmi di andare da lui, dicendomi che c'era una tipa per me, o due, non avevo capito se voleva fare cose in quattro, o in tre, ma avevo comunque declinato l'invito velocemente. Avevo messo giù il telefono con la fronte lucida e il respiro affannoso al pensiero di dovermi confrontare con una situazione del genere.

"Credevo che le tipe del nord Europa fossero sessualmente disinibite."

Si era fermato e mi aveva guardato, gli occhi in fuori.

"Anch'io, anch'io! Non ti dico come ci sono rimasto male!"

Avevo accennato un ghigno.

"Magari puoi fartela un altro paio di volte, prima che parta."

Un vigoroso scuotere del capo aveva anticipato il suo pensiero.

"Non ci penso neanche. Te l'ho detto, un pezzo di gnocca, ma un disastro a letto. Nessun potenziale, nessun margine di miglioramento."

Un netto gesto della mano a taglio aveva chiuso il discorso.

Massimo, unico tra noi, viveva da solo. Aveva già trovato un lavoro pagato in uno studio, grazie a conoscenze di suo padre, e aveva un appartamento in zona Lima. Una casa pazzesca. Nessuno, a parte la ragazza di turno, la donna delle pulizie, il pusher di fiducia e qualche intimo, era ammesso nel suo eremo. Io ero incluso tra gli ultimi, e ogni volta che vi entravo non potevo fare a meno di provare un senso di ammirazione che sfociava ribollendo nell'invidia.

Si trovava all'ultimo piano di un palazzo imponente, con un piccolo ascensore in ferro antico e legno, dal sapore di cabina di nave. Arrivati, bisognava poi farsi una rampa di scale e approdare a un pianerottolo con due porte. Una, bianca e pulita, dava sul solaio - così mi aveva detto Massimo quando mi aveva sorpreso a bussarci la prima volta che ero andato da lui; l'altra, scrostata e malconcia, conduceva all'appartamento. La porta era bassa, tanto da spingere a chinarsi per varcarla, ma subito oltre si apriva uno spazio inaspettatamente luminoso e profondo.

La stanza, quadrata, con pareti bianche e dall'arredamento moderno, era ampia e studiata apposta per lasciare a bocca aperta chiunque vi entrasse. Quello che saltava subito all'occhio era la vasca idromassaggio, trasparente, posta proprio nel mezzo e adagiata su un tappeto verde di erba sintetica, con tanto di fiori su lunghi steli abbondantemente sparsi per l'area. L'apoteosi del kitsch, in una posizione non certo casuale. Immersi nell'acqua ribollente, alzando lo sguardo verso l'alto si veniva rapiti dallo spettacolo che si apriva innanzi.

A circa tre metri dal pavimento, i muri si interrompevano e lasciavano il posto a una struttura in ferro inclinato, leggera ed elegante, che sosteneva ampie lastre di vetro a formare una piramide trasparente, il cui apice era esattamente sopra la vasca, a più di cinque metri d'altezza. Di giorno, era il cielo immenso a conquistare lo spettatore, di notte la città, i suoi rumori e i giochi di riflessi davano l'impressione che un essere vivente fatto di luci e ombre in continuo movimento fosse in procinto di sfondare le vetrate. Era uno spettacolo da Miami Vice, e ben poche ragazze in quella situazione potevano resistere alle avances da maniaco di Massimo.

Un'altra cosa che colpiva di quella casa era il bagno. Enorme, sembrava quello di un campeggio o di una caserma con il lungo lavandino in acciaio, il water in un gabbiotto di ferro, le docce a schiera su un lato e l'illuminazione a neon. Ma soprattutto, il motivo per cui quando capitavo da Massimo trovavo sempre una scusa per chiudermici dentro, era il sacco di cuoio da pugile appeso con una catena al soffitto, proprio al centro. Non credo lui l'abbia mai usato, ma io dovevo dargli almeno un paio di pugni, non riuscivo a resistere. Probabilmente ero una delle poche persone ad aver messo piede in quell'appartamento senza aver dovuto fornire un qualche tipo di servizio. Solo l'idromassaggio mi era stato precluso senza spiegazioni. Con il suo carico di lussuria, quell'oggetto rappresentava un mondo lontano che potevo solo sognare, mi intimoriva e attirava, a fatica riuscivo a staccargli gli occhi di dosso immaginandomi il mio amico immerso in acrobazie erotiche.

Una volta che ero andato a trovarlo e ci eravamo messi a guardare una partita di calcio prima di andare

in discoteca, Massimo aveva interrotto con una
gomitata le mie fantasie.

"Lo sapevi? Lo usava mio padre come pied-à-terre."

"In che senso?"

"Nel senso che quando mio padre doveva venire a
Milano per lavoro, invece di andare in albergo veniva
qua."

Massimo era di Roma e suo padre era un pezzo
grosso, un avvocato importante, con interessi in
politica. O forse egli stesso un politico, non ho mai
capito bene, e Massimo aveva sempre creato
confusione, mantenendo una certa nebulosità
sull'argomento. Comunque erano più che benestanti,
se non palesemente ricchi.

Colto in flagrante, avevo rivolto la mia attenzione
su un enorme armadio cinese in un angolo, prima di
riprendere il discorso.

"Ma non sarebbe stato più comodo andare in
albergo?"

Massimo aveva seguito il mio sguardo ed era
scoppiato a ridere.

"Sì, be', dipende. Era un periodo in cui doveva
venire spesso a Milano, e aveva trovato
quest'occasione da un'asta fallimentare."

Si era messo a giochicchiare con una statuetta di
ferro appoggiata al tavolo e poi mi aveva scoccato
un'occhiata di traverso.

"Puoi immaginare come vanno queste cose, no?"

"No, non immagino."

"Sì che lo immagini."

Posata la statuetta mi aveva fissato, le mani

incrociate sotto il mento, i gomiti sul tavolino.

"Ma che senso ha? Non poteva portarsele in albergo?"

"Ammetterai che avere un appartamento garantisce maggiore privacy."

Avevo cominciato ad arrossire, lanciando involontariamente un'occhiata alla vasca idromassaggio che capeggiava maestosa in mezzo all'appartamento, mentre Massimo seguiva attentamente le mie reazioni.

"E puoi farci tutti i giochetti che vuoi."

Avevo annuito in silenzio, sempre osservando l'oggetto.

"Ma tu come ci sei finito qui?"

Si era tirato all'indietro di colpo, sbuffando, e aveva riportato l'attenzione sulla statuetta.

"Qualche anno fa, poco prima che iniziassi l'università, è piombata qui mia mamma, evidentemente non invitata, mentre mio padre era là dentro."

Aveva indicato la vasca con il mento prima di continuare.

"Non da solo, nel caso te lo stessi chiedendo. Non ti saprei dire i dettagli, l'accaduto mi è stato vagamente riportato da mio padre, qualche sera dopo, in compagnia di una bottiglia di Berlucchi."

Aveva sollevato le spalle, indifferente.

"Comunque, suppongo che lei gli abbia fatto una bella scenata. Io ero a casa, a Roma, e alle cinque di mattina mi piomba mio padre in camera e mi tira giù dal letto, chiedendomi dove sia la mamma."

Massimo era scoppiato a ridere, al ricordo dell'evento.

"Ovviamente mi sono spaventato. Il giorno precedente al rientro da scuola avevo trovato un biglietto di mia mamma in cui mi informava che sarebbe tornata l'indomani. Cena in frigorifero, busta con qualche centinaio di euro sul ripiano del soggiorno, tavola apparecchiata in cucina. Niente di strano. Quando mio padre era via per lavoro, ogni tanto anche lei tagliava la corda. Ho sempre pensato fosse normale. Poi arriva lui all'alba con gli occhi stralunati e mi chiede che fine ha fatto lei. Ho pensato che le fosse successo qualcosa, ma a mio padre ho risposto che non lo sapevo, che come altre volte se n'era andata per una notte e che sarebbe dovuta tornare in giornata. Invece non è tornata."

Massimo si era appoggiato al tavolino di fronte a lui, le mani incrociate dietro alla nuca.

"E poi cos'è successo?"

Aveva fatto una smorfia.

"In quel periodo mi facevo già i cazzi miei alla stragrande, tornavo a casa solo per dormire, e se mi andava. A loro non interessava granché cosa combinavo. Però in quel momento ho provato pena, quindi sono rimasto vicino a lui per qualche giorno, forse una settimana, se non altro non mi perdevo l'evoluzione della telenovela. In quel periodo siamo stati sempre insieme, io finivo la scuola, lui mi veniva a prendere e una volta a casa nessuno dei due usciva. Sempre insieme, con lui incollato al telefono a cercare di contattare mia madre. Dopo una settimana di disperati tentativi è riuscito a raggiungerla. Io ero al suo fianco e lo vedevo piagnucolare, anzi, uggiolare, il patetico."

Il disprezzo per il padre lo aveva come issato in cima a un piedistallo morale, da cui giudicare le malefatte dei genitori. Cinicamente, avevo pensato che la mela non fosse caduta poi troppo lontano dall'albero.

"Ho saputo poi che la mamma era andata dai nonni, niente di troppo audace."

"E poi?"

Massimo si era stretto nelle spalle.

"Stabilito il contatto, mio padre ha martellato con il piagnucolio finché lei è tornata."

Era scoppiato a ridere, per poi tornare nella posizione iniziale.

"Per farsi compatire, ha persino fatto finta di stare male, con tanto di ambulanza e ricovero in ospedale, che neanche in un film con Alberto Sordi. È riuscito a farla sentire in colpa, così ha dovuto pure fargli da infermiera per quasi un mese."

"Cos'ha avuto?"

Di nuovo, lui mi aveva osservato in tralice, l'occhio sinistro che spiava attraverso la fessura tra anulare e medio della mano destra, come se non volesse far scorgere il suo sguardo.

"Fidati, so cosa sto dicendo. Lo conosco bene. E poi ho sentito mentre parlava al suo amico medico e si mettevano d'accordo su come organizzare la cosa."

"Vabbé, lo saprai tu. E poi siete tornati la perfetta famiglia felice."

"Sì, in maniera inquietante. Per fortuna era l'anno della maturità e io avevo già deciso di venire a Milano per fare ingegneria, quindi mi sono dovuto sorbire per poco le loro stronzate."

"Ma tua mamma l'ha perdonato?"

Massimo si era alzato e si era messo ad armeggiare nel frigorifero, una specie di armadio d'acciaio a due ante.

"Ha deciso di fargliela pagare, nel vero senso della parola. Si è fatta intestare la casa di Roma e quella del mare, al Circeo, mentre a me questo appartamento. Dal notaio e tutto. Una cosa da ridere."

"E tuo padre ha firmato, ubbidiente, con la coda tra le gambe."

Era riapparso con due birre in mano.

"Eh, già. A quel punto, mi sa che gli conveniva separarsi. Invece era tutto contento. Dovevi vederlo, grandi abbracci con il notaio, ha chiamato tutti quelli che passavano davanti alla stanza e ha spiegato loro cosa stesse facendo. Dal suo punto di vista, era il grande uomo magnanimo che pensava alla famiglia prima ancora che a se stesso. Io, raggelato, imbarazzatissimo, mia mamma, invece, tirata a lucido e con il cappello delle grandi occasioni, era sorridente, espansiva e loquace."

"Incredibile."

"Già. Secondo me, anche lei gli ha messo qualche cornone, ma da allora sono cambiati drasticamente. Quando torno a casa, il meno possibile, mi sembra di immergermi nella pubblicità del *Mulino Bianco*, tanto sono sdolcinati e felici."

E lui era il perfetto rampollo da telenovela. Bello, intelligente, arrogante e ricco.

Ci eravamo incontrati al primo anno, davanti a una bacheca, mentre stavo cercando il risultato della parte scritta di un esame. C'era un po' di ressa davanti al foglietto, e io non riuscivo a vedere niente a causa di questo ragazzo alto dai capelli voluminosi. Lo avevo spinto un po' di lato, lui si era girato verso di me, mi aveva sorriso e fatto posto. Mi aveva poi chiesto il mio risultato e io il suo - non era passato - e avevamo cominciato a parlare. Io l'avevo già notato ai corsi. Non si poteva altrimenti. Il suo aspetto appariscente, l'essere perennemente circondato dalle (poche) ragazze iscritte - che peraltro trattava con disarmante freddezza, la sua inaccettabile indolenza durante le lezioni. Tutto in lui rappresentava l'antitesi dell'ingegnere.

"Senti, visto che sei passato all'orale, e bene, concludo che hai una discreta idea della materia, non è che potresti fotocopiarmi i tuoi appunti?"

Me lo aveva chiesto con nonchalance, riuscendo quasi a far cadere la cosa dall'alto, come se mi facesse un favore.

"Cosa? Ma stai scherzando? Non posso certo perdere un pomeriggio davanti alla fotocopiatrice per te."

"Esagerato. Al massimo mezz'ora."

"Non hai proprio idea della quantità di fogli. Se vuoi, te li passo quando ho finito, tanto tu fino al prossimo appello non puoi fare niente."

Si era stretto nelle spalle, non troppo convinto.

Così avevamo fatto, e da quel giorno ero diventato il suo fornitore ufficiale di appunti. Successivamente, l'avevo presentato ai miei amici-coinquilini e avevamo iniziato a uscire tutti insieme. Quello strano rapporto, basato sull'utilitarismo, si era piano piano trasformato in qualcosa di molto simile all'amicizia. Almeno era quello che provavo io. Per quanto riguardava Massimo, la situazione era più complicata. Ci vedevamo con regolarità, ma sentivo che lui non mi considerava un suo pari. Questo non vuol dire che non provasse affetto per me. Per qualche motivo che non sono mai riuscito a capire, ma che ho subito intuito, provava un affetto profondo nei miei confronti. Forse gli ricordavo un parente, o un amico d'infanzia.

Ogni tanto nei suoi racconti si materializzava un fantomatico fratello minore, per poi scomparire convenientemente in altri. Niente di particolarmente strano, ma avevo la forte impressione che raccontasse un sacco di balle. Così, giusto perché gli andava di farlo. Così come probabilmente gli andava di pensare che ero io quel fratello minore invisibile che evidentemente desiderava per condividere il peso della sua sconclusionata famiglia. Quando uscivamo insieme, a volte la gente ci chiedeva se fossimo fratelli - questo nonostante non ci assomigliassimo per niente. Lui, alto, con i folti capelli neri, lo sguardo magnetico, la bocca carnosa. Tutto nel suo corpo, nella sua postura e anche nel modo di parlare, risultava attraente. Aveva persino un buon odore, cosa rara in un esemplare maschio della nostra età.

Inutile dire che io, come chiunque del resto, sfigurassi di fianco a questo dio pagano travestito da universitario. Ero poco più basso, lì riuscivo a difendermi abbastanza, ma in tutto il resto il confronto era veramente impietoso, a cominciare dall'incipiente calvizie che aveva cominciato ad affliggermi appena mi ero trasferito a Milano. Tutto di me sembrava fatto apposta per passare inosservato, e infatti era la norma che ragazze incontrate in un locale insieme a Massimo non si ricordassero di avermi conosciuto. Nonostante questo, capitava spesso che un estraneo evidenziasse una certa somiglianza tra noi. A quel punto, la sua espressione si trasformava, seguendo uno sviluppo che ormai avevo imparato a conoscere. Accogliendo la notizia, atteggiava una smorfia a negazione, quasi teatrale nella sua vigorosa ostentazione, stravolgendo violentemente le sue fattezze, come se la sola idea di essere imparentato con me gli desse il voltastomaco. Questa fase durava solitamente poco. Poi i muscoli facciali si ammorbidivano gradatamente, e una specie di sorriso veniva a formarsi sotto la superficie, impercettibile. Bisognava essere attenti osservatori per notarlo, ma era lì, ne ero certo. Un sorriso che sorgeva spontaneo, inconsciamente, e che trasformava per un attimo il suo bel viso, rendendolo grottesco e innaturale, come frutto di una lotta interiore impossibile da risolvere. Quel lampo sotterraneo, quella ribellione fisica, era a me ben nota, ed ero giunto alla conclusione che la descrizione migliore che potessi darne era di un tipo di soddisfazione, come se si compiacesse per il fatto che venisse notata una somiglianza tra noi, ma non volesse ammetterlo, nemmeno a se stesso.

Ricordo una volta che ci eravamo incontrati in un bar perché potessi dargli gli appunti. Ero esasperato e arrabbiato. Gli volevo bene, ma questa storia di non frequentare i corsi e dipendere in tutto e per tutto da me stava diventando pesante.

"Non puoi farteli passare da una delle tue fan?"

Mi aveva guardato, attonito.

"Quali fan?"

"Quelle che ti girano intorno appena varchi la soglia della facoltà."

Aveva annuito distratto.

"Quelle si fanno strane idee. Non voglio debiti con nessuno."

"E con me?"

Mi aveva sorriso e strizzato un occhio.

"Be', con te me la cavo facendoti diventare un uomo."

Vivevo una perenne e insolubile ambivalenza, a un passo dalla schizofrenia. Da un lato ero motivato e spronato da Massimo a comportarmi in maniera spregiudicata e per quanto possibile predatoria nei confronti del gentil sesso. Dall'altro mi sentivo sfiduciato nelle mie capacità, ed ero appagato dalle mie caste frequentazioni con poche o nulle speranze di evoluzione. Avevo stabilito che oltre un tetto massimo temporale tra due eventi di contatto fisico con il gentil sesso, mi sarei dovuto preoccupare. Erano trascorsi otto mesi dall'ultima volta che avevo baciato una ragazza, e stavo cominciando a innervosirmi. Non che risolvessi qualcosa, anzi aggiungevo un ulteriore elemento di difficoltà in un quadro generale di grande incertezza. Non avevo la minima idea di quale tipo di persona fossi, avrei voluto o dovuto essere, ma certo non ero soddisfatto di me.

In questa condizione di instabilità avevo conosciuto Daniela.

Era un giovedì sera, mi trovavo in un locale in zona Porta Venezia che frequentavo abitualmente - la regola d'oro di Massimo, frequentare sempre gli stessi luoghi - e stavo aspettando alcuni amici e i miei immancabili coinquilini. Ero arrivato presto, e dopo qualche minuto di attesa in strada, avevo deciso di attendere gli altri all'interno. Dopo pochi istanti, mi ero pentito della decisione. Non mi piaceva stare da solo in un bar. Più osservavo le persone che intorno a me ridevano, parlavano e socializzavano, completamente a proprio agio, più mi sentivo fuori luogo. Non avevo mai provato un'invidia così forte. Per darmi un tono e occupare le mani, avevo preso una birra, anche se sentivo lo stomaco contratto per la tensione. Giusto per fare qualcosa davo brevi e frequenti sorsate al boccale di fronte a me, mentre il mio sguardo passava in rassegna la gente intorno, per poi fissarsi alcuni minuti sull'ingresso, nella speranza di vedere comparire volti a me noti. Molta gente aveva già il telefonino, compresi i miei amici, ma a me era sembrata una spesa eccessiva e inutile, dopotutto in casa avevamo un telefono dotato di un utilissimo quanto inutilizzato contascatti per dividerci equamente le spese telefoniche, quindi non avevo la minima idea di quanto avrei ancora aspettato o se quegli imbecilli mi avrebbero dato buca.

A un certo punto, mi si era avvicinata questa ragazza con un'aria familiare, ma di cui non ricordavo assolutamente il nome. Era carina, non una bellezza, ma sembrava proporzionata e aveva un viso regolare. Mi aveva sorriso, e il cuore si era messo a martellarmi in petto, mentre una goccia di sudore freddo aveva cominciato a scivolare tra le scapole e un'altra si era fatta strada sulla tempia sinistra. Poi aveva pronunciato il mio nome, e mi ero illuminato rammentando un tavolo di studentesse presentatoci qualche sera prima da Massimo, proprio in quel locale.

"Chiara, vero? Che piacere!"

Era sembrata deliziata dal fatto che mi ricordassi di lei, e mi aveva chiesto cosa stessi facendo, per poi invitarmi al suo tavolo. Avevo accettato di buon grado, lieto di liberarmi da quella situazione opprimente. Al mio arrivo, però, sei occhi mi avevano guardato con malcelata irritazione e freddamente mi avevano seguito mentre avvicinavo una sedia e la accostavo al tavolo presentandomi imbarazzato. Una ragazza, invece, mi aveva sorriso calorosamente. La mia conoscenza aveva appena commesso il peggiore peccato che potesse fare, invitando un estraneo quando accompagnata da un ragazzo. In questo caso gli accompagnatori erano tre, resi ancora più furiosi dalla presenza dell'altra femmina. Ci fosse stato un palo o un albero nelle vicinanze, gli accompagnatori vi si sarebbero recati in fila indiana per orinarvi a turno sopra, ringhiando e raschiando con rabbia il terriccio intorno. L'amica di Chiara, invece, era sembrata contenta - avrei giurato sollevata - e mi aveva fatto posto al suo fianco, generando grande allarme tra i suoi accompagnatori.

Si chiamava Daniela.

Aveva i capelli corti e i lineamenti regolari, un sorriso non perfetto ma attraente nella sua spontaneità. Gli occhi, scuri e profondi, erano eccezionalmente vivi e umidi, con una capacità quasi magnetica di attrarre il mio sguardo.

Essendo rimasta seduta, non avevo avuto modo di controllare come fosse fisicamente, ma sembrava ben proporzionata, e mentre il mio occhio critico aveva scorto linee morbide, non sembravano tali da definirla grassa, comunque non sufficienti da far scattare un campanello di allarme. Tra noi si era magicamente instaurata una forte sintonia, quale non avevo mai provato. Forse ero sotto l'effetto di una forzata astinenza, ma mi sembrava attraente, simpatica e brillante, in pratica mi ero immediatamente invaghito di lei. Avevamo conversato per un tempo insospettatamente lungo, completamente dimentichi della gente intorno a noi. Solo quando i suoi quattro amici si erano alzati per andare via avevamo preso coscienza del mondo circostante. Allora, senza capire perché, avevo provato un momento di vero e proprio panico al pensiero che la ragazza mi lasciasse.

L'amica ci aveva guardato dubbiosa, ed era rimasta un po' indecisa sul da farsi. Avventurarsi da sola con i tre, che con occhi stralunati e mascelle pendule sembravano ormai ai limiti della loro umanità, carichi di energia sessuale e frustrazione, oppure ritardare la dipartita, con il rischio di dover fare da terzo incomodo per il resto della serata? Fortunatamente, aveva optato per la prima opzione, e un paio d'ore dopo ero davanti al portone di casa di Daniela, davanti al quale avevamo continuato a parlare finché la luce del giorno non ci aveva interrotti. Lei mi aveva salutato, senza alcun imbarazzo si era avvicinata e mi aveva baciato, sulle labbra - un vero bacio, incredibile. L'euforia che avevo provato quella mattina, tornando a casa, con giusto il tempo per fare una doccia prima di andare a lezione, era durata per giorni e giorni.

7

Sono sul sedile posteriore dell'auto, guardo i campi che scorrono oltre il finestrino sporco, piatti e incolori nella pallida luce del tramonto. Alberi raggruppati in un surreale bosco ordinato, una cascina, antenne paraboliche e panni stesi. Un fiume, un falò, qualche prostituta pallida e magra si aggira nella penombra. Tra qualche ora passerà il loro padrone per controllare la situazione. Botte e stupri, giusto per non allentare la tensione del guinzaglio. Ormai oltre il mio campo visivo, lancio un silenzioso augurio che almeno stasera si risparmi sugli schiaffi. Non capisco proprio chi riesce a eccitarsi al cospetto di quegli spettri, dei sadici, forse un po' necrofili. Sposto lo sguardo alla mia destra, poi sulla nuca del guidatore e sul passeggero al suo fianco, Nick. Una decina di minuti fa mi si è presentato alla porta del seminterrato.

"Muoviti, ho bisogno di te."

Non ho fatto domande, nessuna sorpresa. Ho messo la felpa e l'ho seguito docilmente. Quando ha bisogno di me, con quella luce negli occhi, non promette nulla di buono.

Un bagliore tra i miei piedi interrompe i miei pensieri. Un cacciavite sul pavimento della Punto. Mi guardo intorno furtivamente, cerco di calcolare le possibilità di riuscire ad ammazzarli e scappare. Fisso ancora Nick. È lì, placido e beato che si fuma la sua sigaretta e guarda il cellulare. Neanche a lui interessano quelle prostitute scheletriche. Poco prima di uscire, ci ha dato dentro con due travestiti di uno e novanta, sui cento chili l'uno. Sembrava contento, quando se ne sono andati. Si sbracciava a salutarli sulla soglia e rideva, avvolto nella sua fetida vestaglia a fiori gialli. Sembrava quasi il lupo vestito da nonna dopo che si è fatto Cappuccetto Rosso.

Infilo il cacciavite nella gola di Luis, al mio fianco. Se tutto va bene, emette un rantolo sorpreso, nulla di più. Nick non fa in tempo a voltarsi che già ce l'ha nel collo, a squarciargli la carotide. Infine il guidatore, Marcos. Lui se lo prende nella nuca, da dietro, se sono rapido abbastanza non riesce neanche a capire cosa stia succedendo. Tiro il freno a mano, controllo lo sterzo allungandomi davanti, accosto, prendo i loro portafogli, butto giù tutti e via. Stavolta è un cacciavite, altre volte è stato un pezzo di filo di ferro, un martello, anche a mani nude, tante variazioni sulle mie fantasie irrealizzate. Una volta avevano lasciato sul sedile posteriore una pistola. L'ho contemplata per una decina di minuti fantasticando sanguinose stragi prima di riportare l'attenzione verso il finestrino.

Guardo Luis, poi Marcos. Poi ancora Luis.

"Che hai da guardare?"

Mi stringo nelle spalle. Luis e Marcos sono i due guardaspalle di Nick, recuperati chissà dove. Sono due sudamericani, bassi e robusti, dalla notevole forza fisica e fedelissimi al loro padrone. Marcos è il "cattivo" della coppia, veste da rapper ed è coperto di tatuaggi. Ha una cicatrice che gli attraversa il viso, dalla tempia destra alla guancia sinistra, mal cucita, spessa e storta. Ho sempre pensato che l'autore del taglio meriterebbe un premio per essere riuscito a evitare gli occhi, anche se non credo sia ora in grado di ritirarlo. Sicuro che ha fatto una brutta fine. L'aspetto da mostro della palude è completato da una voce rauca e bassa, quasi incomprensibile. Per fortuna non è uomo di grandi discorsi, il nostro Marcos. Luis, invece, vuole passare per un dandy raffinato ed elegante, dai modi ricercati. Cerca sempre di impostare la voce e di esprimersi in maniera corretta, anche nelle situazioni più improbabili, e al confronto del compare, è quasi un pacifista. Sono stati loro ad avermi dato il benvenuto, anni fa. Mi hanno riempito di botte e umiliato, e non ci penso affatto a dimenticare o perdonare.

Mi rimetto a guardare il paesaggio che scorre oltre l'auto.

Da cosa penso di scappare? Da questa vita, dal vecchio o da Nick? Forse non sono abbastanza motivato, non ho abbastanza sete di sangue. Forse la realtà che mi circonda mi sembra più vera di quella appartenente ai miei ricordi. Sempre più lontani. Risate e profumo di pasta al pomodoro, chiacchierate insignificanti, litigi ridicoli, un occhio che mi fissa e sbatte lentamente le palpebre, morbidi capelli che scorrono tra le mie dita. Mi aggrappo a immagini, suoni e odori che dal fondo della mia memoria riemergono sempre più sbiaditi. Dovrei rischiare la vita per questo? Scuoto la testa, la luce fuori è molto più bassa, ora. Daniela è passata oltre, Giorgio pure.

Io scapperò da questa realtà quando sarò pronto a crearmene una.

Fuori cominciano a vedersi dei capannoni, intervallati da bar e ristoranti, malandati e pretenziosi. Lavoro duro, e noi lo rendiamo ancora più duro. In questo momento, da qualche parte, c'è un povero cristo che si rifiuta di dare il dovuto, e io devo fargli capire di non mettere in discussione una situazione di fatto. Nella mia vita precedente quello che sto per fare mi sarebbe sembrata una cosa surreale, assurda, ora invece agisco cercando di non pormi domande, di liberare la mente da pensieri o scrupoli. Ma non è come combattere sul ring.

Una volta, quando avevo la mia vita normale, non mi sarebbe mai venuto in mente di picchiare qualcuno. Ora basta una parola di Nick e tiro pugni in faccia a chiunque, giovani o anziani, piagnucolanti o che implorano pietà, da soli o davanti alla loro famiglia. Mi sembra quasi di vivere una situazione irreale. La prima volta è stato uno shock, pensavo che mi sarei abituato, diventando con il tempo come questa gente. Ho ancora negli occhi quest'uomo sui sessanta, piccolo ed emaciato, che tenevo per il colletto della camicia. Più che altro lo sorreggevo, perché forse troppo preso dalla parte o desideroso di finire al più presto, gli avevo già assestato un paio di sberle ed era lì lì per svenire, il sangue che gli usciva copioso da naso e bocca. Non sapevo bene che fare, combattuto dall'istinto di provare vergogna di me e cercare di aiutarlo, come se non l'avessi ridotto io così, e quello di tenere lo sguardo impassibile da duro, investito del mio nuovo ruolo. Nick lo stava insultando, voleva dei soldi e io dovevo dare un po' di corpo alle sue parole. Avevo avuto anche allora una leggera contrazione allo stomaco, ma avevo superato l'impasse, confortandomi che stavo solo eseguendo degli ordini, e che non c'era nulla di personale contro quell'uomo. Per mia fortuna, i soldi erano spuntati dopo pochi scappellotti, e io avevo inaugurato la mia nuova vita senza dover neanche rompere un dito. A dire il vero, ormai quasi non devo più picchiare nessuno. Basta che mi vedano. Entra "il bello" e allungano la mano verso la cassa, smunti in viso. Capisco che qualche anno di combattimenti abbia avuto effetti sui miei lineamenti, ma la reazione mi pare esagerata. Comunque, loro sbiancano e capitolano, io tiro un sospiro di sollievo e Nick si piega in due dal ridere.

" 'il bello' colpisce ancora!"

E giù a ridere ancora, con quella sua risata in falsetto che tanto mi fa venire voglia di sangue.

Il buio è calato velocemente intorno a noi, piccole case costeggiano la nostra avanzata inesorabile. Provo una stretta allo stomaco, che ricaccio velocemente. Niente, non ci riesco proprio, e ogni volta è sempre peggio. Mi piego prendendomi la testa tra le mani, poi mi accorgo che Luis mi sta osservando e mi rimetto dritto appoggiandomi contro lo schienale. Siamo arrivati. È un centro abitato, una di quelle province nell'hinterland milanese, avvolte nella nebbia e nell'oscurità alle quattro di un pomeriggio invernale e Nick si è fermato in prossimità di un bar e di un ristorante. Apro la portiera e scendo risoluto. In giro non c'è nessuno, un gatto attraversa furtivo la strada. La luce di bar e negozi lungo la strada sembra fuori luogo, in questo paesaggio spettrale. Dev'essere dura sopravvivere qui, e noi certo non aiutiamo a risolvere la congiuntura economica. Il silenzio e l'umidità ci avvolgono. Mi blocco in attesa che Nick indichi la destinazione, ma non dà segno di muoversi. Sposto il peso del corpo da un piede all'altro, a disagio, guardo gli altri fare lo stesso. I minuti passano, gettiamo occhiate dubbiose al nostro capo che sta fermo sul marciapiede a fumare una sigaretta dietro l'altra, pacifico e beato come se fosse sulla sedia a sdraio nel suo giardino. Evidentemente sta aspettando qualcuno, ma dopo mezz'ora non è ancora passata anima viva da quella strada, tanto che mi chiedo come i commercianti riescano a dare un senso alla loro esistenza e a trovare di che sfamarsi. Passa un'ora, fa freddo, Nick è sempre lì fermo, deciso a finire il suo pacchetto di sigarette. Io e Luis ci scambiamo un'occhiata, ma nessuno dei due dà voce ai propri pensieri. Cosa diavolo sta succedendo?

A un certo punto, dei fari si avvicinano silenziosi e nel giro di qualche istante tre auto si bloccano davanti a noi, scure e minacciose. Ne escono una decina di brutti ceffi che formano velocemente un cerchio intorno a un vecchio grasso con cappello e bastone che smonta a fatica e cerimoniosamente dalla sua vettura. Provato dallo sforzo, resta qualche minuto immobile a prendere fiato, poi fa un cenno a

Nick, che scatta sull'attenti e si precipita al suo fianco. Senza neanche guardarlo, il vecchio si dirige lentamente verso il bar di fronte a noi, dall'altro lato della strada, Nick al seguito, testa china e la coda tra le gambe, e sei uomini di scorta intorno. Marcos e Luis provano ad accodarsi, ma un ceffo li trattiene con un impercettibile gesto della mano. Non ha l'aspetto di uno che apprezza il dialogo, e i due capitolano senza fare storie. Fa freddo, ora, e la curiosità è forte. Cerco di sbirciare all'interno del bar, ma vedo solo gli uomini del vecchio, immobili, probabilmente gli altri si sono appartati in una saletta interna. Dopo mezz'ora, Nick finalmente si materializza, riconquista per qualche istante l'autorità perduta e ci fa cenno di entrare.

L'interno è caldo e luminoso, forse eccessivamente ricercato per essere in un posto del genere, ma sono congelato e mi sfrego con piacere le mani nelle tasche. Costeggiamo un imponente bancone in acciaio, lucido e vistoso, incredibilmente alto, giro lo sguardo e ammiro lampade in stile classico e scuri quadri a olio appesi alle pareti, mentre il lato opposto è adornato da piccoli ma eleganti tavolini. Sarei tentato di ordinare un caffè o comunque qualcosa di bollente, ma l'uomo dietro al bancone sembra tutto fuorché un barista e Nick non sembra aver intenzione di fermarsi.

Nella saletta interna l'arredamento è decisamente meno curato di quello all'ingresso, c'è meno luce e l'aria è densa di fumo, ma non è questo che attira la mia curiosità. Al centro della stanza è posizionato un tavolo da biliardo, a fianco del quale il vecchio, seduto e immobile come una statua è accomodato su una sedia messa con lo schienale sul davanti e vi si appoggia con gli enormi avambracci. Si è tolto il cappotto e sembra cogitabondo, lo sguardo perso sullo strano oggetto disposto sul tappeto verde. Al mio ingresso, pensavo fosse il cappotto dell'anziano, che ora è in cardigan e maniche di camicia, ma mi rendo conto che è un uomo, steso supino a quattro di bastoni. Sul lato corto del tavolo, un ceffo, stecca in mano, tiene sotto tiro la palla bianca, in posizione da spaccata. Fa ondeggiare vistosamente il braccio, come se stesse prendendo le misure prima del colpo. Sono abituato a scene spiacevoli, ma nondimeno non riesco a trattenere una smorfia di dolore. Se dovesse tirare ora, la palla finirebbe dritta dritta nei genitali dell'uomo steso, che a giudicare dall'espressione è al corrente del rischio.

Il vecchio porta il suo viso in prossimità di quello dell'uomo e gli sussurra qualcosa all'orecchio, poi guarda Nick, che gli si avvicina con circospezione e scambia docilmente alcune parole. Da quando siamo arrivati, non ho potuto fare a meno di notare come sia cambiato il suo atteggiamento, lui sempre arrogante e aggressivo, sembra ora che cammini sulle uova, tiene il capo chino e la voce bassa, neanche fosse in chiesa. Il vecchio si esibisce in un breve cenno con la mano e Nick torna ubbidiente verso di noi. Non sarei sorpreso se camminasse all'indietro per non mostrare le terga o se si esibisse in una serie di inchini in stile giapponese. L'uomo steso sul tavolo emette un lieve lamento. Ha un'aria vagamente familiare e lo osservo con più attenzione. Ha il viso tumefatto e insanguinato, lo sguardo terrorizzato, chiaramente è stato preso a pugni in faccia da mani esperte, ma senza inutile cattiveria. Qualche livido, un labbro spaccato e il naso rotto. Niente di grave, ma ammetto che per un civile dev'essere uno shock, soprattutto legato in quella posizione, sdraiato a pancia all'aria mentre un balordo gli tiene sotto tiro i testicoli con una palla da biliardo.

"Vuole che ci parli tu."

"Io? Perché io?"

"Il capo dice che non vuole fare un casino e che tu magari puoi convincerlo."

Sono allibito. Il vecchio si gira lentamente verso di me e mi fissa. È grasso e impacciato, con un viso rugoso pieno di pieghe e rigonfiamenti. Gli occhi e la bocca sono fessure senza vita, la pelle ha una tinta olivastra, da persona malsana. Sembra un vecchio rospo rugoso, orrendamente brutto, con un effetto estetico non dissimile da quello che ha cercato di ottenere a suo tempo l'ideatore di Jabba-the-Hutt.

Mi domando come riesca a radersi.

Neanch'io devo fargli una grande impressione, perché dopo avermi messo a fuoco, le sue fattezze di granito hanno un leggero ma deciso tremito, le pieghe si muovono ondeggiando, e per quanto possibile, assume un'aria che definirei di disapprovazione, se non di disgusto. Dopo qualche interminabile secondo, in cui probabilmente si riprende dallo sforzo di aver mosso i muscoli facciali, fa un cenno breve e solenne. Nick mi dà un colpo nervoso nel fianco e ci dirigiamo verso di lui.

Da vicino è anche peggio, è veramente vecchio e malmesso, respira rumorosamente e suda come un cavallo da tiro, mentre la voce è un sospiro rauco. Vedo le labbra muoversi impercettibilmente, la bava fuoriuscire copiosa, ma non riesco a cogliere un senso nei versi che mi giungono all'orecchio. Chissà quel poveraccio lì di fianco, pestato e spaventato, cosa può aver capito.

Il vecchio muove le labbra e sento un suono aspro, gracchiante. Mi guardo intorno per controllare se qualcuno ha inteso cosa sta dicendo, e vedo che tutti mi stanno fissando. È un momento di forte tensione, il suo viso comincia a tremare, movimenti epidermici si palesano in profonde rughe su fronte e mento, mentre un generale riassestamento cambia la posizione di pesanti masse di carne. Anch'io riesco a capire che si sta innervosendo. Nick interviene rapido a risolvere la situazione, gli si inginocchia di fianco e si fa ripetere il comando.

"Il capo è onesto, capisce che sei in una posizione di merda e ti vuole venire incontro. Ottocento euro al mese ed eviti un casino inutile."

Lo guardo sbigottito, senza capire, lui fa un gesto nervoso verso il biliardo. Capisco.

"Ma non gli ha appena parlato lui?"

Nick aggrotta la fronte, si fa paonazzo. Non è mai stato un campione di pazienza, ma ora è sulla graticola.

"Riferiscigli quello che ti ho appena detto."

Non si fanno domande, si obbedisce.

Il vecchio non sembra avere intenzione di farmi posto, quindi devo fare il giro del biliardo per poter parlare all'uomo sdraiato. Cerco i suoi occhi, sempre fissi al soffitto, la mente sembra vagare in un'altra dimensione, probabilmente dove può volare o evitare palle da biliardo dirette ai suoi testicoli con la sola forza di volontà. Gli agito una mano davanti al viso e dopo qualche istante sbatte le palpebre, mi mette a fuoco e all'improvviso i suoi lineamenti si stravolgono in una smorfia di terrore, apre la bocca come se volesse urlare ma non ne esce alcun suono, poi comincia ad agitarsi come preso da un attacco epilettico. Non se l'aspettava. Neanch'io. Istintivamente, sposto il capo all'indietro, poi riprendo il controllo e mi riavvicino. Temo che l'incontro di ieri sera mi abbia ridotto peggio di quanto pensassi, comunque peggio di una palla da biliardo sparata nei testicoli. Meglio così, non ci sarà bisogno di insistere per fargli accettare l'accordo. I nostri occhi si incrociano nuovamente, e accade l'imprevisto. Una scossa mi lacera dentro, con violenza, tanto da lasciarmi senza fiato, la vista mi si annebbia, la nausea mi assale come un pugno nello stomaco, barcollo. Sto scivolando a terra, aggrappo il tavolo e mi sorreggo a fatica. Non riesco a capacitarmi della cosa, probabilmente mi sbaglio, ma più lo guardo, più mi sento male. Respiro affannosamente, ci fissiamo, lui ha un'espressione terrorizzata. Sta pensando che questi balordi sono passati alle armi pesanti, si sta chiedendo cosa gli succederà, cosa sarà capace di fare questo tizio dalla faccia così impresentabile, da boia medievale. Conosco bene quello sguardo, e in un certo senso mi rincuora. È lo sguardo di chi ha gettato la spugna, di chi pur testardo, orgoglioso e onesto è convinto di non avere più speranza. Nessun lampo in quegli occhi, la mia vista non ha acceso nessuna luce, solo un abisso di orrore. L'avranno fatto apposta? Probabile, mi sembra una coincidenza troppo grossa, e da queste parti le coincidenze non esistono. Sono balordi, ma non sono stupidi. Resisto alla tentazione di sbirciare il vecchio o Nick, so di avere i loro sguardi puntati su di me e gli ho già dato fin troppa soddisfazione. Deglutisco con forza, avvicino la bocca al suo orecchio e gli riferisco il messaggio, cercando di parlare con la voce più roca di cui sono capace. Mi esce una sorta di ridicolo falsetto gridato e vorrei sprofondare, ma il mio interlocutore deve aver preso l'esibizione come un'ulteriore prova della mia distanza dal genere umano. Si solleva per quanto glielo concedano le cinghie, mi esamina in viso e annuisce velocemente, più volte, per essere sicuro che io abbia capito.

Non mi ha riconosciuto, sono certo, e ho portato a termine il mio lavoro.

Sollevo gli occhi verso la parte opposta del tavolo, Nick e il vecchio mi stanno osservando, faccio fatica a distinguerli dall'arredamento. Guardo ancora il mio interlocutore, che pare esausto ma rilassato. Tutto sembra a posto, ora, anche il sangue delle sue ferite si è rappreso. Scavo nelle tasche dei pantaloni e riesco a trovare un fazzoletto sporco, glielo passo sulla bocca e lui mi sorride timidamente. Un uomo avanti negli anni, con una vita normale, un lavoro pesante, affrontato da solo, una moglie che lo sta aspettando a casa e che probabilmente è preoccupata perché non ha risposto al solito messaggio delle sei. Quando ha chiamato, un uomo le ha detto di stare tranquilla, che suo marito è a una riunione d'affari, e alle sue insistenze le ha intimato di non rompere e di non chiamare la polizia se vuole rivedere suo marito intero. Suo figlio è sparito nel nulla, ma per fortuna c'è il nipote, la luce dei suoi occhi. È dura tirare avanti, ma non vuole mollare, immagino gli piaccia il suo lavoro. È una persona gentile, altruista e innamorata della vita. Adora conoscere gente nuova, parlare con gli avventori, se può, offre sempre un caffè e un cornetto a un disperato che entra. Una persona mite, che non ha certo gli strumenti per difendersi da chi non appartiene al suo mondo e non rispetta le sue stesse regole.

Nick richiama la mia attenzione. Annuisco e lui piega la testa da un lato, verso l'uscita.

Penso di averla passata liscia, ma all'improvviso sento qualcosa di caldo e vischioso all'altezza della nuca, una specie di scossa elettrica che mi fa quasi schizzare fuori gli occhi e che si irradia velocemente in tutto il corpo. Il cuore mi batte all'impazzata, le mani mi tremano, le caccio nelle tasche della giacca, comincio a sudare peggio del vecchio. Sento un rancore selvaggio salire dentro di me, ne sono terrorizzato. Non riesco a contenermi, sento che potrei fare qualche follia e mi lascio la sala da biliardo alle spalle quasi correndo.

La nebbia e l'oscurità mi accolgono in un abbraccio confortevole e rincuorante. Ho la schiena completamente fradicia, sento il sudore colare senza freno.

"Tutto bene, 'Bello'?"

Nick mi ha seguito e ora mi è vicino. Mi appoggia una mano sulla spalla e mi guarda. Non è preoccupazione, la sua mano è ferma e carica di minacce. Dietro di lui stanno arrivando anche Marcos e Luis. Ho la tentazione di affondargli i denti nella faccia, faccio fatica a non saltargli addosso. Gli sposto la mano con uno strattone, accosto il mio viso al suo. Dammi un motivo, dammi un motivo, dammi un motivo, ti prego.

"Tutto a posto, grazie."

Deve leggere qualcosa di pericoloso nei miei occhi perché fa un passo indietro.

"Ehi, mi stavo solo preoccupando per te. Non c'è bisogno di prendersela, vero Marcos?"

Quello annuisce e con indolenza prende una sigaretta e la offre all'amico. Ne offre una anche a me.

"Torno subito."

Mi butto nella notte.

"Ma dove vai?"

La voce di Luis è già lontana. Corro al massimo per non so quanto, senza controllare il fiato, alla ricerca del dolore e l'esaurimento fisico. Scorgo un bidone dell'immondizia in alluminio. Perfetto. Ansimante e tremante, comincio a tempestarlo di calci e pugni.

Sento qualcosa strapparsi nella mia spalla destra ma continuo imperterrito. Il suono dei miei colpi, la vista del sangue sulla lamiera mi iniziano a calmare, ma proseguirei ancora un po', giusto per arrivare fino in fondo. Invece a un certo punto una voce mi interrompe.

"Cosa fai? Chiamo la polizia, balordo!"

Mi guardo in giro, c'è solo buio, non scorgo nessuno. Poi alzo gli occhi e vedo a un paio di metri più in alto della mia testa, una finestra illuminata e il viso di un uomo irato. Gesticola vigorosamente.

"Ubriacone, balordo! In galera devi andare, te! Adesso chiamo la polizia e ti sistemano, vedi."

Ha un effetto calmante immediato. Mi riprendo quel tanto che basta per vergognarmi di me stesso, gli faccio un gesto conciliante e ritorno da dove sono venuto, a testa bassa, le mani stese lungo i fianchi.

"È ancora valida l'offerta della sigaretta?

Marcos e Luis sono ancora lì fermi. C'è anche Nick che parla rivolto al finestrino dell'auto del vecchio. Le ultime leccate di culo. Senza dire niente, Marcos mi porge il pacchetto lanciando un'occhiata distratta alle mie nocche insanguinate. Sto ancora tremando e questi non sanno quanto mi sfogherei volentieri su di loro.

Era un periodo difficile, posso dire questo a mia discolpa.

Daniela aveva trovato subito un lavoro, un lavoro vero, nella ditta dello zio, che l'aveva assunta per aiutarci. Faceva poco più che la segretaria ma, se non altro, aveva le spalle coperte. Avrebbe dovuto finire di laurearsi in Economia e Commercio, e diceva che avrebbe dedicato alla scrittura della tesi il periodo di maternità. Ne dubitavo fortemente, ma ero contento che l'avesse presa con tanto ottimismo. Per me era stato un colpo, come svegliarsi da un bel sogno in una notte d'inverno e scoprire che si è rimasti scoperti. Ci frequentavamo da tre anni, spensieratamente e senza avvertire la necessità di porci domande sul nostro futuro. Vivevamo in case diverse, in condivisione con altri studenti e l'orizzonte temporale della nostra vita erano i piani per aperitivi e week-end, al più per le vacanze. Di certo non pensavamo a progetti elaborati per diventare adulti o membri attivi della società.

Qualche mese prima della grande notizia mi ero laureato, avevamo festeggiato con i nostri amici e con i soldi ricevuti da vari parenti eravamo partiti per il Sud America. Un mese a girovagare e fare foto, senza pensieri, liberi e felici. Al rientro, pieno di aspettative e fiducia nei miei mezzi, mi ero messo a cercare un lavoro, come se si fosse trattato di compilare la richiesta di iscrizione all'università. La brutalità del mondo reale mi aveva colpito come un maglio di ferro. Non stavo cercando un lavoretto da cameriere o call-center, e l'infinita trafila di mail, colloqui e appuntamenti non aveva portato ad alcun risultato. Aveva iniziato a montare in me il dubbio che forse non ero proprio preparato ad affrontare tutto questo. In attesa di tempi migliori e per pagarmi l'affitto, avevo ripiegato momentaneamente su un lavoro part-time, come facevo da studente, e con mia grande gioia tutto era tornato come prima. Una sera un amico mi aveva chiesto cosa avessi intenzione di fare per l'imminente chiamata al servizio di leva. Io avevo fatto spallucce, ma avevo notato che un'ombra era passata sugli occhi di Daniela. Quella sera stessa mi aveva confidato la notizia esplosiva. Sorridendo, come se dopotutto avesse preferito mangiare una pizza invece di andare all'indiano. Avevo provato un forte impulso di prenderla a schiaffi, non so perché, poi avevo vomitato e il giorno dopo avevo fatto richiesta per il servizio civile.

Avevo trovato un posto in una cooperativa sociale del comune di Segrate. Superato lo shock, ero entusiasta di questa nuova esperienza e non vedevo l'ora di iniziare, principalmente per togliermi dalle scatole. Dopotutto, era un lavoro vero, inoltre avrei fatto qualcosa di positivo per la società e dedicato il mio tempo ad aiutare gli altri. Magari mi si sarebbero aperti orizzonti nuovi e, chissà, avrei potuto trovare la mia vera vocazione, non certo quella palla che mi ero sorbito per cinque anni e che avrebbe dovuto incatenarmi per il resto dell'esistenza.

Il primo giorno di lavoro mi ero presentato all'ufficio, sorridente e volenteroso, sbarbato e con una maglietta pulita. Era una bella giornata di Maggio, già con quel tepore che avrebbe annunciato l'estate imminente, ma non mi importava di perdere le vacanze. Le avrei sacrificate volentieri per la prospettiva di fare qualcosa di utile. Era una moderna palazzina a due piani, con grandi finestre e una robusta struttura in alluminio, mentre il piazzale antistante, polveroso e desolato, dava l'idea di un lavoro non ultimato. Al citofono non aveva risposto nessuno, ma non avevo voluto sentire il campanello d'allarme risuonato nella mia testa, e avevo aspettato fiducioso senza lasciarmi perdere d'animo. Dopo una buona mezz'ora sotto il sole si era presentato un uomo magro in canottiera e pantaloncini, con un paio di ciabatte di gomma, di quelle da mare, che mi aveva chiesto in malo modo cosa volessi.

"Mi chiamo Simone Marrili e sono qui per il servizio civile,"

La risposta lo aveva lasciato perplesso e si era grattato il mento per qualche secondo."

"Servizio civile... ma qui?"

Avevo annuito, lui aveva scosso la testa.

"Mi sa che caschi male, ragazzo mio."

Senza particolare tatto mi aveva spiegato di come la cooperativa navigasse in cattive acque. Il direttore era stato beccato in loschi affari, cui la cooperativa fungeva da copertura, l'indagine aveva congelato tutti i beni, erano rimasti senza soldi e tutti gli assistiti erano stati deviati verso altre sistemazioni.

"Ma... ma com'è possibile? Avevo parlato con la signorina Monica, mi pare, mi aveva spiegato tutto, mi aveva fatto vedere altri centri, aveva preparato i documenti e mi aveva indicato un referente, il signor Giovanni."

Anche se sembrava un semplice portinaio, l'uomo era in effetti Giovanni, il mio referente. Si era stretto nelle spalle.

"Che ti devo dire, si vede che in sede hanno le loro idee. Questa è la situazione qui."

Sembrava un po' indeciso sul da farsi, così mi aveva proposto di accompagnarlo all'interno mentre chiedeva ai responsabili o forse addirittura alla signorina Monica istruzioni sul mio destino. La telefonata era stata breve e Giovanni aveva imprecato diverse volte, infine aveva sbattuto con forza la cornetta e mi aveva fatto cenno con il dito. Aveva aperto una porta attigua ed eravamo entrati in una stanza il cui unico arredo consisteva in una scrivania con sedia. Sopra al tavolo, mi aveva indicato un telefono, un'agenda e una matita.

"Il tuo compito consisterà nel ricevere le telefonate dagli operatori sociali, spiegare la situazione e proporre altre sistemazioni."

Sembrava che nessuno sapesse bene ancora che fare della cooperativa, dovevano aspettare la fine delle indagini, ma nel frattempo non volevano chiuderla. Chi fossero quelli che non volevano chiuderla non mi è mai stato chiaro, comunque dovevano aver pensato che la manodopera gratuita - una manna dal cielo - dovesse essere comunque sfruttata e in questo modo avrebbero anche dato una mano al comune per lo smistamento dei casi. Chissà, qualcuno se ne sarebbe ricordato, a processo finito.

Nel giro di un paio di mesi, ero riuscito a quantificare le dimensioni della fregatura che mi ero preso. Dovevo rispondere al telefono, ascoltare pazientemente, dare brevemente spiegazioni senza entrare in nessun caso nei dettagli - non che ne avessi da raccontare, non sapevo niente, almeno non più di quello che si era letto sui pochi giornali locali che si erano occupati della vicenda - e dare un'alternativa all'interlocutore, cioè il numero di telefono di un'altra cooperativa. All'inizio, ricevevo una quindicina di telefonate al giorno. Si presentavano come assistenti sociali, poliziotti, giudici. Tutti con qualcuno da mollare qui. Nessuno che fosse informato della chiusura della struttura. Qui non poteva venire nessuno, semplicemente perché non c'era nessuno a riceverli, a parte me e Giovanni, una specie di tuttofare assunto da tempo immemore che trascorreva la maggior parte del suo tempo a gestire un andirivieni di personaggi ambigui.

Avevo un bel quaderno con segnati i numeri di telefono da girare ai miei interlocutori. Non mi era stato spiegato con che logica dovessi proporre i numeri, quindi alla prima telefonata avevo iniziato dalla a, e mano a mano che ricevevo altre telefonate avevo seguito scrupolosamente l'ordine alfabetico, senza favoritismi, fino ad arrivare fino in fondo alla rubrica. Alla fine della giornata, mi ero segnato dov'ero arrivato, e il giorno successivo ero ripartito, e così via - i numeri non erano così numerosi, una cinquantina in tutto, quindi dovevo aver fatto il giro completo un numero considerevole di volte.

Spulciando nei quaderni abbandonati e parlando con Giovanni, mi ero fatto un'idea di cosa ci si sarebbe dovuto occupare, qui. Questa cooperativa era nata grazie a una coppia, lui medico e lei assistente sociale, un mix vincente di buona volontà e frenetico attivismo. Avevano un paio di figli, ma sentivano di poter fare di più per la società e avevano pensato di creare una struttura in cui ricevere le persone che avevano bisogno immediatamente di un aiuto pratico. Persone che avevano perso il lavoro, che non volevano o non potevano inserirsi nella società, che si buttavano nell'alcol, o nella droga; prostitute sfruttate che volevano uscire dal giro ma i loro "protettori" glielo impedivano; uomini separati dalle mogli, spogliati di tutti i loro mezzi per vivere a causa del salasso degli alimenti; bambini maltrattati o abbandonati. C'era di tutto. Questa coppia, di discrete disponibilità economiche senza essere ricca, aveva investito tutto in una cascina appena fuori Segrate. L'avevano restaurata insieme a un amico architetto, che per i tempi doveva essere un innovatore o qualcosa del genere, e avevano creato dei mini appartamenti. Con gli anni, e il continuo flusso di persone, grazie a donazioni e all'aiuto del comune, avevano sentito la necessità di allargarsi, ed era sorto questo edificio, in cui l'architetto visionario aveva dato il meglio - o il peggio, per i miei gusti - di sé. Qui avevano ricavato altri posti letto, servizi, zone comuni, un laboratorio per insegnare dei mestieri e un ufficio per gli assistenti che gestivano la struttura. Le cose erano andate bene fino a metà anni '90, poi il medico era morto e la moglie, prosciugata dall'età, dai tanti anni di impegno incessante, dal dolore per la perdita del marito e non supportata dai figli, che avevano seguito altre strade, aveva deciso di lasciare tutto al comune e di ritirarsi in campagna.

La cooperativa, che ormai veniva gestita da un cospicuo numero di persone, era stata affidata a uomini di fiducia dell'allora assessore. Giravano un sacco di soldi, e aveva un certo nome, nell'ambiente. Questi "uomini di fiducia", erano in realtà amici del politico sopra citato, con nessuna esperienza nella gestione di questo genere di attività, e il cui unico interesse era intascarsi quanto più denaro possibile. Ma qualcuno per fortuna aveva vigilato. Questo ignoto servitore dello stato aveva rispolverato vecchie denunce già archiviate per maltrattamento e violenze, e aveva fatto installare un po' ovunque telecamere nascoste che avevano dimostrato quanto fossero stati precipitosi i giudici a interrompere le indagini. In alcuni video si vedeva personale e dirigenti della cooperativa aggredire violentemente ragazzini inermi o anziani in sedia a rotelle, in altri le stesse persone si aggiravano per le stanze e rubavano denaro e averi degli ospiti. Infine la procura aveva rivelato l'appropriazione di denaro che avrebbe invece dovuto essere destinato alla struttura, che fossero donazioni o retta del comune. Era questo il grosso del malloppo, tanto che Giovanni mi aveva raccontato, occhi in fuori e bava alla bocca, di come uno dei dirigenti, senza vergogna, fosse solito presentarsi in comunità in Ferrari e bionda appariscente al fianco.

"Faceva un giro, salutava tutti, magari portava un vassoio di paste, giusto per darsi delle arie e fare il gran signore. E poi se ne andava, la merda!"

Dubitavo che Giovanni fosse assolutamente estraneo ai traffici di cui si imputavano i gestori del luogo. Anzi, me lo vedevo bene a rubare nottetempo qualche cianfrusaglia se non addirittura la dentiera a qualche anziano ospite. Comunque, alcuni responsabili erano stati arrestati, lui era passato indenne. Ma soprattutto il grosso del denaro sottratto, a quanto pareva diversi miliardi di lire, sembrava scomparso, introvabile. Per Giovanni, poco male, ma le mie aspettative erano state a dir poco disattese, e mi trovavo bloccato lì. Passavo le ore alla mia scrivania, sopraffatto dal senso di solitudine e inutilità. Dopo poco tempo, nonostante il mio sincero impegno, la mia incompetenza era risultata sempre più palese. Gli assistenti sociali e altri operatori che all'inizio mi chiamavano anche trenta volte al giorno avevano capito l'antifona, rivolgendosi ad altri canali. Io leggevo, facevo parole crociate o bevevo litri di caffè con qualcuno degli amici improbabili di Giovanni, quando questi non tiravano fuori bottiglie di vino o peggio.

Insomma, non ero certo nella condizione migliore per affrontare il felice evento, ma mi ero sforzato di mostrare un po' di ottimismo e di affrontare i problemi in maniera costruttiva, uno alla volta. Da quando Daniela mi aveva detto di essere incinta, avevamo proposto ai miei coinquilini di lasciarci una stanza tutta per noi, e si era trasferita lì. Man mano che la sua pancia cresceva, però, ci eravamo accorti dell'impraticabilità della situazione. I miei coinquilini, com'era normale che fosse, invitavano spesso gente, facevano aperitivi, cene, tornavano a casa ubriachi, si mettevano a cucinare nel mezzo della notte. Enrico, lo spacciatore della casa, che era finito sul divano in cambio di una decurtazione dell'affitto, fumava a ogni ora del giorno e della notte. Per Daniela era diventato un incubo, continuava a lamentarsi di non riuscire proprio a immaginarsi il momento in cui sarebbe nato il bambino, bloccata in quella situazione. Abbandonare quella casa per me avrebbe significato lasciarmi alle spalle la mia vita da studente, e nonostante l'arrivo di un bambino, non mi potevo dire ancora pronto a questo passo, a costo di inventarmi le scuse più improbabili e affrontare quotidiani litigi.

Era stato in quell'occasione che era successo, ma non ho ricordi precisi.

Ero appena tornato a casa dal lavoro, e piuttosto stanco. In previsione di fare il grande passo, il mese precedente mi ero messo d'accordo con Giovanni perché mi coprisse le spalle. Mancavano due o tre mesi alla fine e non avevo più alcuna intenzione di continuare così. Lui mi avrebbe coperto, io avrei lavorato. Attraverso conoscenti, avevo messo a buon frutto la mia laurea ed ero entrato in uno studio di progettazione. Lavoravo per due soldi, in nero, ed ero trattato peggio di un galoppino, facevo fotocopie, consegnavo buste in bicicletta e portavo il caffè ai due titolari, due geometri di merda. Ero frustrato e sotto pressione, e Daniela non sembrava apprezzare granché i miei sforzi. L'idea del parto imminente stava mettendo a dura prova entrambi, probabilmente.

Quella sera, prima ancora che riuscissi a togliermi il cappotto, si era messa a strillare all'improvviso, io l'avevo ignorata e avevo finito di spogliarmi. Tutto d'un tratto, ormai fuori di sé, aveva iniziato a lanciarmi addosso scarpe, libri, addirittura un bicchiere. I miei ricordi si fanno un po' confusi. Rammento di essermi irritato al punto da sentirmi scoppiare la testa, una tensione fortissima alla base della nuca e una sensazione quasi di soffocamento. Poi avevo avuto un vero e proprio blackout. Il mio ricordo successivo è l'immagine di Daniela, a terra, con una mano sulla guancia e gli occhi spalancati al punto da sembrarle schizzare fuori dalle orbite. Ma soprattutto era il sangue che le usciva dal naso, abbondante al punto da macchiarle buona parte del viso, ad avermi impressionato. In piena confusione mentale, mi ero affrettato verso di lei e le avevo offerto un fazzoletto, ma si era messa a urlare, fortissimo, in un modo che non le avevo mai sentito, e a piangere disperata. Poi la porta si era spalancata ed erano accorsi i miei coinquilini.

Era successo un casino, Daniela urlava che le avevo dato un pugno, voleva chiamare la polizia, aveva paura di perdere il bambino.

8

"Simone, mi ha detto Sara che oggi hai l'appuntamento con i signori Cesti."

Avevo alzato lo sguardo su Massimo. Lo sguardo ammiccante, da schiaffi, sicuro di sé. I capelli, neri, abbondanti come fossero disegnati e tagliati corti a eccezione di un ciuffo, lungo, pettinato con cura in modo da attraversare la fronte. La barba rasata, profumato - forse un pelino troppo - la camicia immacolata, con il colletto bianco e il corpo azzurro, intonato con cura agli occhi. Guardavo il mio amico e leggevo avidità. Gli volevo bene, ma la sua ricerca spasmodica di denaro e di modi per sperperarlo mi davano ai nervi, a volte in maniera insopportabile.

Non ero riuscito a trattenere un silenzioso sospiro, abbassando lo sguardo sul luminoso e ingombrante orologio che teneva al polso. Pensavo che gli orologi dovessero essere sottili per essere eleganti, ma evidentemente la moda era cambiata, perché Massimo seguiva tutte le ultime tendenze in fatto di eleganza maschile.

"Sì, sono miei. Perché, hai visto il colpo grosso e vuoi soffiarmelo?"

L'agenzia era sua, la fetta più corposa del guadagno spettava a lui comunque, non c'era motivo che si sbattesse per una misera percentuale in più, e probabilmente non aveva neanche il tempo di farlo. Ma a Massimo piaceva creare un clima di competizione tra noi subalterni, e se poteva dimostrare di essere il capo, anche con lui. Doveva averlo letto in qualche libro di management o di chissà che cosa sulla gestione dei dipendenti. Un modo per mantenere il gruppo sulle spine, e magari riuscire a dimostrare chi fosse il maschio alfa, e garantirsi il seguito di dipendenti uggiolanti pronti a scodinzolare. Una volta mi aveva raccontato di un corso organizzato in Bocconi che aveva appena finito di seguire, con tanto di attestato da poter esibire nel suo ufficio, sopra la scrivania. Aveva dovuto aspettare con ansia un paio di mesi, prima che arrivasse l'agognato foglio. *"Very challenging"*, aveva sentenziato con aria soddisfatta mentre lo appendeva - operazione a cui avevo avuto la fortuna di assistere insieme ad un altro paio di adepti, per poi festeggiare tutti insieme con tanto di vassoio di pasticcini e spumante caldo comprato in un *Lidl*. Probabilmente l'aveva frequentato perché aveva sentito da qualche parte che era un "must" per il leader, e che faceva curriculum, o magari solo come buona occasione per portarsi a letto qualche manager convinta e arrembante. Sempre che non se lo fosse comprato in Albania o preparato con Photoshop e poi stampato.

A me non costava nulla lasciarlo divertire, quindi stavo volentieri al gioco.

"Magari! Anzi, mi piacerebbe andarci insieme a te e poi vedere chi riesce per primo ad andare a segno!"

In brodo di giuggiole, tutto contento si stava immaginando di vivere in un film come *"Wall Street"*. Lui era il grande Gekko, il pesce grosso, ovviamente, con tanto di bretelle luccicanti. Gliele avevo lette sul viso, le sue fantasie, anche se a me era sembrato più una caricatura da film dei fratelli Vanzina. Avevo fatto fatica a non ridergli in faccia.

"Sai che con te non ho scampo. Faccio quello che posso."

"Ma va', ma va'! Lo sanno tutti che sei un bulldog, hanno paura di te. Vero, ragazzi, che quando il buon Simo tira fuori i denti non c'è n'è per nessuno?"

Si era eccitato e aveva alzato il volume di voce, già di norma fastidiosamente forte e prepotente da uomo sicuro di sé, fino a urlare a pieni polmoni. Eravamo in quattro, nella piccola stanza, e gli altri, nonostante il fatto non fosse stato così insolito o allarmante, per un attimo avevano alzato d'istinto gli occhi dal terminale, per poi riabbassarlo velocemente. Il bieco datore di lavoro continuava a seguire voracemente i loro movimenti, così da coglierli in castagna dopo avergli teso la trappola. Mai distrarsi durante il lavoro, a meno che non si fosse interpellati personalmente. Avevo riso pensando che rispetto agli anni dell'università Massimo si era rincoglionito parecchio. Non che averci a che fare fosse mai stato semplice, ma avevo sempre creduto fosse una persona che si voleva divertire e godere la vita. Anni dopo, era impegnato a rovinarla a se stesso e a tutti quelli che lo circondavano. Qualunque potesse essere la spiegazione, sfruttava ogni occasione per mettere alla prova i suoi dipendenti. Anche situazioni del genere, che considerava alla stregua di momenti di svago, secondo la sua filosofia non dovevano distogliere dal lavoro chi non era coinvolto nel gioco. Gli altri lo sapevano ed erano perfettamente consci del fatto che essere scoperti potesse avere ripercussioni economiche.

Mirko, un ragazzo timido e fine, quasi mansueto, fuori posto in un contesto del genere aveva accennato un sorriso. Era l'unico con cui avessi un rapporto fuori dal lavoro, ma la competizione non risparmiava neanche il nostro rapporto. Nessuna pietà, nessuna solidarietà. Chi prendeva i clienti li toglieva agli altri. E chi non vendeva niente, be', dopo un breve periodo veniva accompagnato gentilmente all'uscita. In dote, un commercialista da pagare per spiegare allo Stato che per quell'anno non avrebbe fatturato un bel niente, a fronte di un ingente quantitativo di spese. Primo nel bilancio, un bell'abito scuro, di buona fattura.

Era stata una dolorosa sorpresa, l'anno precedente, quando avevo chiamato il mio vecchio amico e compagno di corso, con la coda tra le gambe e lo sguardo dimesso pur di chiedere un lavoro. E la prima cosa che mi aveva detto era stata di comprare un abito. Avevo perso da un paio di mesi il mio posto. Ricollocazione delle risorse, mi avevano spiegato. Non rappresentava il sogno della mia vita, ma mi sembrava di aver raggiunto una posizione nella società civile, un primo gradino che mi avrebbe potuto portare da qualche parte. Mi garantiva uno stipendio, per quanto misero, che mi aveva permesso di uscire dal pantano in cui mi ero ritrovato dalla nascita di Giorgio e di recuperare un rapporto che credevo perduto, grazie a un matrimonio tutto sommato sereno, se non felice.

Da un giorno all'altro, invece, mi ero ritrovato con il culo per terra, un affitto da pagare e un bambino di otto anni, così avevo chiamato Massimo.

"Per prima cosa, un abito decente."

Queste erano state le sue parole prima ancora di salutarmi, prendendo tra il pollice e l'indice il colletto della mia camicia e assumendo un'espressione disgustata. L'investimento era servito a costruire quella che nelle idee di Massimo rappresentava la divisa del perfetto agente immobiliare, e che in qualche misura ricalcava la sua immagine. Innanzitutto, aspetto sempre pulito e profumato. Capelli pettinati con cura, corti, basette a posto, barba rasata, assolutamente.

Era la prima volta che mi dicevano di perdere. Combattevo da un anno e fino a quella sera avevo sempre lottato per sopravvivere, riuscendoci sempre anche nella sconfitta. Poco prima Nick mi aveva detto chiaramente che dovevo farmi mettere giù, e non sapevo proprio come farlo senza rischiare la pelle.

"Tre, quattro minuti. Poi vai giù. Però non fare il furbo, devo vedere sangue e terrore, devi andare al tappeto per un pugno, non perché lo decidi tu. Se fai finta, giuro che dico al tipo di prenderti a calci finché non ti esce il fegato dal naso. E se non lo fa lui, lo faccio io, capito?"

Ero già al terzo incontro, la stanchezza e i colpi

cominciavano a farsi sentire. Nelle serate precedenti me l'ero cavata con un combattimento, invece quella sera Nick aveva continuato a buttarmi in mezzo. Ero a pezzi. L'ultimo che avevo battuto, un enorme egiziano, mi aveva raggiunto con una gomitata che mi aveva fatto saltare un dente e spaccato il labbro. Mi facevano male anche le costole, senza contare che da diversi giorni a ogni respiro venivo raggiunto da una fitta feroce sul fianco destro. Niente di nuovo, si trattava di stringere i denti e sopravvivere, ma quella volta dovevo sopravvivere perdendo. La cosa mi disorientava e non sapevo se sarei riuscito a resistere all'istinto di conservazione.

Poco prima dell'incontro, Nick mi si era avvicinato e mi aveva fissato per qualche istante. Io non sapevo che dire, avevo solo annuito ansimando, lui aveva annuito a sua volta e se ne era andato, lasciandomi solo a pensare su cosa fare. O su cosa avrei potuto fargli, poiché avevo pensato di caricarmi con qualche fantasia. Mentre mimavo realmente il gesto, avevo pensato che avrei potuto schiacciargli i testicoli con un calcio e sfondargli la trachea. E poi? I suoi due compari erano al suo fianco, armati. Inoltre non è che Nick fosse così facile da mandare al tappeto. È piccolo, non ha preparazione atletica, ma è sempre allerta, veloce e tenace. Ed è dotato di un'incredibile forza e decisione. Un paio di volte mi aveva percosso mentre gli altri mi tenevano fermo, ed ero rimasto sconvolto dalla pesantezza dei suoi colpi.

Mi ero rimesso a sedere, sconsolato, poi avevo avuto un'illuminazione.

Mi ero detto che probabilmente c'era qualcuno che scommetteva forte e avrebbero alzato la posta, quindi mi sarei trovato di fronte a uno fisicamente meno prestante, tale da far puntare tutti su di me. Mi ero aspettato un mingherlino, comunque un civile messo lì per essere spaventato. Gli sarebbe andata bene, non ero in condizioni di fargli molto male. E sarebbe andata bene anche a me, visto che non avrebbe potuto farmi danni gravi. Il più sarebbe stato convincerlo a darmi qualche colpo abbastanza convincente, in modo da mostrare un po' di sangue. Mi ero prefigurato il combattimento, e avevo programmato di buttarmi verso un pugno con l'arcata sopraccigliare, che sanguina sempre con piacere. Avevo già il mio bagaglio di ferite della serata, non sarebbe stato difficile risultare convincente. Ero in piedi a fantasticare nel lercio stanzino che funge da spogliatoio, mi stavo allacciando i pantaloncini, quasi fischiettando nella sicurezza delle mie supposizioni e ntanto spiavo gli altri lottatori. Puzza di muffa, merda e sangue, solita routine. Qualcuno si stava cambiando, indifferente, uno era sdraiato su una panchina e si teneva la testa, fasciata e intrisa di sangue. Continuava a mugolare, tanto che gli era stato detto di smetterla. Non si parla, men che meno si litiga, nello spogliatoio. Tutti siamo lì per fare qualcosa, e rovinare lo spettacolo non è un'eventualità accolta con favore da chi gestisce le nostre vite. Non mi sembrava ci fosse qualcuno che potesse corrispondere alle mie aspettative, ma non era detto. In genere si arriva allo spiazzo che chiamano ring dallo spogliatoio, ma se uno dev'essere sacrificato, arriva all'ultimo momento, trascinato da qualche ceffo, gli occhi limpidi, fuori fuoco, affogati nella paura. Lo sapevo, ci ero già passato.

E poi era lì, davanti a me che scherzava con il suo "secondo". Viste le mie aspettative, avevo fatto fatica a registrare quello che vedevo. Non c'era una gran luce, visto che non combattiamo in veri e propri ring, con l'illuminazione pensata apposta. Sono più degli stanzoni, dei magazzini, persino dei parcheggi isolati, con gente assiepata intorno a formare un quadrato e noi in mezzo a darcele di santa ragione. In quel posto un neon sopra di noi era rotto, e quindi c'era un angolo un po' in ombra. Comunque, si capiva che era un uomo incredibilmente muscoloso, dal collo taurino e dalle braccia molto lunghe. Mi domandavo che cosa stesse facendo seduto lì, poi mi ero accorto che in realtà era in piedi. Aveva gambe cortissime, sproporzionatamente corte, che disegnavano un piccolo arco sotto i suoi fianchi. Aveva fatto un salto di lato, a mimare una schivata, e mi era venuto in mente un orango. Ci eravamo avvicinati al centro. Il viso era non meno peculiare. Aveva i capelli ossigenati, quasi bianchi, molto lunghi per uno che combatte. Pensavo quanto comodi fossero quei capelli come presa. Nessuno ci tiene a farsi sbatacchiare a destra e sinistra come uno yo-yo, e mi chiedevo che senso avesse correre il rischio. Al limite, avrebbe potuto portarli stretti con una fascia sulla fronte, non sciolti e svolazzanti neanche fosse Tarzan. Aveva lo sguardo allegro, non da duro come i soliti ceffi che si incontrano in queste occasioni. Mi faceva venire in mente un animatore da villaggio vacanze, con quel sorriso ammaliante un po' viscido e il corpo pompato.

Avevo abbassato lo sguardo sulle mani, che erano fasciate in bende da pugile. Non si usano guantoni, in queste lotte, e ognuno fa quel che può per non rompersi le mani o i polsi. In quel periodo, portavo ancora i guanti leggeri da quattro once - due lerce manopole sfilate a un poveraccio in barella - che mi proteggevano le mani non ancora abituate a colpire. Con il tempo e l'allenamento, la pelle sulle nocche mi si è indurita ed è diventata callosa come quella sotto il tallone, quindi ho smesso di portarli, così ora non corro nessun rischio di fare favori ai miei avversari. Di certo il mio avversario doveva avere le nocche ben indurite.

Avevamo iniziato a girarci intorno guardinghi per prendere le misure, lanciandoci qualche jab di assaggio ogni tanto, e mi si era aperta una voragine sotto i piedi. Era forte. Il mio avversario era veramente forte. Avevo cercato di parare i suoi colpi, ma non riuscivo a contenerlo e venivo puntualmente preso dove non me l'aspettavo. Non riuscivo a respirare, il sangue che colava dal naso mi riempiva la bocca, soffocandomi. Altro che tre-quattro minuti.

In questi incontri non si vince ai punti, non ci sono arbitri, non ci sono round. Il primo che va giù e non riesce ad alzarsi, perde. Se l'avversario gli va sopra e lo tempesta di pugni, smette quando è stufo degli schizzi di sangue in faccia o se qualcuno dell'organizzazione lo ferma. Ma se si tentenna troppo e non ci si salta addosso, il pubblico comincia a protestare. Anche vivacemente. Sono lì a vedere il sangue, pagano, scommettono e bevono. E non sono persone civili. Un mix poco raccomandabile. Non è raro che qualcuno lanci una bottiglia per rompere la monotonia e spronare i combattenti all'impegno.

A differenza dei miei, i suoi jab connettevano sempre, con la mia testa che scattava violentemente all'indietro. Non riuscivo proprio a vedere i suoi colpi e la cosa non prometteva niente di buono. Dalle movenze, leggere e imprevedibili, pareva un professionista, o comunque qualcuno che aveva calcato i veri ring per qualche tempo. Quelle gambette corte e storte si muovevano a una velocità impressionante, scomparivano letteralmente alla vista. Quell'uomo sembrava scivolare davanti a me, come su un paio di cingoli.

Non capivo proprio perché mi avessero imposto di perdere. Non c'era verso che riuscissi a battere un tipo del genere, già era tanto se fossi riuscito a non far incazzare Nick andando giù subito e a non rimetterci la pelle.

In genere non si sa in anticipo contro chi si va a combattere, ma questo è vero per me e il tizio che avevo di fronte, non certo per Nick e i suoi compari. Sapevano che era uno così, quindi perché quella direttiva? Forse avevano temuto la mia testardaggine. D'altronde sarei dovuto andare al tappeto già da un po'. Anzi, la prima volta avevano contato sul fatto che ci restassi secco, ma così non era stato, e non si sono più fidati. Quella sera c'erano dei soldi in ballo e dovevo andare giù, semplice.

Stava giocando con me. Mi sorrideva, pacifico e rassicurante, come per dire "presto sarà finita, non ti preoccupare". Avrei desiderato davvero finirla, ma lui mi massacrava piano piano, senza darmi colpi eccessivamente pesanti e in ogni caso non ero troppo convinto che andare al tappeto avrebbe concluso la storia. Mi sapeva di tipo sadico e avevo il terrore che si accanisse su di me. Ne avevo già visti di tipi che se non erano soddisfatti dalla lotta si scatenavano sul malcapitato finché non avevano più fiato. Un altro colpo, un altro sorriso. Avevo il respiro affannoso, non riuscivo a ossigenare, la vista leggermente annebbiata, come se fosse calata una nebbia rosa tra di noi. L'animatore voleva il sangue e se fossi andato giù troppo presto mi avrebbe ammazzato.

L'incontro non era un grande spettacolo, mancava poco che scappassi, e la gente rumoreggiava. Non ero andato a segno una volta, neanche con i calci bassi, che lui evitava con quella mobilità pazzesca. Non avevo (e non ho tutt'ora) una gran tecnica, tutto quello che sapevo veniva dall'esperienza, dall'osservazione di altri combattenti, dai libri e dalle gare in tv. Durante quell'anno, oltre a costruirmi un fisico adatto, avevo cercato di sviluppare una sorta di tattica su cui appoggiarmi e che facesse affidamento sulle mie istintive abilità. Non sono un toro da combattimento, non ho le capacità di fare prese o di dare un colpo decisivo. Però sono abbastanza veloce, e la mia arma più efficace sono i gomiti e le ginocchia, che riesco a usare nei momenti decisivi, per spezzare il ritmo del mio antagonista. Quindi in genere contro avversari più grossi di me, che mi si avventano contro decisi, giro loro intorno con jab e calci bassi, schivando e colpendo d'incontro. In pochi minuti l'effetto si sente, e loro non si muovono più come prima. Qui non è proprio come una rissa da strada, molti cercano di sfiancare l'avversario o di sottometterlo e romperlo con una presa. In queste condizioni, due o tre calci all'interno coscia oltre a fare male minano la mobilità incredibilmente. E l'effetto è moltiplicato se uno non se lo aspetta. Ho anche scoperto di avere un tempismo micidiale con il ginocchio, colpo che effettuo quando l'avversario aumenta il ritmo e tenta una presa. Una volta credevo di averne ammazzato uno che aveva cercato di prendermi dal basso e si era beccato una ginocchiata secca alla tempia.

Quel giorno però non avevo modo di esibire quel colpo, questo avversario non mi lasciava respirare e non c'era modo di contrattaccare. La distanza tra noi due era diminuita, segno che l'animatore voleva passare ai colpi pesanti. Doveva sentirsi particolarmente sicuro di sé perché con una debole finta mi si era avvicinato dal fianco, e mi aveva centrato con una veloce serie. Uppercut, gancio e ancora uppercut. Me l'ero aspettata e avevo atteso, incassando i colpi per averlo a tiro di gomito. Sarei andato giù, va bene, ma se la sarebbe sudata. Avevo portato il colpo senza guardarlo, basandomi sull'istinto. L'impatto era stato mirabile e avevo sentito i suoi denti entrarmi nella carne. Un paio li aveva persi sicuro. Una scossa di adrenalina mi era arrivata al cervello e mi aveva schiarito la vista. Ero fuori di me mentre notavo nei suoi occhi una luce nuova, di sorpresa. La vista del sangue, poi, mi aveva caricato a molla. Prima che potesse mettersi a distanza di sicurezza, gli ero addosso. Due ganci al viso, la presa dietro il collo e una ginocchiata a cercare il mento. Ero totalmente assorbito dalla lotta, completamente dimentico delle direttive di Nick. Era successo tutto in un attimo, ma il mio avversario si era ripreso dallo shock e grazie alla sua straordinaria struttura muscolare aveva forzato la mia presa alla nuca. La mia ginocchiata, che voleva chiudere in qualche modo i conti, non gli era arrivata, giungendo solo ad accarezzargli gentilmente la guancia.

Non ricordo molto bene cosa fosse successo dopo. Ho questa immagine di lui sanguinante, di fronte a me, mentre io ero senza ossigeno, l'effetto dell'adrenalina stava a poco scemando, e insieme le mie forze. Il mio avversario mi aveva fatto un altro sorriso, meno rassicurante e molto più insanguinato, impreziosito da qualche fessura scura. Mi si era riavvicinato, deciso e pungente. Io, ormai alle strette, avevo cercato di contrastarlo smanacciando e scalciando. Poi il buio. Ricordo qualche lampo, mani che mi si erano avvicinate, poi le sue gambe, forse ero inginocchiato, ma il mondo girava vorticosamente attraverso una fitta nebbia. In un attimo di lucidità, avevo guardato in alto e lo avevo visto, l'animatore, che mi osservava per un istante, il capo reclinato da un lato come se stesse rimirando la sua opera, poi di nuovo il sorriso e le mani che si erano abbassate su di me.

Mi ero svegliato nel seminterrato in penombra, vedevo ombre familiari, le finestre, in alto, e oltre le luci del giardino. Doveva essere sera. Avevo un forte dolore alla testa, sentivo la bocca e buona parte del viso gonfi e caldi. Gli arti non rispondevano, così ero rimasto a guardare il cielo annerirsi, e ad ascoltare il ronzio tranquillo della caldaia dietro la mia testa. Sul tavolino di fianco a me c'erano una bottiglia d'acqua e un flacone bianco che speravo contenesse antidolorifici, ero assetato e avevo le labbra spaccate, anche solo estendere il braccio era un'azione ben al di là delle mie forze. Per quanto fossi dolorante, almeno potevo affermare di essere vivo.

Durante le lunghe ore che avevo trascorso al buio, sdraiato senza la possibilità di muovermi, avevo avuto il terrore di essere rimasto paralizzato, poi, con pazienza, ero riuscito a muovere le dita di mani e piedi, infine un pochino le gambe, abbastanza da rendermi conto che le sentivo. Dopo diverse ore, il suono di motori d'auto e sgommate mi avevano ridestato da un sonno vigile. Il cielo era molto più chiaro, ora, e mi ero per un attimo irrigidito, poi avevo pensato che almeno per quella volta Nick si sarebbe astenuto dal propormi un'avventura sessuale. All'improvviso, dal piano di sopra erano arrivate risate e pesanti passi di gente sulle scale, e avevo osservato con un senso di incredulità la porta che dava sulla mia stanza spalancarsi con uno schianto.

Una mano aveva acceso la luce centrale della stanza. Non potevo farci niente, probabilmente Nick aveva voluto vantarsi del relitto umano con gli ospiti. Almeno mi avrebbero allungato la bottiglia d'acqua. Il variopinto gruppetto mi aveva osservato a lungo, mani alla bocca, occhi spalancati, smorfie di disgusto, e senza pagare il biglietto. Avevo allungato debolmente il braccio a indicare la bottiglia. Una mano gentile, pallida e magra, dalla pelle trasparente e con le vene blu che risaltavano in maniera inquietante, me l'aveva passata sulla punta delle dita e quasi l'aveva fatta cadere per paura di toccarmi. Non l'avevo biasimata, dovevo essere persino peggio del solito. Poi in qualche modo ero riuscito a sollevare il busto puntellandomi con le braccia. Nessuno mi aveva aiutato, sembravano ipnotizzati, con la stessa espressione che avrebbero potuto dedicare a una capra mentre si faceva la pedicure. Poco ci mancava che tirassero fuori i popcorn. Portarmi la bottiglia alle labbra e aprire la bocca mi aveva provocato una fitta incredibilmente intensa, tanto che mi ero chiesto se avessi una frattura alla mandibola. Senza contare le ferite che si riaprivano, e mi riempivano la bocca di sangue. Avevo preso fiato per qualche istante, poi avevo trangugiato il liquido trasparente tutto d'un fiato. Mentre bevevo avidamente, il faccione sorridente di Nick era apparso a lato del mio campo visivo.

"Allora, come va il nostro eroe?"

Un grugnito, tutto quello che ero riuscito a rispondergli.

Una pacca sulla spalla aveva sottolineato quanto fosse compiaciuto. Un altro grugnito, molto più forte e acuto questa volta.

"Scusa, scusa! Ecco, guarda, ti prendo le pastiglie."

Si era affrettato a passetti rapidi e malfermi verso il tavolino per poi tornare tutto contento.

"Ecco, prendi."

Aveva aperto il flaconcino e si era versato sulla mano una manciata generosa di pillole ovali, che mi aveva allungato. Speravo facessero effetto velocemente.

"Allora, lo spettacolo è finito. Dài, su. Andare!"

Nick aveva battuto teatralmente le mani, facendo sloggiare tutti. Avevo chiesto a Nick di portarmi un'altra bottiglia, lui aveva sorriso e fatto cenno a Marcos, che era corso fuori.

Continuava a guardarmi sorridendo. Mi sentivo stanco, ora.

"Sono contento che tu ti sia svegliato. Ti ho portato una sorpresa."

Aveva ammiccato alla sua sinistra, e seguendo il suo sguardo mi ero accorto di una figura, appoggiata alla colonna, che mi stava fissando immobile. Capito che era arrivato il suo momento, si era staccato di scatto dal supporto e con movenze quasi feline si era portato nel cono di luce. Mi sentivo intontito e facevo fatica a tenere gli occhi aperti, gli antidolorifici stavano facendo effetto. L'uomo illuminato aveva lunghi capelli biondo platino, il viso molto gonfio, violaceo. Era lui, l'animatore, non c'erano dubbi. Mi aveva sorriso, c'erano un paio di fessure nere, stavolta, e mi si era avvicinato, abbassandosi. Mi aveva accarezzato gentilmente la guancia con il dorso delle dita, poi di scatto mi aveva assestato un pugno alla bocca nello stomaco. Avevo sentito appena il colpo, solo una forte sensazione di nausea, poi il buio.

Mi ero svegliato pieno di dolori dappertutto, con la testa che mi scoppiava, e avevo guardato l'ora. Tutto intorno a me era nuovamente in penombra, una perfetta copia del giorno precedente. Avevo teso l'orecchio, dalla casa nessun rumore. Speravo solo che l'animatore non volesse passare a salutare nuovamente.

"Come stai?"

Ero sobbalzato, dolorosamente, alla voce di donna che veniva dalla mia destra. Ero riuscito a intravedere dei lineamenti, ma la luce stava andando via velocemente, e io ero ancora appannato.

"Chi sei?"

"Vuoi bere qualcosa?"

Troppo rintronato per argomentare, con il malessere in aumento e la donna che non sembrava intenzionata a dare spiegazioni, avevo fatto di sì con la testa.

Una mano gentile mi aveva portato una tazza alle labbra, con delicatezza e attenzione, sollevandomi leggermente il collo. Sembrava tè zuccherato. Avevo deglutito a fatica, sapore di ferro e fitte in bocca, poi mi ero trovato sulle labbra due dita che mi spingevano dolcemente dentro qualcosa di piccolo e duro. Probabilmente una pillola. Avevo chiuso gli occhi, mentre la donna mi tamponava con una benda fredda e umida il viso. Ero rimasto lì, beato, incapace di muovermi.

"Vuoi della minestra? Te ne ho fatta un po'."

Avevo annuito debolmente, così lei aveva spinto un cuscino sotto la schiena e aveva iniziato a imboccarmi con un denso liquido tiepido, dal dimenticato sapore di carne e verdura. Era buona, le mie papille gustative avevano da tempo scordato di trasmettermi questo tipo di sensazioni. Sono sicuro di averla finita, perché rammento ancora il rumore del cucchiaio che raschiava il fondo di un contenitore, una ciotola o una pentola. Senza che me ne accorgessi, il buio era calato ancora su di me, mentre la sua mano mi detergeva il viso bollente.

Ero sprofondato in un sonno agitato, preda di sogni come non mi era capitato da tempo. Ero in una casa sulla spiaggia, rinfrescato da una piacevole brezza, e ammiravo il mare. La luce era morbida e piacevole, come al tramonto, ma era mattina. Mi ero girato e avevo incontrato il sorriso di Daniela, da tempo non visitava le mie notti, ormai sempre più spesso insonni. Ci eravamo accarezzati dolcemente, guardandoci negli occhi, e avevo provato una sensazione ormai sopita che non saprei descrivere, forse vicina alla felicità. All'improvviso la scena era cambiata, era buio e mi ero sentito avvolgere da un freddo gelido. Per qualche motivo stavo correndo a perdifiato. Intorno a me, alberi scuri che torreggiavano minacciosi. Subito dietro di me un respiro, come un verso di animale, passi pesanti e rumore di rami rotti. Ero terrorizzato, l'animale era sempre più vicino, ne sentivo il fiato ripugnante, l'odore da bestia selvatica, la corsa possente e il ringhio sordo. Scappando, continuavo a inciampare in arbusti e radici, sapevo che mi avrebbe raggiunto, e la strada si stringeva sempre più, diventando una galleria e poi un tubo in cui stavo scivolando. All'improvviso, la bestia mi aveva raggiunto, addentandomi con forza incredibile ai reni e sollevandomi. Un forte dolore mi aveva fatto contrarre con uno spasmo e mi ero messo ad urlare con tutto il fiato che avevo. Mi ero svegliato di soprassalto, quasi balzando in piedi. Avevo sentito i tagli appena cicatrizzati che si tiravano e strappavano, il sangue colarmi di nuovo in bocca. Era buio, a parte le luci del giardino che delineavano i contorni degli oggetti nella stanza. C'era una persona, sdraiata di fianco a me, che mi teneva con delicatezza, poi mi ero ricordato della donna gentile che mi aveva dato da mangiare. Senza dire nulla, si era alzata e mi aveva rimesso in posizione supina. Poi mi aveva deterso leggermente il viso sudato, per tornare a stendersi. Avevo allungato il braccio, tastandone i contorni, era morbida e calda. Era girata da un lato, verso di me, si era avvicinata e mi aveva abbracciato. Avevo sempre rifiutato le offerte di Nick, per il pensiero di Daniela e per disprezzo verso quelle donne sconfitte e senza dignità, che riflettevano così bene la mia situazione. In quel momento, però, con un corpo femminile al mio fianco, mi ero reso conto di quanto mi mancasse il contatto con una donna.

Ero eccitato.

Avvolgente e irresistibile, il suo calore aveva

stimolato ogni parte del mio corpo, attivando quasi dolorosamente recettori sensoriali che credevo di aver ormai perso. Segnali di piacere mi raggiungevano come iniezioni dirette nella corteccia da ogni angolo del mio corpo. Senza riuscire a controllarmi, le ero montato sopra. Mi continuavo a dire che era una prostituta, pensavo alle peggiori che mi era capitato di vedere, cercando di far montare la repulsione, avevo provato a pensare a Daniela, ma la sua immagine, fino a poco prima così luminosa e definita, non si materializzava nella mia mente. Niente era servito a sedare il mio folle desiderio. Frenetico come un cane rabbioso, l'avevo aggredita con foia, brama, irrazionalità. Le avevo affondato le dita nella schiena, mordendole una spalla. Lei mi aveva lasciato fare, sempre abbracciandomi e accarezzandomi come se fossi stato un bambino capriccioso. Avevo sentito le sue labbra sul collo, il fiato caldo. Le mie ferite bruciavano, tiravano e si strappavano, ma ero anestetizzato da questa foga che non riuscivo a controllare. Più cercava di calmarmi, più mi accanivo con violenza. Avessi potuto, avrei divorato quel corpo caldo e cedevole, mi sarei cibato della sua carne. Sempre più rabbioso, avevo sentito un forte impulso all'inguine, caldo, doloroso e irresistibile, l'avevo presa per i capelli, vicino all'attaccatura, con forza, e le avevo tirato la testa verso il basso, con violenza. Lei aveva emesso un lamento strozzato, ma non aveva provato a togliermi la mano. Sempre docile, si era lasciata fare, mi aveva abbassato i pantaloni della tuta, poi mi aveva baciato e succhiato con dolcezza, quasi amore, nonostante le stessi facendo male, strattonandola e spingendola neanche fosse stata una bambola. Furente e fuori controllo, incapace di resistere e quasi spaventato da me stesso le avevo preso la testa con due mani e glielo avevo spinto in bocca, fino in fondo, e avevo mosso il bacino con forza, cavalcandole la testa, finché non ero venuto urlando.

Ero stato fermo in quella posizione per un po', mentre gradualmente riprendevo il controllo. Lei stava immobile, sentivo che ansimava con il naso, inspirando profondamente. Il suo respiro caldo e leggero mi aveva fatto tornare in me, mi ero reso conto della tensione alle mani e avevo allentato la presa sulla sua testa. Non potevo credere a quello che avevo appena fatto. L'avevo allontanata, per quanto possibile dolcemente, cercando di metterla a sedere, vergognandomi di me stesso e di cosa ero diventato. Lei era rimasta ferma sul bordo del materasso, dandomi la schiena, io avevo osservato la sua figura scura, appena visibile nel buio. Il dolore alla testa, le ferite sanguinanti, nulla mi importava più, adesso. Sentivo solo una gran spossatezza, peggio che dopo un incontro.

"Scusa, non so cosa mi sia preso, davvero."

Non mi aveva risposto, avevo intravisto dei movimenti con le braccia, probabilmente si stava pulendo la bocca o mettendo a posto i capelli.

Cosa avevo combinato? Non potevo credere di essere in grado di comportarmi in questo modo. Nei confronti di una persona che era stata così gentile con me, poi.

"So che niente potrà cancellare quello che ho fatto, ma ho dei soldi, qui. Se accendi un attimo la luce, ti do cinquecento euro, poi chiami un taxi e vai a casa."

Mi ero allungato verso il comodino. Ci tenevo la mia misera parte delle scommesse. Non mi servivano, i soldi. Li tenevo da parte con chissà quale speranza.

Sempre silenziosamente, si era distesa al mio fianco, la schiena rivolta verso di me, mi ero sdraiato anch'io e mi ero addormentato immediatamente.

"Ehi sveglia!"

Il giorno seguente, mi ero ritrovato Nick davanti agli occhi, il suo viso a un palmo dal mio naso.

"Allora, come sta il nostro eroe?"

Ero ancora un po' intontito, ma il dolore sembrava diminuito, e quantomeno riuscivo a muovermi. Quell'animatore mi aveva proprio conciato per le feste. Nick mi aveva aiutato ad alzarmi e mi aveva offerto una sigaretta, che avevo afferrato con mano malferma.

"Sembra che tu abbia apprezzato il mio pensiero."

Lo avevo fissato, con il sorriso stampato sulle labbra e l'occhio languido, sembrava quasi commosso, pur nella sobrietà. Mi aveva abbracciato con violenza, battendomi la mano sulla schiena. Soffocando un lamento, avevo gettato un'occhiata al letto vuoto, poi alla stanza. Non c'era nessuno.

"Abbiamo trovato quello che ti piace, eh? Sono contento, sono proprio contento."

Continuando ad abbracciarmi e scuotermi, aveva sollevato l'indice e me lo aveva agitato sotto il naso.

"Però devo rimproverarti. Quando l'ho vista, mi è venuto un colpo. Ti facevo più tipo dal cuore tenero, invece..."

Una fitta al cuore.

"Invece cosa?"

Aveva fatto una spalluccia.

"Be', ammetterai che non l'hai proprio trattata con i guanti di seta."

Si era messo a ridere.

"Forse con i guantoni."

Aveva riso più forte, interrotto da un attacco di tosse catarrosa.

Dovevo aver assunto un'espressione sconvolta, perché una volta ripreso, rosso e senza fiato, si era sentito in dovere di tirarmi su di morale.

"Su, su. Non fare quella faccia. Non ha chiesto soldi in più, non preoccuparti. Certo, se avesse voluto i danni, glieli avrei dati anche con gli interessi."

Se ne era andato continuando a sghignazzare.

"Rimettiti presto in carreggiata, campione, che l'affitto non è gratis e ci sono soldi da fare."

9

Guardo l'uomo piangere e mormorare qualcosa, ma non riesco a capire. Mi sembra stia parlando in una lingua straniera, ha un bel suono. Morbida, musicale, calda. Qualcosa dal mio passato mi punzecchia insistentemente, ma non riesco a mettere a fuoco. Gli giro la testa verso Nick, tenendolo per i capelli. È in ginocchio, si è preso una bella battuta, è spaventato e ferito. Fa parte del mio lavoro, e non posso farci niente. Nick si china e lo fissa negli occhi.

"Allora, ci siamo capiti?"

Gli dà un buffetto sulla guancia, l'altro continua a roteare gli occhi, come se non avesse più il senso dell'orientamento. Guardo Nick, sembra se la stia godendo. Al solito, quando c'è da maltrattare qualche civile. Quanto lo odio. Odio questo individuo basso e cattivo, sempre pronto a menare le mani, perennemente con un cappello in testa. Probabilmente anche quando si fa sfondare da qualche travestito. Odio la sua ossessione per gli Stati Uniti, così forte da essere ormai realmente convinto che il suo vero nome sia Nick e da vestire come un mafioso di Miami, con camicie sgargianti con il collo sproporzionato e completi chiari dalle spalle enormi. Sembra un personaggio del film *Scarface*, che non deve avere visto, altrimenti avrebbe scelto quel soprannome.

Un altro buffetto.

"Dài, che stavolta ti è andata bene."

Il tipo, un poveraccio con un bar malmesso alla periferia di Cremona, è ancora in ginocchio e continua la sua nenia. Ma dove ho sentito parlare così?

Luis gli allunga un calcio, evidentemente spazientito da quell'atteggiamento. Vorrei difenderlo, ma ho appena smesso di prenderlo a schiaffi, e sarebbe perlomeno ipocrita da parte mia.

"Andiamo. Qui abbiamo chiuso."

Nick e i suoi scagnozzi escono. Io per qualche motivo sto fermo a guardare l'uomo che continua la sua litania piagnucolando. Lo prendo per le spalle, lui timoroso si mette a gridare, cerca di scappare. Lo blocco e lo rimetto in piedi, con dolcezza. A poco a poco, mi torna in mente un tempo lontano, quella lingua.

"Mi spiace, davvero."

Sono realmente, ipocritamente, dispiaciuto, mentre immagini del mio passato mi travolgono e mi annebbiano la mente. Imbarazzato, gli porgo un fazzoletto per pulirsi il sangue dal viso ed esco anch'io.

Avevo conosciuto quella ragazza a un congresso.

Tre esami alla laurea, tesi su argomento inutile, impantanata e con nessuna prospettiva di sviluppo. Cameriere in nero in una pizzeria di Lambrate, con nulle possibilità di carriera. Single, qualche numero di telefono di ragazza in rubrica, ma zero aspettative di dare una svolta alla mia vita sentimentale, o anche solo sessuale. Ero così vicino alla laurea, eppure mai mi era sembrata così lontana. Al primo anno di università, quando avevo ritirato il libretto in segreteria, mi ero sentito orgoglioso e motivato, anche se mi era sembrata un'impresa titanica, irreale, riempirlo. E al primo esame, quando lo avevo inaugurato con timore, avevo provato smarrimento e ansia. Quasi cinque anni più tardi, potevo sfogliare lo stesso oggetto, consumato e ammorbidito dal tempo, con le pagine riempite di scarabocchi e numeri. Ero arrivato a un passo dal traguardo, ma mi sembrava di non riuscire a superarlo. Quel giorno ero andato per l'ennesima volta dal mio relatore, uno svogliato professore di termotecnica che aveva provato pietà e un anno prima aveva accettato la mia richiesta dopo un estenuante giro alla ricerca di qualcuno che mi seguisse per una tesi. Ero seduto nel suo studio, con un pacco di fogli racchiusi in una cartelletta, che cercavo un aiuto per provare ad arrivare da qualche parte con questo progetto che mi aveva presentato come "avvincente", "innovativo" e "potenzialmente esplosivo".

Appena accomodatomi di fronte a lui, avevo cercato di allungargli il frutto del mio lavoro, ma lui aveva bloccato il mio movimento con un rapido gesto della mano, come se fossi stato un Testimone di Geova.

"Allora, come ti avevo preannunciato via mail, caro Marco."

"Simone."

"Simone, certo. Come ti dicevo, c'è questo congresso, a Basilea. È un congresso importante. Ci sarebbe la possibilità di mandare uno del mio gruppo e ho pensato che potesse essere una bellissima opportunità per te."

Mi era mancato il fiato per l'emozione.

"Caspita. Grazie, davvero non so che dire."

Dovevo aver assunto un'espressione vagamente ebete, perché il prof aveva scosso la testa dubbioso, con lo stesso sguardo che sfoderava durante una lezione, quando aveva l'infelice idea di controllare se lo stessimo seguendo.

"Ecco, vedi. Quando si va a un congresso, ci sono una serie di presentazioni, e poi si deve esporre anche il proprio lavoro. Devi preparare una sorta di descrizione di quello che fai, con tanto di foto, da stampare e incollare su un cartoncino di opportune dimensioni che dovrai esporre una volta arrivato."

Mi aveva guardato fisso.

"Vai lì per rappresentare me e il mio gruppo, non per gozzovigliare."

Avevo annuito solennemente, guardandolo fisso senza sbattere le palpebre. Mi erano venute in mente due, tra le persone che avrei rappresentato. Mauro, il suo scendiletto, sempre solerte nel leccargli il fondoschiena e maltrattarmi, e Anna, una dottoranda carina e disponibile a cui non c'era verso di non guardare il culo. Sentivo il cuore battermi furiosamente in petto e alcune gocce di sudore avevano iniziato a colarmi giù per le tempie. Il professore sembrava convinto di aver finito, ma io, ispirato dal panico, ero riuscito a interrompere il commiato.

"Cosa posso mettere sul poster? La mia tesi è tutt'altro che finita, ero venuto apposta per decidere cosa fare."

Avevo fatto per ripresentargli la cartella che aveva sdegnosamente rifiutato pochi istanti prima, i suoi occhi si erano allargati colmi di terrore e di nuovo aveva sventolato la mano destra davanti a sé.

"Ma no, ma no. Non preoccuparti. Vedo che hai lì un po' di lavoro. Bene, lo metti in una presentazione, pari pari, cercando di essere sintetico e razionale. Scrivi anche un minimo di background, fai un'ipotesi e poi cerchi di svilupparla. Semplice. Ho visto che sei in buoni rapporti con qualcuno dei ragazzi, bene. Vai da uno di loro, magari Mauro, dì che ti mando io e fatti aiutare a preparare il tutto. In questo periodo sono proprio pieno di impegni, ma mi fido del loro giudizio. Quando sei pronto, passa a farmi vedere il lavoro, così ho un'idea di quello che andrai a presentare."

Aveva messo la mano a taglio all'altezza della fronte e aveva spalancato gli occhi, a indicare quanto fosse impegnato. Da parte mia, lo avevo ascoltato con crescente irrequietudine, incapace di emettere un suono. Man mano che parlava, aggiungeva informazioni che si accavallavano nella mia mente in maniera disordinata. Mi chiedevo cosa avrei scritto in quel poster, come arrivare al centro congressi dall'albergo, come attaccare il poster, se sarei riuscito a capire le presentazioni in inglese, che treno prendere per arrivare a Basilea, come vestirmi, se portare un pigiama o solo una maglietta, quanto distasse Basilea. Poi aveva squillato il telefono e lui mi aveva fatto segno di aspettare. Grato di quell'interruzione, avevo cercato di creare un minimo di ordine nei miei pensieri.

Il problema numero uno era sicuramente che non potevo rivolgermi a Mauro. Detestava i laureandi in generale, ma soprattutto detestava me. Il primo giorno che avevo messo piede in quel posto, il prof mi aveva consigliato di farmi un giro per cominciare a conoscere qualcuno e fare domande, visto che erano tutti così disponibili e socievoli. Le mie aspettative, al solito, erano alte, e la mia immaginazione mi aveva portato lontano. Baldanzoso e pieno di buoni propositi, mi ero presentato con un sorriso ebete stampato sulle labbra. Chi mi aveva visto arrivare, aveva subito fiutato la rogna e si era dileguato, mentre quelli al computer, esposti alla tortura come una tartaruga girata sul ventre, si erano infilati le cuffie e avevano incollato lo sguardo allo schermo, senza sbattere le palpebre. Ero rimasto nei paraggi per una decina di minuti, trascinando i piedi e con le mani dentro le tasche, quando mi ero praticamente scontrato con questo ragazzo che camminava velocemente, immerso nella lettura di alcuni fogli che teneva in mano. Piccolo e magro, i capelli ricci e gonfi come un gigantesco microfono, ma già con evidenti segni di incipiente calvizie, non si era quasi neanche accorto di me, aveva borbottato qualcosa di incomprensibile e continuato imperterrito per la sua strada. Conscio che potesse essere la mia unica possibilità di avere qualche informazione, mi ci ero attaccato come una lampreda e lo avevo tempestato di domande. Lui aveva alzato gli occhi dai fogli incuriosito e mi aveva squadrato con crescente sospetto, come si fosse reso lentamente conto della fregatura capitatagli. Nel giro di pochi secondi, si era voltato, aveva imboccato una porta e me l'aveva chiusa in faccia. Dentro di me sapevo che non sarei dovuto entrare in quella stanza, ma Mauro non aveva ancora aperto bocca, e io ero convinto ci fosse un equivoco. Doveva essersi aspettato la mia intrusione, perché appena varcata la soglia mi aveva immediatamente aggredito, illustrandomi, senza lasciarmi dubbi in merito, la sua opinione su quelli come me, e cacciandomi via senza troppe cerimonie. Con grande imbarazzo e animato da spirito autolesionistico, nei mesi successivi ero andato diverse volte in quegli uffici e quando il prof stesso gli aveva chiesto di mostrarmi il suo lavoro, Mauro era stato costretto a cedere, senza però riuscire a risparmiarmi occhiate malevole, cariche di minacce.

No, Mauro era da evitare. E così gli altri ragazzi, che certo non avevano una migliore opinione di me. Avrei dovuto puntare su altre persone, tipo Cinzia, o ancora meglio Anna. Il politecnico non era certo la meta ambita di una ragazza, ma il professore da tempo si era lanciato in una sorta di battaglia per cambiare quella situazione. Durante le sue lezioni, divagava senza ritegno denunciando il maschilismo imperante nella nostra società e nella scienza in particolare, e in un rigurgito di ribellione nei confronti dell'istituzione che lo ospitava aveva deciso di istituire all'interno del suo laboratorio una equa distribuzione tra maschi e femmine. Quando avevo messo piede per la prima volta in quel posto, mi ero ritrovato assolutamente spiazzato a causa dell'elevatissimo numero di ragazze e, totalmente in balia degli ormoni, avevo vagato per le stanze per vederle tutte. Mi ero spaventato constatando quanto fossi attratto dalla stragrande maggioranza di loro. Forse era la soggezione che provavo per la loro posizione o perché erano ai miei occhi così indipendenti e decise, ma quel che era certo era che mi piacevano, tutte, a prescindere dall'aspetto fisico. Con il tempo, ero riuscito a limitare la mia libido e a concentrarmi comunque sul mio lavoro, ma c'era poco da fare, le dottorande mi attizzavano. E poi c'era gente come Cinzia e Anna, che proiettavano un'ombra di lussuria nella mente di tutti noi. Gli altri ragazzi facevano a gara a invitarle a bere un caffè, a fare una pausa pranzo insieme, si spintonavano per star loro di fianco al tavolo, addirittura in ascensore o sulle scale. Una volta mi ero procurato persino una gomitata in faccia, tanto per dire come gli altri cercassero di rimettermi al mio posto. Non avrei saputo dire se fossero semplicemente più belle delle altre, ma emanavano comunque un'aura che le rendeva irresistibili. Soprattutto Anna. Era solare, intelligente, carica di femminilità, per quanto nebuloso potesse essere per me il concetto. Come gli altri, avevo finito per trovarmi a competere per uno scambio di parole, anche solo in corridoio, ritrovandomi a sera a conteggiare i punti accumulati, come se ogni parola, sorriso in più mi dessero maggiori possibilità di conquistare i suoi favori.

L'idea di chiedere ad Anna un aiuto per quel fantomatico poster e poter passare insieme del tempo, mi aveva tolto ogni dubbio. Ero trionfante. Mi immaginavo già che saremmo stati insieme per ore, vicini tanto da potermi inebriare con il profumo della sua pelle. Magari lei mi avrebbe chiesto di andare a casa sua, la sera, per finire un lavoro, e mi avrebbe aperto la porta in vestaglia e mutandine bianche... potevo a malapena respirare. Il prof al telefono doveva aver notato qualcosa di strano, perché si era interrotto per un istante e mi aveva guardato con aria interrogativa. E se invece si fosse rifiutata di aiutarmi? Se fosse scappata o avesse finto impegni come facevano tutti gli altri quando mi presentavo in cerca d'aiuto? Un brivido ghiacciato mi aveva attraversato la schiena. L'euforia che mi aveva sospinto fino a poco prima era svanita, e restava solo l'ansia. Certo, c'era sempre Cinzia, ma non volevo mettermi in quella situazione con Anna, e con l'amica non sarebbe certo andata meglio. Avrei preferito tagliarmi il naso e le orecchie con un taglierino arrugginito.

D'altro canto, quella era l'occasione perfetta per muovere un po' le acque. La mia tesi era arenata in un banco di nulla. Erano settimane che scrivevo pagine a caso, riempendo fogli di calcoli e disegni scopiazzati qua e là dai lavori altrui, quasi di soppiatto, senza avere la minima idea se c'entrassero o meno con il mio progetto. Se in qualche modo fossi riuscito a preparare questo cartellone, e il prof sembrava motivato a farmelo fare, probabilmente avrei avuto del materiale per finire la tesi. L'ansia stava velocemente scemando, e allo stesso tempo mi sentivo pervadere da un crescente ottimismo. Al diavolo Mauro, Anna e Cinzia. A un certo punto, il professore aveva messo la mano davanti al microfono e mi aveva fissato.

"Allora siamo d'accordo. Senti Maria e mettiti d'accordo con lei per tutte le pratiche da sbrigare."

Maria era la segretaria, ovviamente si sarebbe occupata lei della logistica. Scostante, imprecisa, arrogante, sedeva a una scrivania - anche se assomigliava più ad una cattedra da libro *Cuore* - appoggiata su un rialzo, cose che avevo visto solo nei film. La sua, era la stanza più luminosa, proprio di fronte all'ingresso degli uffici del prof, in fondo al corridoio. Il suo ufficio aveva due finestre, dai davanzali traboccanti di piante, ed era tappezzato di schedari, molti dei quali ammonticchiati disordinatamente per servire da portavasi. Sembrava una serra, più che una segreteria, con Maria che passava una discreta porzione del suo tempo a girare per le piante orientandole verso il sole, accarezzandole, innaffiandole, travasandole. Mi chiedevo come il prof potesse sopportare la cosa e ancor di più come potesse esistere una situazione del genere all'interno dell'ateneo. Quando qualcuno entrava nella sua serra, il più delle volte la sorprendeva nel mezzo di una qualche pratica botanica. A quel punto, sbuffando scocciata, tornava lentamente alla sua postazione, per poi dedicare una smorfia irosa all'impudente intruso. Per chiudere, rispondeva con commenti sprezzanti in risposta alle sue timide richieste. Se invece si aveva la fortuna di trovarla alla scrivania, si otteneva solo un lento movimento della testa e uno sguardo annoiato e acquoso.

C'erano momenti in cui era lei a uscire dal suo antro per cercare qualcuno, e non era un piacere. Passi pesanti e acute urla stizzite preannunciavano il suo arrivo, causando un fuggi-fuggi generale. I motivi erano in genere banali, ma lei non poteva perdonare il fatto di essere dovuta uscire dalla sua tana per motivi non legati alla pausa caffè o al pranzo. Non era facile muovere quella massa, e il fiato corto rivelava la fatica che assaliva la donna dopo pochi passi, con l'ovvio risultato di renderla se possibile più cattiva. Maria tiranneggiava tutti quelli che avevano la sventura di doverle chiedere un aiuto e di sicuro non mi avrebbe fatto sconti, con il suo repertorio di errori, ritardi e finti malintesi. Poco male, ormai l'ottimismo si era impadronito di me, mi sentivo già in testa la corona d'alloro e la mano stretta in quella del preside, mentre mi offriva il bacio accademico e la pubblicazione del mio lavoro. Riuscivo a distinguere persino gli applausi della commissione.

Senza aspettare la mia risposta, il prof si era appoggiato allo schienale della poltrona ruotando di 45 gradi, cancellandomi definitivamente dalla sua giornata. Mi ero alzato e avevo preso la via dell'uscita tirando un profondo sospiro.

La tegola mi era piombata addosso nel bel mezzo della preparazione del poster, quando ero ormai con il vento in poppa e non prevedevo problemi di tipo organizzativo. Stavo cercando di creare una storia di senso compiuto, e con ostinata pazienza ero riuscito persino a farmi aiutare da qualche dottorando. Ma soprattutto, mi ero sentito così sicuro della trasferta da aver avvisato gli amici e persino i genitori del "viaggio di lavoro", lasciando intendere di essere stato scelto in quanto più brillante e meritevole di altri. All'improvviso, la fregatura. Quel pomeriggio ero appena uscito dall'ufficio-serra di Maria con il sorriso stampato sulle labbra e avevo adocchiato in corridoio Cinzia. Indossava dei pantaloni a vita bassa e chinandosi aveva lasciato intravedere delle sottili mutande merlettate color fucsia. Con la sicurezza che arrivava dal mio nuovo incarico, mi ero affrettato per invitarla a un caffè, quando Maria mi aveva richiamato, secca e sgarbata.

"Ehi, dove stai andando?"

Concentrato sull'obiettivo, avevo avuto la fortissima tentazione di tirare dritto, ma il pensiero di essermi dimenticato una firma o un foglio importante mi avevano fatto lanciare un'ultima occhiata triste alla schiena di Cinzia che era velocemente scomparsa alla mia vista, ed ero tornato sui miei passi.

"Mi sono scordato qualcosa?"

Maria aveva sgranato gli occhi e mi aveva agitato davanti un foglio stampato, il volume della voce in crescendo.

"Vorrei ben vedere! Che ti credi, che ti pago io le

vacanze?"

"Le vacanze?"

Non riuscivo a capire dove volesse andare a parare e seguivo con lo sguardo il foglio svolazzante che mi veniva sventagliato sotto il naso neanche fosse stato un colibrì.

"I soldi! devi darmi i soldi per il biglietto del treno! O hai cambiato idea e vai a Basilea in auto?"

Maria aveva spalancato gli occhi e alzato la voce salendo di un'ottava per arrivare a uno stridulo urlo. Lo studio aveva iniziato a girare intorno a me, tanto che avevo afferrato con una mano la scrivania, nel timore di finire a terra faccia in giù. Quella mattina avevo confermato con Maria gli orari di partenza e ritorno e lei mi aveva dato l'ok. Avevo sempre dato per scontato che venisse tutto pagato dall'università, nessuno mi aveva detto che avrei dovuto sborsare di tasca mia qualcosa.

"No, certo. Ma non pensavo che avrei dovuto pagare io."

Maria aveva, se possibile, spalancato ancora di più gli occhi. La voce era salita di un'altra ottava, ormai un urlo acutissimo da far vibrare le finestre.

"E chi dovrebbe pagare? Io, forse?"

Avevo dato un'occhiata al totale, sui centottanta euro. Una bella somma, ma con un po' di sforzi avrei potuto recuperarla. Certo non erano stati particolarmente onesti. Speravo fosse finita lì, ma qualcosa mi diceva che non me la sarei cavata così a buon mercato. Con il pollice sinistro avevo percepito una pellicina sull'anulare, di fianco all'unghia.

Vantaggi del pollice opponibile. L'avevo morsa, nervoso. L'iscrizione al congresso era ancora da confermare con un bonifico. Non avevo la minima idea di quanto avrebbe potuto costare, ma tre giorni in albergo, pasti compresi, nel centro di Basilea, non sarebbero certo stati a livello di un ostello. Avevo sentito una scossa di nervosismo premermi sui timpani.

Avevo scosso la testa con circospezione.

"Veramente.. davo per scontato ci fosse un fondo per queste cose, e il prof non mi aveva detto niente."

Maria aveva allargato le braccia, sbraitando a pieni polmoni. Qualcuno aveva messo la testa dentro per vedere cosa stesse succedendo.

"Non ci posso fare nulla. Non potete sempre volere tutto, bisogna essere disposti a fare dei sacrifici."

Mi aveva puntato un dito contro.

"Tu sei un laureando, non ci sono fondi per gente come voi!"

"Sì, ho capito... Vabbé, domani porto i soldi per il viaggio."

Maria si era calmata all'improvviso. Si era seduta e aveva sfoderato un gran sorriso.

"Ah, carissimo. Era qui che ti volevo! Non c'è solo per il biglietto del treno, c'è anche l'iscrizione."

Stavo stringendo i denti tanto forte da farmi male. Per allentare la tensione, avevo tirato un forte sospiro.

"E quanto verrebbe a costare?"

Pronta, Maria mi aveva allungato un altro foglio, scritto fitto.

"Ecco."

Avevo scorso velocemente la pagina fino al totale: superava di un bel po' i mille euro. Improponibile.

Persino Maria doveva essersi vergognata del tiro che mi avevano giocato, perché le si era addolcita leggermente l'espressione. Mi aveva guardato per un attimo e poi si era allungata sulla scrivania nella mia direzione. Aveva atteso un istante e si era guardata intorno colpevole, come temendo di essere spiata.

"Funziona sempre così, purtroppo. Il prof ci mette tanto entusiasmo per motivarvi, ma non si preoccupa di queste cose."

Io guardavo fuori dalla finestra. Ancora qualche istante e avrei scaraventato la donna e la sua scrivania oltre il vetro. Ma lei aveva fatto qualcosa di inatteso.

"Proviamo ad ammorbidirlo e a dirgli che ci metti qualcosa. Magari tira fuori un po' di soldi."

Non ne ho mai capito il motivo, ma il prof era sottomesso a Maria. L'anarchia che regnava nella sua stanza, il fatto che lui si zittisse quando lei interveniva, il modo in cui lui scattava, quasi sull'attenti, se lei entrava senza bussare nel suo ufficio, tutti indizi di un certo occhio di riguardo, ma in quella situazione avevo avuto la netta impressione che in realtà comandasse lei. Un'ulteriore prova era stato il suo improvviso cambio di atteggiamento. In un secondo era passata dalle urla alla fattiva collaborazione. L'avrei definita compassione nei miei confronti, se si fosse trattato di chiunque altro, ma per lei era il gusto di mostrare la propria autorità. In pochi minuti aveva già pianificato tutto, così non avevo fatto altro che seguire le sue direttive.

Ero andato subito dal prof, mentre l'eco delle urla di Maria ancora rimbombava nei corridoi e gli avevo detto che così come stavano le cose lo ringraziavo molto per l'occasione concessami, ma non potevo permettermi quella spesa. Lui aveva bofonchiato poco convinto, senza alzare gli occhi dal computer.

"Che peccato. Prova solo a immaginare quanto sarà importante per la tua carriera."

Colto da un'idea illuminante, gli occhi gli si erano accesi e aveva puntato l'indice grassoccio contro di me.

"La tua tesi! Avrai il materiale per finire la tua tesi!"

Io avevo continuato a scuotere la testa, tenendo il capo chino. Lui aveva incrociato le mani, quasi a preghiera e aveva sospirato pesantemente, al limite della pazienza.

"Cerca di capire la situazione, è un momento un po' delicato. Se potessi, ti pagherei io il congresso. Facciamo così, ne parlo con Maria e vediamo che si può fare."

Non sembrava convinto, si vedeva che aveva altro per la testa. Aveva recuperato la visuale dello schermo e mi aveva liquidato pretendendo di essere molto impegnato.

Non facevo molto affidamento sulle promesse di quei due, ma l'aspetto positivo era che la mia situazione aveva generato una generale compassione e tutti - a parte Mauro, ovviamente - si davano da fare per aiutarmi.

Trascorse due settimane senza ricevere novità,

avevo perso ogni speranza per il congresso. La delusione per l'occasione mancata mi scavava dentro come un bruco famelico, ma il lavoro sulla tesi procedeva spedito come non mai, e potevo vedere una pallida luce arridermi. Un giorno Maria mi aveva chiamato nel suo ufficio, e una scarica di adrenalina mi aveva attraversato il petto. Con passo malfermo e palmi delle mani sudate, mi ero recato al suo cospetto. Lei mi aveva osservato da sopra gli occhiali, l'espressione annoiata e lo sguardo del benefattore seriale.

"Allora, siamo riusciti ad arrivare a un compromesso. Il grosso verrà pagato dal professore, comprese le spese extra. Tu dovrai dare 500 euro, giusto per dimostrare che non prenderai questa opportunità alla leggera."

Avevo sperato in un epilogo diverso, ma non c'era spazio per contrattare. Così l'avevo ringraziata e avevo accettato l'offerta con entusiasmo.

"Grazie mille, Maria. Non so davvero come sdebitarmi."

Lei aveva guardato fuori dalla finestra e con un gesto rapido della mano mi aveva congedato. Ero uscito con in testa mille pensieri, la preparazione del poster, la pianificazione del viaggio, il prestito da chiedere ai miei genitori. Indebitarmi con Massimo o i miei coinquilini sarebbe stato fuori discussione. Nei giorni successivi, avevo iniziato a preparare un piano d'azione, quando Anna se ne era uscita con un'inattesa quanto sgradita novità. In pratica, ogni volta che qualcuno partecipava a un congresso, al rientro doveva tenere una relazione di fronte a tutto il gruppo, in modo da aggiornarli su quanto visto. All'inizio avevo stentato a crederci, e fosse stato chiunque altro, avrei sospettato un inganno, ma Anna non era solita tirare scherzi. Non solo non ero particolarmente preparato a esporre il mio lavoro, soprattutto sorridendo elegantemente al curioso bastardo cui non fosse bastata la descrizione stampata e mi avesse chiesto spiegazioni, ma alcune settimane dopo il rientro dal congresso avrei dovuto affrontare un vero e proprio esame.

Avevo sperato di ottimizzare il tempo e poter dedicare allo studio i momenti di pausa e soprattutto le presentazioni che non mi avrebbero ispirato particolarmente o di cui non avrei compreso neanche il titolo - in tutto, una discreta frazione del totale. Ma con questa novità appariva chiaro che i miei progetti non sarebbero potuti andare a buon fine. Era escluso che potessi ricordarmi ogni cosa, tra poster e presentazioni, quindi con il fiato un po' corto avevo cercato consiglio tra i miei coinquilini e Massimo. Dopo qualche giorno di consultazioni, avevamo stabilito che avrei dovuto portare una macchina fotografica per i cartelloni e un registratore per la parte orale. Poi a casa avrei raccolto il materiale e preparato il resoconto per il prof e il suo seguito di lacchè. Non avevo il minimo dubbio che la cosa non avrebbe interessato nessuno, ma di certo pur di mettersi in mostra mi avrebbero rosolato per bene. Non possedevo fotocamere e mentre tutti avevano vantato il possesso di costosissime reflex e carissimi obiettivi, era poi emerso, dietro mia richiesta di prestarmele, quanto suddetto armamentario fosse indisponibile in quanto "giù a casa", accompagnato da un laconico "non me lo porto certo a Milano per farmelo rubare", che non aveva lasciato spazio a soluzioni percorribili. Cancellata la possibilità di doversi esporre materialmente, i miei solerti coinquilini avevano poi cominciato a declamarmi l'arte della fotografia, millantando capacità tecniche ai livelli di Helmut Newton. Io avevo ascoltato questi improvvisati corsi, dove ognuno si dichiarava d'accordo su quanto esposto dagli altri, riprendendo il discorso appena concluso e ricamandoci sopra tecnicismi con aria saputa in un ciclo senza fine e privo di alcun senso. Dopo una serie di serate su questo tenore, avevo concluso che non mi sarebbero stati di alcun aiuto. Mi ero così fatto coraggio e avevo chiesto a Maria se potessi ricevere in prestito una macchina fotografica o quantomeno un rimborso per i rullini. Lei si era limitata a sbuffare e a fissarmi con i suoi occhi acquosi scevri di empatia, finché non avevo girato sui tacchi e battuto in ritirata. A quarantotto ore dalla partenza, nel pieno del panico, avevo deciso che l'idea di fondo fosse comunque valida e avevo acquistato delle macchinette usa-e-getta, in modo da minimizzare l'esborso. Risolvere la questione delle presentazioni era stato molto più facile. Avevo un piccolo registratore che avevo usato per alcuni corsi in cui cercavo di tenere il filo del discorso del professore mentre spiegava e poi mi prendevo gli appunti riascoltandolo. Era un metodo tedioso che però mi aveva dato diverse soddisfazioni in sede di esame, quindi speravo potesse essermi utile in questo frangente, anche se ero un po' preoccupato per la presenza di molteplici presentazioni, una dietro l'altra, che avrebbero sicuramente complicato il tutto.

Due giorni dopo ero in treno.

Ogni tanto alzavo lo sguardo sopra di me, verso la rastrelliera per i bagagli dove il tubo con il poster e la mia valigia mi osservavano dondolando. Ero felice, emozionato e nervoso per la nuova avventura. Mi sentivo leggero, spaesato, ed euforico. Il paesaggio intorno a me scorreva velocemente, il libro che avrei dovuto studiare per il prossimo esame era sul mio grembo, pronto a concedermi segreti e sapere, ma io vagavo lontano, oltre le montagne che si profilavano in lontananza al di là del finestrino. La mia testa si era riempita di fantasie sulle possibilità che mi si sarebbero spalancate al congresso. Gente che mi avrebbe avvicinato, e illuminata dal mio poster mi avrebbe proposto un lavoro negli Stati Uniti. O professori che mi avrebbero notato a un tavolo e mi avrebbero invitato nelle loro università in Inghilterra, Giappone o Germania. Per quanto continuassi a ripetermi che erano solo fantasie, ero tornato il bambino piccolo che ascoltando la musica in auto suonava un pianoforte immaginario, premendo a caso tasti invisibili, convinto di saper suonare.

Avevo lanciato ancora un'occhiata preoccupata alla rastrelliera sopra la mia testa. Il tubo di plastica conteneva un cartone colorato, il famoso cartellone che avrei dovuto appendere nell'apposito spazio una volta arrivato al congresso. Mi ero figurato la scena diverse volte, giusto per non incorrere in errori stupidi. Una volta srotolato e appeso il cartone con delle puntine (avrei dovuto trovarle là, ma Maria, spinta da un raro slancio di gentilezza, me ne aveva fornito una scatola) avrei dovuto attaccare i vari fogli stampati che tenevo in un'apposita cartelletta, utilizzando il nastro biadesivo che la solita Maria mi aveva dato. Quella parte della missione era sembrata a posto. In quel momento ero terrorizzato che qualcuno appoggiasse le proprie valigie sul rotolo di cartone, rovinandomelo o, peggio ancora, di dimenticarmelo sulla rastrelliera una volta giunto a destinazione. Continuavo a ripetermi come un mantra di ricordarmi il tubo sopra di me. Avevo portato tre macchine fotografiche usa-e-getta e un piccolo registratore. Mi ero sincerato della loro presenza per l'ennesima volta tastando la tela dello zaino e sbirciando dentro l'apertura. Il materiale era ancora al suo posto, e avevo recuperato un po' di ottimismo. Comunque fosse andata, sarebbe stata un'esperienza da raccontare, e chissà che Massimo non avesse avuto ragione dicendomi che in questi casi si conoscevano un sacco di ragazze ben disposte nei confronti di quella che lui chiamava "una scappatella tra colleghi".

Ricordo come l'arrivo all'albergo e la registrazione fossero procedute senza intoppi. Avevo lasciato la borsa in camera ed ero andato nella sala poster, dove era previsto che tutti appendessero il proprio cartellone, per poi stazionargli davanti pronti a rispondere a eventuali domande, secondo una tempistica predeterminata - il mio turno era il penultimo giorno. Il numero in nero in alto a destra corrispondeva a quello assegnatomi, in una mano avevo il mio cartoncino e nell'altra piccoli fogli sparsi di varie dimensioni. Così mi ci ero dedicato, ostentando tranquillità e dimestichezza. Alla fine, il risultato non era stato proprio entusiasmante. Molti fogli, contenenti didascalie e grafici, che avevo appeso con mano tremante dall'agitazione, apparivano ora un po' di sbieco e non avevo osato staccarli per non rovinare loro stessi e il cartoncino sottostante. Inoltre mi ero accorto che un angolo del cartone, in alto a sinistra, era bagnato o unto di non so che cosa. Doveva essere accaduto in stazione, l'unico momento in cui l'avevo appoggiato per terra. L'avessi notato prima, avrei potuto girarlo e metterlo in basso, ma era tardi e quell'angolo scuro di un otto-dieci centimetri quadrati risaltava come se avessi messo una mia foto in costume da bagno con un salvagente di Paperino. Imprecando, mi ero allontanato a testa bassa, umiliato e tentato di non presentarmi al mio turno della presentazione dei poster. Le presentazioni sarebbero iniziate nel giro di una mezz'ora, e mi ero andato a sedere nella sala congressi semideserta. Ero abbastanza davanti, ma non proprio in prima fila, giusto per mimetizzarmi, e stavo disperatamente cercando di trasferire qualche nozione dal libro al mio cervello. Non mi ero così accorto che la sala si era gradualmente riempita e quando avevo sollevato gli occhi, mi ero stupito della quantità di gente che avevo ormai intorno a me.

"C'è molta gente, vero?"

Mi ero voltato verso il dolce suono e avevo visto un profilo di ragazza, la bocca chiusa, gli occhi che vagavano per la stanza, proprio di fianco a me. Non ero sicurissimo fosse lei la fonte della voce, ma in quel momento si era voltata, lo sguardo a cercare una mia risposta. L'avevo già intravista tra la gente che andava a prendere il badge alla reception, e le avevo lanciato una seconda occhiata, osservandola meglio perché molto carina, slanciata, capelli corti scuri e grandi occhi castani. Ora era lì, a qualche decina di centimetri da me. Altro che piazza Leonardo da Vinci. Altro che "amiche" con cui trascorrevo una serata, grato per avermela fatta annusare per un'oretta. Altro che Cinzia, Anna o chissà chi. Altro che congresso o esame. Tutto era stato obliterato in un attimo, mentre il cuore saltava qualche battito e cercavo di recuperare a casaccio nel mio cervello qualche frase di circostanza in inglese colloquiale, con buona pace del Toefl.

"Sì.. davvero!"

Avevo spalancato gli occhi e annuito vigorosamente, nella speranza che la mimica desse un senso alle due parole che mi erano uscite. La ragazza aveva sorriso fugacemente.

"Mi chiamo Svetlana, piacere di conoscerti."

Il forte accento e il nome esotico avevano acceso le mie fantasie confinando l'interazione con la donna in un mio recondito mondo interiore.

Ora le dico quanto è bella, con uno sguardo al tempo stesso ammaliante e sicuro. Poi le chiedo di andare a fare una passeggiata fuori, che abbiamo tutto il tempo di sentire presentazioni fino a diventare matti. E chissà, magari mi invita in camera sua...

Una bianca mano era apparsa di fronte al mio campo visivo, interrompendo i miei pensieri e facendomi sobbalzare colpevolmente.

"Oh, il mio nome è Simone. Piacere di conoscerti."

Lei aveva sorriso ancora. La mano era morbida, asciutta, calda e irresistibile. Le dita affusolate, lunghe, dalle unghie perfette. Fantastico. Il breve contatto mi aveva lasciato una sensazione bruciante sul palmo, che era durata a lungo. Se chiudo gli occhi e mi concentro, posso sentirla ancora oggi, un leggero formicolio come la brace di un fuoco maestoso. In quel momento, una voce aveva cominciato a tuonare dal palco e tutti avevano rivolto l'attenzione all'oratore, un uomo scuro di carnagione, allampanato e dall'incomprensibile inglese con forte accento nordico. Io avevo osservato il profilo di fianco a me ancora per qualche istante, con la bocca secca e con un terribile senso di disorientamento. L'inizio di una presentazione mi aveva dato una scossa. Avevo il mio registratore in tasca, pronto per l'uso, ma mi vergognavo di usarlo così davanti a lei. Mi ero maledetto sommessamente per le mie idee stupide e avevo cercato inutilmente di concentrarmi su quanto un tipo sul palco stava blaterando. Alla prima pausa, Svetlana si era defilata. L'avevo osservata mentre si era andata a sedere a fianco di alcuni suoi colleghi che l'attendevano con grandi sorrisi.

Impossibile dar loro torto.

Avevo trascorso tutto il tempo in cui era stata al mio fianco a fantasticare e a pensare a qualcosa da dire, e ora sentivo una pungente delusione montare dentro di me. La lontananza mi aveva però permesso di concentrarmi maggiormente su quanto stava avvenendo nella sala e a tirare finalmente fuori il registratore. Entrambi avevamo finalmente iniziato il nostro lavoro.

Nei giorni successivi ero riuscito a registrare quasi tutte le sessioni orali - quando mi ero accertato che Svetlana non mi vedesse - e a fotografare una buona parte di cartelloni. Nessuno lo faceva, e mi guardavano tutti con stupore e divertimento. Molto probabilmente non dovevano raccontare a nessuno cosa avevano visto, oppure a differenza di me sapevano cosa stesse succedendo intorno a loro, quindi rispondevo con spallucce.

Il congresso era filato via liscio tra foto di poster, registrazione di presentazioni, pause in cui avevo cercato di non dare nell'occhio, pasti in cui facevo finta di capire quello che mi veniva detto e notti insonni a ubriacarmi con i miei compagni di stanza. Il pomeriggio del penultimo giorno avrei dovuto stazionare davanti al poster alla mercé di qualche squilibrato che non aveva niente di meglio da fare che venire a chiedermi spiegazioni sul mio inutile progetto. Durante le altre sessioni, avevo sbirciato la mia postazione sperando che nessuno andasse a consultarla, ma con mio grande stupore avevo visto più volte diverse persone ferme lì davanti, addirittura un gruppetto a confabulare indicando alcuni miei disegni. Il mio proposito di disertare stava cominciando a vacillare. E se qualcuno avesse detto al prof che davanti al poster con il suo nome non aveva visto nessuno, quando invece avrebbe dovuto esserci un giovane sorridente, ben disposto e preparato? Il prof avrebbe anche potuto pensare che avevo appeso il poster e poi mi ero dato alla fuga, visitando la città o facendomi i fatti miei invece di fare il mio lavoro. Non potevo permettermelo, avevo bisogno di lui per laurearmi. Inoltre, tutte le proposte che speravo sarebbero fioccate durante il congresso, alla fine si erano rivelate solo un'illusione. Nessun capoccia mi aveva rivolto la parola, tanto meno mi aveva invitato a lavorare da qualche parte. Da un lato, avevo il pensiero fisso della riunione che avrei dovuto tenere alla fine di quell'incubo e dall'altro i miei due compagni di stanza, Jared e Dean, due ragazzi inglesi più o meno della mia età e con prospettive vicine allo zero come me, cercavano di rendere con l'aiuto dell'alcol la mia coscienza il più vicino possibile a quella di un calamaro. Forse quella di raccontare il mio lavoro a qualche sconosciuto poteva veramente essere l'ultima occasione di fare conoscenze e proiettarmi in un futuro radioso che non vedeva l'ora di accogliermi. L'immagine di me su un aereo, con il portatile sotto il braccio e lo sguardo verso il tramonto oltre il finestrino non era poi troppo sbiadita.

A ripensarci ora, verrebbe da ridere. Non era certo stata la prima volta in cui le cose non sarebbero andate come avevo desiderato. Però in quel frangente ero già adulto, con diverse esperienze alle spalle. Avrebbe dovuto diventare per me un momento formativo, una sorta di pietra miliare per aprirmi finalmente gli occhi sulla realtà. Così non è stato. E come non lo è stato quella volta, non lo fu molte altre in cui non avrei dovuto immaginarmi in un futuro irrealizzabile, per quanto lo sentissi vicino. Invece non ho mai smesso di sognare, e ogni volta che ho dovuto affrontare una situazione, ho sempre immaginato che andasse nel migliore dei modi, per cui parlavo e mi comportavo di conseguenza. Forse è per questo che ho avuto la fortuna di avere una moglie e un figlio. E forse è per questo che ogni giorno, sempre, quando torno dalla corsa e mi appoggio a una colonna nel mio seminterrato, negli occhi ancora una nebbia appiccicosa, o i grigi colori dei campi neanche illuminati dall'alba, quando mi chiedo se non sarebbe meglio lasciarsi morire, mi stacco dalla parete, seguo la mia routine e continuo, sperando che un principe azzurro mi liberi da questa fogna.

Il fatto è che quella volta ci ero andato veramente vicino. Ai miei sogni, intendo. Ero andato al mio poster, e già c'era un uomo che lo stava guardando, ansioso di interagire con l'autore. Io avevo attraversato uno di quei rari momenti di grazia, in cui le parole si erano impadronite di me, fluendo senza sforzo in un inglese più che accettabile. A quell'uomo se n'erano aggiunti altri, e il pomeriggio era volato, senza che quasi me ne accorgessi, sempre in compagnia di gente che voleva condividere con me le proprie conoscenze. Avevo imparato probabilmente più quel giorno che negli ultimi due anni di università.

A fine pomeriggio ero ancora sulla cresta dell'onda, pronto a raccogliere il frutto dei miei sforzi. Uno dei miei solerti amici inglesi era passato di lì e mi aveva messo in mano una lattina ghiacciata di Red Bull. Lo avevo ringraziato con un cenno del capo, e avevo dato una profonda sorsata. Quello che io non sapevo, e lui dava evidentemente per scontato, era che aveva sostituito metà del contenuto della lattina con vodka. Ero nel mezzo di una conversazione con un paio di dottorandi francesi, avevo strabuzzato gli occhi, quasi soffocando, e a fatica ero riuscito a non sputare un geyser acido. Avevo cercato con lo sguardo l'idiota che aveva tentato di uccidermi, ma una volta recuperato il respiro avevo dovuto ammettere che non era poi male. Nel giro di venti minuti, avevo già finito la mia lattina e l'altro compare era ripassato con un rabbocco. Mi era sembrato di galleggiare in aria, la sicurezza in me stesso si era trasformata in delirio di onnipotenza. Parlavo e parlavo. I ricordi si fanno sempre più nebulosi, ma ho ben presente che a un certo punto un lampo di lucidità mi aveva fatto prendere coscienza di me stesso, e finalmente avevo elaborato l'informazione che il mio interlocutore era Svetlana.

Stavamo discorrendo con altri di questioni tecniche, prendendo appunti e facendo schizzi direttamente sul mio poster, e dovevo sembrare tutto sommato sobrio e conscio, quasi brillante. O almeno non ricordo sguardi allarmati intorno a me. Avevo sempre in mano la fida Red Bull arricchita, e dovevo aver continuato a darci dentro, perché la nebbia oscura di nuovo i miei ricordi. Eravamo usciti a cena con un po' di gente, ero a un tavolo, confusione, risate, tintinnio di posate sui piatti. Non era la sala da pranzo dell'albergo dove eravamo soliti consumare i pasti - tutto compreso nel prezzo dell'iscrizione al congresso. Era un posto più intimo, con basse volte in mattone. La saletta era piccola, accogliente e calda. In bocca avevo il gusto appiccicoso e un po' dolciastro del vino rosso scadente. Al centro del tavolo, due grosse lampade illuminavano i nostri volti, trasformando le fattezze e facendo luccicare gli occhi più dell'alcol. Io ero finito di fianco a Svetlana - probabilmente avevo fatto a gomitate per guadagnarmi quel posto - e stavo cercando di irretirla in una conversazione a due. I suoi colleghi e altra gente lì presente ovviamente si stavano opponendo al mio piano, quindi era tutto un urlare a volume sempre più alto per catturare l'attenzione della ragazza. C'erano anche Jared e Dean, rossi come due aragoste e in evidente stato di alterazione alcolica. Come tutti i presenti, del resto. Persino la dolce Svetlana continuava a trangugiare bicchieri di vino come fossero stati pieni di gazzosa. Aveva i bei capelli appiccicati alla fronte, lo sguardo annebbiato e la maglia le era scivolata lungo una spalla, scoprendola in maniera conturbante. Non mi sembrava molto in sé, ma la vista della sua pelle candida e liscia mi aveva destato. La mia parte più animalesca, testimone di tante sconfitte notturne milanesi, vedeva uno spiraglio di opportunità. Vendetta, sesso sfrenato e preda da portare in trionfo al rientro. Non avevo ricevuto proposte lavorative come sperato, ma il vecchio volpone si era rivelato un animale da meeting. Altro che Massimo.

A un certo punto, Svetlana si era alzata, un po' malferma sulle gambe. L'avevo subito sorretta e lei mi aveva rivolto un'occhiata che avrei definito civettuola, per poi chiedermi biascicando se avessi potuto accompagnarla. Lo sguardo conturbante non era nelle corde della migliore Svetlana, ma chi ero io per criticare? I presenti sembravano ormai lanciati ventre a terra nelle praterie del delirio e non avevano dato avviso di agitarsi per la nostra dipartita. Il ristorante era un labirinto di stretti corridoi in mattoni, e dopo quella che mi era sembrata un'eternità, eravamo arrivati di fronte ai bagni. Il contatto prolungato con quella donna calda e desiderata mi aveva eccitato. Mi aveva chiesto di accompagnarla dentro e ci eravamo trovati di fronte a un water, chiusi in una cabina di compensato. Le mie aspettative erano altissime, ma non sapevo bene come operare, soprattutto perché la ragazza era a testa bassa, come persa in profondi pensieri. Avevo pensato stesse attendendo una mia mossa, così l'avevo presa per un braccio e l'avevo girata verso di me. Lei mi aveva guardato e mi aveva sorriso. Io avevo preso coraggio e le avevo messo una mano sul seno. Era sodo, caldo e gonfio, proprio come me l'ero immaginato. Con una torsione del polso ai limiti della rottura, avevo infilato la mano all'interno della maglia, sotto al reggiseno, per poi avvicinare il mio viso al suo.

La reazione era stata inaspettata.

Lei si era lasciata cadere di faccia verso la tazza davanti a noi, a una velocità assurda, e aveva subito iniziato a rimettere dolorosamente. Ero rimasto per qualche istante inebetito, ancora inebriato dal contatto con quella carne delicata, poi mi ero chinato e le avevo sorretto la testa, accarezzandole dolcemente i capelli per cercare di toglierglieli dal getto. Non era esattamente quello che mi ero immaginato, ma tutto sommato aveva una sua intimità.

Eravamo rimasti una decina di minuti, io ad accarezzarle la fronte, lei preda di profondi rigurgiti, poi le avevo pulito la faccia con un fazzoletto umido e l'avevo aiutata a sollevarsi. Sembrava esausta e confusa. Il trucco le colava miseramente lungo le guance e le sclere, fino a pochi minuti prima candide come avorio, erano ricoperte da una ragnatela di rossi capillari. Per uno strano meccanismo interno, quella situazione mi aveva eccitato. Non l'odore, né l'aspetto, neanche le chiazze di vomito sulla maglia, ma solo l'idea che non fosse in sé riusciva a trattenermi dal tentare di baciarla. Svetlana mi aveva guardato.

"Tutto a posto?"

Lei aveva fatto di sì con la testa, guardandomi fisso fino a mettermi in imbarazzo. Presumo che si dovesse sentire in debito, perché con gesto improvviso e scoordinato mi aveva tirato una manata all'inguine, per poi stringerlo con violenza. Avevo soffocato un'esclamazione, ma con mia sorpresa quella mossa aveva fatto scattare un interruttore. Come una molla, le ero saltato addosso, strappandole la maglia, baciandola e graffiandola con violenza. Lei continuava a serrare selvaggiamente il mio inguine emettendo sospiri pesanti, poi mi si era avvinghiata, sbavante e sudata, facendomi sbattere contro la porticina del bagno. Dimentico del mondo circostante, ero completamente perso in un oblio sensuale. Avevo vagamente coscienza di movimenti e passi al di là del sottile strato di compensato, bisbigli e risate soffocate, ma sembravano lontani e irreali. Non so quanto tempo fosse passato, ma ad un certo punto colpi alla porta e voci concitate mi avevano portato alla realtà.

Tra varie parole sconosciute, ero riuscito a distinguere "Svetlana". La stavano chiamando nella loro lingua, e si capiva dal tono che erano preoccupati. L'avevo guardata. Senza maglietta, un seno scoperto, la mano saldamente sui miei genitali, che cominciavano a farmi male. Ancora colpi, e prima che riuscissi a formulare un pensiero la porta aveva ceduto di schianto. Mi ero trovato davanti tre colleghi di Svetlana, allibiti e disgustati. Dietro di loro potevo scorgere altre teste, una quantità impressionante, e tra loro mi era sembrato, o avevo sperato, di riconoscere quella di Jared. Mi ero sentito un po' meno esposto e solo. Con sguardi colmi di rabbia, gli uomini avevano strappato la ragazza alle mie braccia e l'avevano trascinata fuori, non senza forzarle la mano a mollare la presa. Lei si era lasciata fare, inerme, sembrava profondamente addormentata. Abbozzando un gesto nella sua direzione, l'avevo guardata andare via come fosse stata un fiore di ciliegio trascinato dal vento.

La cena era finita, e ci eravamo diretti, come un corteo funebre, verso l'albergo. Il gruppetto era davanti a me, compatto intorno a Svetlana, come a proteggerla. Camminava barcollando a testa china, avvolta in un cappotto grigio da uomo. La città era silenziosa, intorno a noi, e i nostri passi echeggiavano rimbalzando per la stretta strada, per essere assorbiti da una sorta di nebbia umida e fredda. Per un momento, avevo quasi pensato di trovarmi a casa, ma le linee estranee dei palazzi mi avevano riportato alla realtà. Potevo dichiararmi fortunato che non avessero chiamato la polizia. Camminavo un po' attardato, rifugiato tra Jared e Dean che quasi mi sorreggevano, tentato dalla possibilità di fare un'altra strada. Tutto quello a cui pensavo era scappare da lì, dimenticare quella gente. Volevo tornare in stanza, buttarmi a letto vestito e l'indomani partire per Milano senza vedere nessuno.

Più tardi, quella notte, mentre sorseggiavamo al

buio una bottiglia di gin - mai più bevuto gin dopo quella sera - mi aveva raggiunto la consapevolezza che nonostante il mio momento di gloria non avrei ricevuto molti inviti per lavorare all'estero. Avevo fatto una spalluccia e mi ero alzato per controllare che la porta della camera fosse chiusa. Il pensiero delle pattuglie punitive notturne mi aveva assillato fino al mattino.

Mi guardo indietro. L'uomo ha recuperato la porta del suo bar e ci si è chiuso dentro. Magari, chi lo sa, con Svetlana sarebbe potuta andare diversamente. Probabilmente anche quest'uomo la pensa così. Magari si conoscono, chi lo sa. Il suono della loro lingua è davvero simile. Mi volto verso l'auto, Luis, alla guida, mi fa i fari. Non credo che a loro importi granché. Anzi, se lo sapessero si prenderebbero gioco di me.

Guardo il cielo grigio, gli alberi spogli, le finestre buie. Speriamo almeno paghi con regolarità.

Getto un'occhiata distratta al contenuto del water. Quello che vedo non mi sorprende affatto. Un colpo di tosse profonda mi lacera il petto.

Sputo, tiro l'acqua.

Fino a poco fa, non mi sarebbe fregato niente.

Ora invece sono preoccupato. Dovrei affrontare la situazione, prendermi cura di me, ma ho perso l'abitudine a farlo. Improvvisamente, sento un potente impulso di vivere.

Vado al frigorifero, bevo un po' d'acqua e continuo la mia routine. Faccio partire il cronometro, prendo a pugni il sacco. Tre minuti di esercizio, salti sul posto allo sfinimento, trenta secondi di riposo. Non riesco a stancarmi, passo a venti, poi a quindici. E così via, passo a flessioni, burpee modificati[3], addominali, salti sul posto. Passo le ore così, ma non riesco a togliermi dalla testa questa idea.

Tutto sommato, credo di averci sempre tenuto alla pelle. Il fatto di essere ancora qui, di non aver mai mollato, di non essermi fatto ammazzare tanto tempo fa - il fiatone e il sudore non mi liberano la mente come vorrei - dovrebbe essere la prova che non mi è mai andata a genio l'idea di salutare questo mondo. Cosa mi spinge a faticare così? Cosa mi sprona a combattere in nome di qualcun altro, in nome del mio padrone? A farmi massacrare in questo modo?

Non conosco la risposta. Vivo la mia rabbia, appieno e senza cercare di trattenerla, dandole libero sfogo. Una sensazione che mi cresce in corpo ogni volta che non so affrontare una situazione e che prende il controllo, irrefrenabile e incontenibile, ora ha un motivo e un canale attraverso cui scorrere. È una sostanza liquida, bollente, elettrica che mi assale tra petto e collo, stringe in una morsa il cuore e la testa, ne prende il controllo e mi rende una macchina capace solo di distruggere se stessa e il mondo circostante. Ora mi fa comodo e posso lasciarla libera, ma tutto questo ha un prezzo sul mio corpo. E ora che la mia esistenza è a rischio, ho paura, paura di perdere questa cosa, questa vita in un mondo che disprezzo. Cerco un senso e un motivo per cui guardare con speranza il sole sorgere, ogni mattina.

Corro alle cinque di mattina finché non mi bruciano i polmoni, faccio flessioni fino a non sentire più le braccia, prendo a pugni il sacco fino a coprirlo di sangue, prendo tempo, allontano i pensieri sgradevoli. Questo mondo, a cui ora appartengo, in cui sono capitato, puzza di sangue e sudore, è nero e violento. Non conosce la pietà, ormai anche il dolore è una sorda sensazione. Le regole sono semplici, bisogna sopravvivere. Questa è la realtà in cui vivo. L'esistenza a cui appartenevo prima, il mondo civile, felice e spensierato, lontano da vite miserabili e violenza, è un memento sbiadito, così come la mia famiglia. Tanto che mi sembra quasi di non aver mai vissuto i miei ricordi. Ho perso la mia vita, la mia umanità, la mia speranza, e sguazzo dentro questo letame.

Guardo ancora il water, l'acqua trasparente ha pulito le tracce. Spengo la luce.

Non ci sono medici, esami, ospedali. Dopo ogni incontro, ho la fortuna di trovare un "dottore" - per quello che ne so io potrebbe essere anche un pensionato prelevato da una sala giochi - ben pagato per rammendare alla meno peggio le mie ferite e non spifferare in giro quello che vede. È inutile farsi illusioni di potermi far visitare da qualcuno. E questo atteggiamento fatalista non aiuta. Potrei scappare, andare in un pronto soccorso, dire quello che ho, chiedere aiuto. Ma poi come rispondere alle domande sul mio aspetto e sulle mie ferite? E se dovesse capitare di lì la polizia? È così che vivo, ormai. E se questo deve significare pisciare e sputare sangue, avere mal di testa e un aspetto da mostro della palude, amen. Uso lo specchio solo per mimare un avversario e cercare un'apertura nella mia guardia, non certo per sistemarmi la pettinatura o controllare un foruncolo sulla guancia.

Però voglio provare lo stesso, la paura e la solitudine mi stringono lo stomaco. Tento l'approccio un pomeriggio, mentre siamo in auto, durante il nostro giro fatto di maltrattamenti a poveri disperati. Nick ha messo una musica da discoteca a volume altissimo e batte il tempo con i palmi sul cruscotto.

"Ehi, Nick."

Nessuna risposta, la musica copre le mie parole, lui continua a battere il tempo. Luis è al mio fianco e mi guarda incuriosito. Ritento la sorte, a voce più alta.

"Nick!"

Stavolta è quasi un grido. Marcos mi guarda attraverso lo specchietto retrovisore. Anche Nick mi sente. Interrompe la sessione di batteria e gira il capo nella mia direzione, senza voltarsi completamente.

"Dimmi, caro."

"Piscio sangue."

Stavolta si volta verso di me, mi guarda attentamente. Un largo sorriso gli illumina il viso.

"Ben fatto! Così mi piaci. Lui sì che è un vero uomo, eh Luis? Non come noi femminucce. Piscia sangue e massacra i cristiani. Questo è quello che voglio."

Luis si mette a ridere. Non potevo aspettarmi niente di diverso, ma il suo atteggiamento mi irrita.

"C'è poco da ridere."

Si fa subito serio e mi guarda gelido.

"Perché, qual è il problema? Rido quanto cazzo mi pare, capito?"

La situazione sta prendendo una piega sbagliata, sul pericoloso. Per fortuna siamo quasi arrivati a destinazione. Ma ormai sono in pista, e faccio fatica a trattenermi.

"Penso di dovermi fare degli esami."

Nick si rimette a ridere. Fa cenno agli altri.

"Lo avete sentito? Vuole fare gli esami. E chi sono io, la tua mammina? Ti devo prendere per mano e portarti a fare la punturina?"

L'auto si ferma in un piazzale illuminato da una scritta luminosa. Una pizzeria, un altro poveraccio da malmenare. Mi viene in mente che a questo gliene ho già combinate un po'.

Scendiamo.

"Dà, fai in fretta che la tua bella ti aspetta a casa."

La mia bella, già. Il bello e la sua bella.

Sospiro, in fondo tutti dobbiamo crepare, prima o poi.

10

Dopo quel primo cedimento, Nick aveva cercato di portarmi altre prostitute, senza successo. Si era pure arrabbiato, cocciuto e instancabile. Finché non l'aveva recuperata.

Erano le otto di sera, circa un anno dopo quell'incontro sfortunato. Nel giro di un'ora avrei dovuto menarmi a sangue con qualcuno, due o tre se andava male. In genere mi caricavo prendendo a pugni il sacco, ascoltando musica e pensando a una vita alternativa se fossi uscito da quella merda. Avevo appena superato le scale e stavo per varcare il portone d'ingresso, quando Nick si era parato davanti a me.

"Stasera Clara ti farà da secondo. E da infermiera, nel caso ce ne sia bisogno. Contento?"

Aveva gli occhi luccicanti, orgoglioso del favore che mi stava facendo. Io non avevo capito cosa intendesse. Aveva lanciato un urlo e una donna con i capelli rossi era comparsa a passi malfermi dal soggiorno. Teneva gli occhi bassi e gli si era affiancata, docile. L'aria si era riempita di una spessa puzza d'alcol, mischiata a un vomitevole profumo dolciastro.

"Allora, avete visto che sono riuscito a riunirvi? Pensa, Clara. Simone qua non voleva saperne di nessuna, gli sei rimasta nel cuore."

Poi si era rivolto a me, assumendo un'aria affaticata.

"E devi vedere come mi ha fatto dannare per

rintracciarla. Ho cercato per tutta Italia, da nord a sud, chiesto a ogni pappa, niente."

Le aveva dato una sonora pacca sulla natica sinistra.

"Che fine avevi fatto? Chissà quanti ne hai spennati, eh?"

Faceva fatica a mascherare la soddisfazione di essere riuscito a scovare la donna. Avevo capito subito a chi si riferisse Nick quando l'aveva chiamata e, prima della sua apparizione attraverso la porta, mi era montato dentro una sorta di nervosismo, come se avessi dovuto superare un esame senza averne la possibilità effettiva.

Il mio aspetto è cambiato sotto i colpi che ricevo, incontro dopo incontro. Sarà il mio modo di combattere, ma indipendentemente dal fatto che vinca o perda, non mi è mai capitato un match in cui non venga colpito al viso. Gomitate, pugni e calci da ogni angolazione mi hanno provocato lesioni alle labbra, alle arcate sopraccigliari e al naso, oltre a fratture varie con conseguenti deformazioni e alla caduta di numerosi denti. Ovviamente i danni si sono accumulati negli anni, peggiorando la situazione. A quel tempo, quella sera, non ero ancora così devastato come oggi, ma di certo nell'anno trascorso dall'ultima volta che quella donna gentile mi aveva visto, i miei lineamenti erano degradati verso l'asimmetria e il disordine, oltre a un canino perso qualche mese prima, con il buco in bella mostra. Insomma non dovevo essere un grande spettacolo e grazie allo scherzetto che le avevo combinato per ricompensarla delle sue attenzioni, lei non doveva serbare di me un luminoso ricordo. Ero nervoso, non mi aspettavo un'accoglienza particolarmente calorosa.

Quando era comparsa, due emozioni mi avevano assalito. Sollievo e disgusto. In quei due giorni di un anno prima, l'avevo solo intravista, ne avevo toccato il corpo, freneticamente e senza particolari riguardi, e mi ero fatto l'idea che fosse una donna in carne, probabilmente avanti negli anni. Una prostituta che doveva aver vissuto sulla strada e doveva averne passate parecchie, certo. Ma qui si andava oltre questo genere di esperienze. Si vedeva che anche lei era piuttosto imbarazzata, teneva gli occhi a terra e si nascondeva dietro a Nick. Poi finalmente aveva sollevato il viso e, inquadrandomi, mi aveva rivolto immediatamente un sorriso dolce e luminoso. Gli occhi, torbidi e spenti, si erano illuminati per un attimo, lasciando trasparire pura gioia nel vedermi, per tornare subito alla loro nebbia cataratttica. Quasi senza fiato per lo stupore, l'avevo osservata meglio. Era una signora bassa e dalle forme generose, bene esposte come su un carretto al mercato.

A guardarla anche con un occhio benevolo, non un singolo aspetto della sua figura risultava gradevole.

La testa era sormontata da quella che speravo fosse una enorme parrucca - di sicuro mi sarei accorto di una tale massa di capelli quando le avevo stretto la nuca tra le mani - grande almeno quanto il suo tronco, di un colore rosso lucido e brillante, con lunghi ciuffi ondulati e tesi come filo spinato. A causa delle dimensioni, della forma e dei riflessi selvaggi, sembrava una cosa viva, e l'effetto era quello di una

Medusa moderna. Molto probabilmente sarebbe sembrata più normale con una mirrorball anni '80 in equilibrio sul cranio. Il viso, avvizzito e rugoso, con i tratti deformati dall'età, era truccato pesantemente, nel pietoso tentativo di sembrare più giovane. La pelle su fronte e guance era come rivestita da uno spesso strato di stucco. Doveva aver sudato durante il giorno e il composto era colato in maniera disastrosa lungo il collo. Gli occhi, tristi e acquosi, incorniciati da profonde occhiaie nere, erano truccati, sempre di nero, ma in maniera maldestra e pesante, come se un bambino avesse usato su di lei un Uniposca per divertirsi mentre dormiva.

Lo stesso metodo era evidentemente stato adoperato per decorare le labbra. Queste erano sottili e sormontate da profonde rughe baffute che le collegavano come radici di una mangrovia a un naso adunco. Erano anche impiastricciate oltre la loro linea di un nero lucido e inquietante, che era andato a sporcare i denti come se la donna avesse addentato la pancia di una seppia. Mascella e collo erano cascanti e rugosi, il secondo ormai tutto imbrattato dal fondotinta colato, mentre il petto, tondo e nudo per una buona porzione, era adornato da cadenti ed enormi mammelle esposte, schiacciate all'inverosimile nel vano tentativo di dar loro una forma tondeggiante. Il responsabile di questa pressione era uno stretto abito luccicante, che la insaccava dalla punta dei capezzoli alla base delle natiche. Mancava qualche giro di corda per darle l'aspetto di un cotechino, ma non dubitavo fosse disponibile a praticare questo genere di giochi su esplicita richiesta. Le braccia, gonfie e flaccide, erano infilate fino a metà omero in lunghi guanti di pizzo nero, che in qualche modo riuscivano a snellire gli avambracci, ma che nulla potevano contro quelle mani paffute dalle dita corte e tozze. Ai piedi calzava immensi stivali, di almeno un paio di numeri troppo grandi, con punte e tacchi la cui ridicola affilatura contrastava con la larghissima apertura a metà coscia, stile "Il gatto con gli stivali". Connettivo ormai marcio, rughe e cellulite erano esposti in generose quantità e raccontavano senza compassione i numerosi anni di Clara vissuti in tutta la loro dolorosa realtà. Se questo non fosse bastato, l'insieme generato da parrucca, vestito, trucco, pizzi e tacchi vari, creava un effetto che si avvicinava pericolosamente al rivoltante. L'idea di aver avuto un rapporto oro-genitale con questa persona mi procurava acuti brividi di orrore.

Clara era rimasta nuovamente in silenzio, ma Nick non sembrava aspettarsi una risposta. Ci eravamo accomodati in auto, senza dire niente. Il balordo aveva avuto l'accortezza di lasciarci sedere vicino, cosa che Clara pareva apprezzare. Dopo qualche chilometro, il silenzio in auto aveva iniziato a pesarmi, e mi ero mosso nervosamente sul sedile. Probabilmente anche Nick, ormai calato nella sua parte di cupido, aveva avuto la stessa sensazione. Si era voltato e aveva fissato la donna, con quel suo sguardo gelidamente ironico.

"Allora, Clara. Mi hai fatto dannare per ritrovarti.

Dov'eri andata a finire?”

“Al solito, ho avuto da fare.”

Nick si era rivolto a me, pieno d'ammirazione.

“Incredibile, vero? Tu la vedi così, non le daresti un soldo - senza offesa. Ma la nostra Clara in realtà è una donna indipendente che gira il mondo, ha amici ovunque e ne fa di tutti i colori.”

Avevo gettato una veloce occhiata alla mia destra. Nel buio e negli stretti spazi dell'auto, l'enorme parrucca di Clara occupava interamente la scena con la sua possente presenza. Lei aveva continuato a guardare davanti a sé, indifferente.

“Ah, sì?”

“Eh già. Devi sapere che Clara ha ormai quasi settant'anni, ma è sulla cresta dell'onda come una ragazzina. Quanti anni hai, Clara?”

Questo era sembrato urtare la donna, che era sobbalzata leggermente, mostrando di aver accusato il colpo, ma aveva continuato a fissare il paesaggio esterno in silenzio. Per qualche motivo, ero acutamente consapevole delle reazioni della prostituta al mio fianco, come se il suo disagio si riflettesse su di me, amplificato, attraverso una rete di impulsi elettrici. Non ero riuscito a evitarmi di intervenire in sua difesa.

“Non ti hanno mai insegnato a non chiedere l'età a una signora?”

“Ha-ha, che maleducato sono.”

Nick si era battuto una manata sulla fronte. Aveva lo sguardo cattivo.

“Anche se ho visto fare delle cose, alla nostra Clara

qui, che definirla "signora" suona abbastanza fuori luogo."

Clara aveva sussultato nuovamente e io, per qualche strana ragione, mi ero sentito montare dentro una furia omicida, da farmi venire la bava alla bocca.

"Ora stai esagerando."

Lui sembrava aspettarsela. Continuava a sorridere, guardandomi gelido.

"Vuoi dire che non sono libero di dire quello che voglio?"

"Voglio dire che non devi insultare una signora in mia presenza."

"Cos'è? Ora il cagnolino si mette a digrignare i denti?"

Tutta la rabbia, la frustrazione, le umiliazioni e le percosse subite in quegli anni erano pronte a esplodere. Lì, in quel momento.

"Il cagnolino ti stacca la testa a morsi, se non la smetti."

Ero allibito da quello che mi era uscito di bocca, ma non potevo impedirmelo. Ormai Clara non c'entrava più nulla. Era una questione tra me e Nick, e ne eravamo entrambi consapevoli. Marcos, alla guida, continuava nervosamente a spostare lo sguardo dal suo capo allo specchietto retrovisore, per osservarmi.

Nick aveva capitolato, accomodante. Aveva alzato le spalle e si era voltato.

"Diciamo che sei un po' teso per l'incontro. E tu stai attento alla strada."

Quella sera mi aveva fatto partecipare a cinque incontri. In genere combattevo con una persona, riposavo per mezz'ora, anche un'ora e poi affrontavo un altro avversario. Il terzo incontro avveniva veramente di rado. In caso, dovevo proprio stare bene e non aver ricevuto ferite importanti. Non voleva rovinare una fonte di reddito costante. Invece ero lì, dopo quattro incontri, seduto in uno spogliatoio lercio, al freddo, con Clara che mi teneva uno straccio fetido con ghiaccio su un lato della faccia. Avevo un taglio profondo sullo zigomo destro, l'occhio destro era quasi completamente coperto dalla palpebra, gonfia come una pallina da golf per via di una gomitata. Avevo già sputato un dente e il naso, dopo una serie di diretti consecutivi, sembrava non voler smettere di sanguinare. Avevo un mal di testa atroce e lampi di luce continuavano a passarmi davanti agli occhi. Nick era comparso all'improvviso, veloce come un razzo, mi aveva tirato in piedi senza tante cerimonie e mi aveva informato sugli sviluppi.

"Coraggio, campione. Ultimo incontro della serata. Stasera sembra tu abbia attirato un po' di attenzione, quindi le scommesse sono alte. Non deludermi."

Mi ero guardato le mani, gonfie e sanguinanti sotto le bende. Lo avevo fissato. Sapevamo entrambi che avrebbe scommesso contro di me. Il bicchiere della staffa, per chiudere senza rancori il nostro alterco.

Era finita come doveva finire. Il mio avversario non sembrava particolarmente pericoloso. Non più degli altri, almeno. Ma era abbastanza fresco, e al vedermi così malmesso gli si erano illuminati gli occhi. Tutto era avvenuto abbastanza velocemente. Mi si era avventato contro, quasi di corsa, e mi aveva caricato con una serie di pugni in faccia, senza neanche provare a coprirsi. Così avrebbe dato spettacolo e le scommesse su di lui sarebbero state più alte, la prossima volta. Io avevo cercato di difendermi alla meno peggio, giusto per non rischiare l'obitorio, ma le braccia non mi rispondevano, le gambe erano molli, senza forza. Ero rimasto lucido, quasi a osservare quello che mi stava succedendo. A un certo punto mi ero accorto che stavo guardando il soffitto, con le lampade al neon che mi avevano accecato per un instante. Poi l'orizzonte era ruotato velocemente e il pavimento polveroso coperto da chiazze rosse mi era venuto incontro senza che io potessi fare alcunché. Ero scomodo, qualcosa mi schiacciava sul petto. Avevo visto il mio avversario, in una posizione plastica, attorcigliato intorno al mio braccio. Un rumore secco, un dolore acutissimo. Mi ero messo a gridare con quanto fiato avevo in corpo. Ero con la faccia contro il pavimento, con l'occhio sinistro vedevo ora il pavimento, gambe, piedi.

Non riuscivo a muovermi.

L'uomo che mi aveva appena dislocato la spalla mi era sempre sopra, aveva aggiustato la posizione e mi stava tirando dei pugni sulla nuca. Io non riuscivo neanche a proteggermi la testa. Poi finalmente qualcuno lo aveva preso per le spalle e lo aveva trascinato via, sentivo urlare, forse era lui nel furore agonistico. Avevo sentito delle mani prendermi e sollevarmi, per tornare in una posizione eretta, ma le gambe non mi sostenevano. Mi ero guardato intorno, Clara e Marcos mi stavano sorreggendo. Tutto intorno c'era una gran confusione. Il mio avversario era andato fuori controllo e stava picchiando qualcuno, urla, minacce, pistole e coltelli balenavano alla luce fredda delle lampade. Mi ero trovato nuovamente a terra, mi erano stati allungati alcuni calci, poi il buio. Mi ero ripreso in auto, nel silenzio.

Quella sera Clara era stata al mio fianco, a tamponarmi, asciugarmi, a darmi antidolorifici e a coccolarmi come se fossi stato un bambino. Quando il "dottore" mi aveva rimesso a posto la spalla, Clara mi aveva stretto la mano e accarezzato la fronte. Avrebbe potuto farne anche a meno, ero così imbottito di antidolorifici da non sentire niente, solo la strana sensazione dell'osso che rientrava nella sua posizione.

Così è iniziata la nostra amicizia. Nel giro di una settimana, mi ero ripreso abbastanza da fare qualche leggero passo di corsa all'aria aperta. Lei mi aveva assistito come un'infermiera di professione. Si era tolta la parrucca e il ridicolo vestito e aveva cercato di essermi utile, senza dire niente, senza pretendere nulla in cambio. Era una persona estremamente silenziosa, non mi rivolgeva la parola, non rispondeva alle mie domande. Mi imboccava, mi puliva, portava via il pappagallo, ma non parlava. In abiti civili, pur non rinunciando anche in ambiente casalingo a una effervescente originalità, era una energica vecchia signora, perennemente in movimento, dal passo elastico e leggero. Aveva corti capelli tagliati a caschetto, tinti di un nero profondo e con numerosi ciuffi verdi e rosa. Pur assistendomi a casa, a esclusione di brevi interruzioni per andare a comprare vivande e medicinali, non rinunciava a un attento controllo della propria immagine, pur con risultati meno che decenti. Si truccava e vestiva in maniera curata, ogni giorno in maniera diversa, ma senza eccezione con gonne corte e tessuti colorati e appariscenti. Per le prime due notti aveva dormito al mio fianco, vegliando costantemente su di me. Io avevo avuto sonni agitati, svegliandomi di continuo, per i dolori, ma soprattutto per la preoccupazione di ricadere nel delirio sessuale dell'ultima volta. Una volta ripreso abbastanza per potermi alzare ed essere autosufficiente, avevo pensato che non ci fosse più bisogno di lei e che se ne potesse andare via. Ma Clara era di altro avviso. Luis si era presentato un giorno con un materasso che lei senza battere ciglio aveva posizionato con cura nell'angolo tra il lato orientale e quello a sud del seminterrato, il più luminoso.

Non potevo allenarmi, la mia unica occupazione degli ultimi due anni a parte i combattimenti. Trascorrevo quindi le ore davanti alla televisione o in giardino, sempre con lei al mio fianco, silenziosa ma attenta, perennemente con lo sguardo verso di me. Non mi andava di invadere la sua privacy, avrebbe raccontato la sua storia quando le sarebbe andato di farlo, così avevo iniziato a parlare di me, di quello che facevo, esibendomi in lunghi monologhi, ed evitando accuratamente di parlare della mia vita precedente o di come fossi capitato lì. Avevo descritto in termini tutto sommato epici la mia vita di gladiatore moderno, disilluso e senza speranze per il futuro. Un moderno eroe noir, tutto pugni e malavita. Sorprendentemente, sembrava che Clara non avesse aspettato altro. Vedevo che mi ascoltava, attenta e partecipe, quantomeno nella mimica. Seguiva le mie parole con un'espressione quasi infantile, meravigliata e stupita, come se le stessi raccontando la favola del pifferaio magico. Lo sguardo spento che ricordavo solo qualche giorno avanti era scomparso, per lasciare spazio ad una luce limpida e viva. Anche la cataratta sembrava essere regredita. Così nel giro di qualche giorno aveva cominciato a parlare, come se fosse stata la cosa più naturale del mondo, e con mio grande stupore mi aveva raccontato frammenti sparsi della sua vita.

Viveva in una vecchia roulotte con vetri rotti e gomme ormai senza battistrada. La trascinava per l'Europa, senza una meta, seguendo solo i suoi desideri. Capitava che si fermasse in un luogo anche per mesi, poi riprendeva a vagabondare, in un giro continuo. A volte, qualcuno le causava problemi o noie, al che lei se ne andava, evitando quel posto nei giri seguenti.

"Alla mia età, non ho voglia di sorprese. Se da qualche parte ho avuto una brutta esperienza o mi sono sentita a disagio, anche solo per uno stupido motivo, quel posto per me non esiste più, è cancellato dalla mia mappa. Capirai, mi è capitato di tutto. Poliziotti aggressivi che mi hanno buttato in galera senza nessun motivo, e volere un servizietto per lasciarmi andare. Passanti che mi hanno insultata, lanciandomi dietro spazzatura o merda urlandomi che facevo schifo e di andare via. Una mattina, in una cittadina del nord Europa rispettabile e pulita, mi sono svegliata per scoprire che qualcuno aveva fatto la cacca sulla porta d'ingresso della roulotte. Probabilmente si era arrampicato sul tetto e si era sporto con il culo in fuori, facendola cadere da lì. Una colata liquida e puzzolente. Non hai idea dello schifo e i problemi per pulirla. E non sai quante volte mi sono svegliata nel cuore della notte per le urla di qualche gruppo di ubriachi o per le bottiglie di birra che scagliavano contro i miei finestrini. Che senso ha intestardirsi? Il mondo è così grande, c'è spazio per loro, ma anche per me."

Si era stretta nelle spalle, come a dimostrare che non era particolarmente impressionata da queste dimostrazioni di disumanità. Le aveva dato fastidio, semplicemente, e non voleva ripetere l'esperienza. Con il passare del tempo e dei chilometri, la lista di posti da evitare si era terribilmente allungata e Clara aveva ridotto il suo vagabondare tra Italia e alcune zone di Francia e Germania. Bisognava ammettere che per la sua età era comunque una bella impresa. Conosceva una quantità impressionante di persone, che la contattavano da tutta Europa per offrirle lavoretti, sempre nel campo della prostituzione o della pornografia. Il suo telefono squillava in continuazione e la sentivo rispondere contenta in varie lingue, tutte masticate e zoppicanti, ma evidentemente conosciute in maniera sufficiente da permetterle una comunicazione efficace.

Non eravamo entrati nei dettagli, ma si capiva sempre a cosa si riferisse quando parlava del suo lavoro "alla tv", o del lavoro "a domicilio". Io avevo evitato l'argomento per pudore, lei aveva dato per scontato che fossi al corrente della situazione. Trovavo incredibile che alla sua età si mettesse a fare questo genere di cose. Glielo avevo detto, pentendomi immediatamente per la mia impudenza, ma lei non si era scomposta. Anzi, mi aveva confidato divertita che era maggiormente richiesta ora rispetto a quando era nel fiore degli anni, e che tutto sommato era l'unica cosa che sapeva fare.

"Quando ero giovane, mi prostituivo, facevo film, ma non ero granché richiesta perché, diciamocelo pure, ero abbastanza bruttina. Buona parte delle mie colleghe, invece, belle, alte, con gambe lunghe e tette sode, erano più ricercate. Venivano reclutate per le parti migliori, più in vista, mentre io dovevo essere disposta a fare qualunque cosa, e dico qualunque, pur di avere anche solo il ruolo di comparsa. Facevo una fatica incredibile per campare, e le invidiavo da matti. Ma ora siamo tutte diventate vecchie, e molte non ci sono neanche arrivate. È questa la giustizia del tempo. Tu aspetti, aspetti, e poi vedi questa gran dimostrazione di democrazia. Ora siamo finalmente tutte uguali, non ci sono più differenze. Anzi, a dire la verità qualcuna è invecchiata veramente male e quando la guardano le sputano addosso."

Ridacchiava mentre pensava a questa vendetta, densa e saporita, che a suo modo di vedere rivisitava in maniera attuale il vecchio adagio cinese.

"Chi vuole una vecchia, vuole carne flaccida. È una forma di depravazione, si cerca qualcosa che non si ha, qualcosa di orrido. Nei film non sai quante volte mi hanno fatto recitare la parte della vecchia vicina che seduce i due fidanzatini. Queste cose qui, insomma. O quando lavoro in strada, c'è sempre il giovane annoiato e fissato con le vecchie, altro che complesso di Edipo. Quelli della mia età invece vogliono le giovani, e li capisco. A parte un paio di clienti affezionati che mi vengono a cercare da anni. Si presentano con il mazzo di fiori, mi fanno gli auguri a Natale e al compleanno, ormai sono di famiglia. Insomma, non c'è da fare una grande selezione, sulla strada, o quando fanno il casting per un film porno. Se vogliono una vecchia e sei disposta a fare certe cose, il lavoro è tuo."

Era veramente soddisfatta.

Clara si era insediata nella parte più luminosa del seminterrato e aveva addobbato tutta la stanza, rendendola più morbida, quasi confortevole, come in un appartamento normale. Aveva portato delle piante da interni, dei piccoli mobili, un armadio, una specie di manichino rattoppato, aveva appoggiato il materasso su una rete, una specie di obbrobrio nero in ferro e l'aveva posizionato in un punto bene in vista, studiato apposta perché una lama di sole lo illuminasse al mattino. Sul manichino aveva sistemato con attenzione quasi religiosa la sua parrucca rossa, la divisa da lavoro, salvo particolari richieste di un raro cliente con buon gusto. Lei sistemava il suo nuovo mondo, io la osservavo, ansimando, mentre ci davo dentro con il sacco o la corda. La vedevo infilare i suoi libri nella libreria scrostata che aveva appena trovato sulla provinciale. Mi fermavo un attimo e osservavo la sua espressione soddisfatta mentre posizionava con cura alcuni oggetti o una foto incorniciata. Canticchiava contenta mentre appendeva l'eccentrico vestiario su uno stand in alluminio.

Quando non c'era, il seminterrato mi sembrava più grande e buio, l'ombra inquietante della spaventosa parrucca attraversava di notte la stanza, fino a raggiungere proprio il mio materasso. In quel momento l'orpello superava d'un balzo le limitazioni della materia per popolare i miei incubi, come un essere strisciante assetato di sangue. Più di una volta mi sono svegliato urlando, l'ho guardata con odio al lato opposto dello scantinato e ho avuto una irrefrenabile tentazione di bruciarla. Senza volerlo, ogni tanto lanciavo uno sguardo quasi malinconico nella direzione del suo armadio, o del suo letto. Mi dava conforto occuparmi delle piante da lei portate, in sua assenza. Il suo lato del seminterrato, il letto, le sue cianfrusaglie sparse e ormai confuse con i miei attrezzi, tutto era rovinosamente senza vita, in sua assenza. Senza rendermene conto, mi allenavo il più possibile all'esterno, tanto quello spazio silenzioso mi metteva a disagio.

L'anno scorso, quando il seminterrato si è allagato, l'unica cosa che ho salvato è stata proprio quella dannata parrucca, chissà perché. Lei non ha preso bene la perdita dei suoi averi, ma non si è persa d'animo, al solito, e ha pazientemente ricreato il suo piccolo mondo, ancora più caldo e accogliente.

Clara è andata e venuta diverse volte in questi anni, sulla sua vecchia *Ford Sierra Cosworth*, roulotte al traino. Quando arriva, si sente il motore latrare da lontano, mai sentito un suono del genere. Appena è in vista, ho l'impressione che pigi a fondo l'acceleratore, perché vedo l'auto perdere continuamente trazione sul posteriore, e lei controsterzare neanche fosse un pilota di rally. Credo che metta in scena questo siparietto a mio beneficio, per non so quale motivo. Mi sembra matta e sono sempre pronto ad accorrere in suo soccorso in caso finisca in uno dei fossati che qui costeggiano le carreggiate.

Poco prima di uscire, stamattina, Clara mi ha detto che resterà qui, che non ha più motivi di girovagare per l'Europa. Mi appoggio all'auto e le sorrido.

Non ho detto a Clara dei timori che ho ultimamente per la mia salute, del sangue che sembra uscirmi da ogni cavità utile. Non voglio farla preoccupare e non voglio vedere occhi angosciati o sentire lamenti uggiolanti.

"Io a questo gli spacco la testa. Non capisco perché ogni tanto gli gira che non vuole pagare. Tanto lo sa che arriviamo."

Nick è furente. Si prende il suo tempo per finire la sigaretta, non vuole entrare a mille e spaccare tutto.

Quando è così, è capace di ammazzare qualcuno senza rendersene conto. Lo guardo imprecare. Mi chiedo come possa girare tranquillamente per le strade una persona così. Lancio un'altra occhiata all'insegna.

Odio questo lavoro.

Più di un anno fa, questo qua decide di non pagare più, urla contro Luis che è andato a riscuotere, si fa aiutare dal figlio e lo caccia fuori. Poche ore dopo, arriviamo in gruppo. Il mio aspetto non sortisce effetti. Il figlio sembra gasato, vuole provare il suo kung-fu su una cavia umana, e io sembro il soggetto ideale. Mi è capitato in diverse occasioni di combattere in parcheggi, invece che sul ring, e ne ho concluso che l'asfalto non è uno spettatore disinteressato. Quella volta non fu tanto diverso. Il padre da un lato, il gruppetto dei miei compari dall'altro. In mezzo, i clienti della pizzeria a guardare dalle finestre, affascinati e impauriti. Non ne viene fuori un brutto incontro, ma un parcheggio non è un dojo[4], e anche l'aspirante Bruce Lee deve convenire con me sulle proprietà meccaniche del cemento. Quando mi vede strofinare con entusiasmo il viso del figlio sull'asfalto, il padre capitola.

La tregua dura pochi mesi. Luis viene ancora malmenato da figlio e amici del proprietario. Quella notte arriviamo dopo la chiusura. Il testardo lascia dei cani di guardia, all'interno del recinto. Sono grossi e ci ringhiano contro mostrando i denti luccicanti, ma siamo preparati. Non andiamo tanto per il sottile. Ci mettiamo delle protezioni da hockey, un casco in testa e scavalchiamo il recinto. Li bastoniamo e li inchiodiamo alla porta d'ingresso della pizzeria. Mi piange il cuore, sento ancora quei guaiti disperati, nei miei incubi. Ma se devo ascoltare tutti i miei incubi o le persone a cui ho fatto del male, faccio bene ad affogarmi in un canale.

Ieri Luis doveva venire a riscuotere, ma deve aver annusato aria di guai, perché si è rifiutato dicendo che non si sentiva bene. Così Nick ha mandato Marcos, che si è presentato a muso duro, sicuro di sé e senza pistola. Ed è stato pestato ben bene da dei balordi assunti come sicurezza. Questo non è piaciuto, a Marcos. Tornato a casa con la coda tra le gambe si è messo a urlare, ha tirato fuori la pistola e ha sparato per aria come un folle. A vederlo così conciato, gli occhi neri, il naso rotto e coperto di escoriazioni, lui, sempre attento al suo aspetto, vestito con abiti firmati e perennemente profumato, ci ha fatto così ridere che per un attimo ho temuto ci volesse ammazzare. Ora eccoci qui tutti insieme, con i tre nuovi amici di Marcos che ci vengono incontro baldanzosi. Sono tre omoni in maglietta. Trattore e palestra, *Bonarda* e bollito. Ridono anche loro, vedendo Marcos incerottato e livido. La pistola gli deve pesare, in tasca, ma Nick ha detto espressamente che non vuole morti. Anche a lui deve pesare parecchio il gingillo d'acciaio, dev'essere un ordine partito dall'alto. Si sta infilando un tirapugni, le mani gli tremano dall'eccitazione, chiaramente vorrebbe ammazzarli. Lì, subito. E poi ammazzare anche qualche loro parente.

Odio questo lavoro.

Mi vengono in mente i latrati di dolore di quei cani e guardo istintivamente il portone d'ingresso. Per fortuna non c'è niente.

Prima finisco questo impegno, prima torno da Clara.

Salto in avanti come un ariete. Punto quello a destra, il più grosso, lo colpisco in pieno sul naso, poi scivolo sul suo lato sinistro e gli tiro un pugno sull'orecchio, cercando con la nocca l'accesso alla cavità auricolare. Lui lancia un urlo acuto. Scioccato, già caccia sangue. Si tiene l'orecchio, devo averlo centrato bene. Non faccio in tempo ad apprezzare la mia opera che gli altri due mi sono addosso. Indietreggio e mi sposto lateralmente, a uno centro il ginocchio con un calcio di taglio. Sento un rumore secco, ma l'impatto non è soddisfacente, da rottura. Il compare mi raggiunge con un pugno ben assestato allo zigomo, rallento, mi circondano. Mi arrivano diversi pugni dai lati, cerco di proteggermi, ma sono forti. Faccio un balzo all'indietro per respirare, loro mi sono di nuovo sopra. Riesco a prendergli il tempo e centro il più vicino con un calcio frontale. Lo prendo proprio sotto il mento, questo si ferma di botto, rovescia gli occhi e va giù come un cervo abbattuto. Il suo compagno si ferma, indeciso se prestare soccorso all'amico. Sento del liquido caldo scorrermi sul viso, mi asciugo con la manica della giacca. Sangue misto a sudore. Tutto è accaduto in un attimo, mi chiedo dove siano i miei soci. Lancio un'occhiata verso di loro. Si stanno godendo lo spettacolo, fumando, appoggiati alla fiancata dell'auto. I propositi omicidi, totalmente dimenticati. Anzi, gli leggo negli occhi il rammarico per non aver scommesso qualcosa. L'ultimo uomo decide di abbandonare al suo destino gli altri due e di darsela a gambe. Gli taglio la via di fuga, più che altro per abitudine. Non ce l'ho con lui, e mi spiace pensare a quello che dovrà subire nei prossimi minuti. Marcos e Luis si sono destati e gli sono già alle spalle. Nick ha atterrato il primo uomo e si dirige verso la pizzeria. Io ritorno nell'auto, ne ho avuto abbastanza. Dall'interno arrivano urla, rumore di vetri rotti, poi uno sparo. Mi sa che i buoni propositi hanno dovuto fare spazio alla sete di sangue. Chiudo la portiera e accendo il motore per scaldarmi.

Odio questo lavoro.

11

"Presto, fai in fretta, che devi accompagnarmi."

Sono appena tornato dalla mia corsa mattutina e nel seminterrato c'è un'aria frizzante. Al posto della colazione preparata con cura sul tavolo, a cui sono ormai irrimediabilmente abituato, trovo Clara indaffarata, completamente presa dai preparativi per uscire. Si trucca, profuma e continua a cambiarsi d'abito in ordine sparso e senza completare nessuna attività.

"Questo come mi sta? E questo? No, vero?"

Non mi dà il tempo di formulare un commento plausibile che già si strappa di dosso gli abiti e ne prende altri. E sono tutti inguardabili, ma non glielo posso dire. Non si può vestire come una persona della sua età? Non dico come una vecchia nonna nelle foto d'epoca, ma almeno non come la caricatura di una prostituta da bordello thailandese? Prima o poi devo proprio comprarle qualcosa che la avvicini maggiormente all'aspetto di un essere umano.

Clara è molto riservata sulle sue attività. Ogni tanto scompare, parrucca al seguito, per una mezza giornata, anche di più, poi torna con una espressione soddisfatta sul viso e mi sventaglia una mazzetta di banconote sotto il naso. Lei non spiega, io non chiedo.

Oggi dev'essere un'occasione particolare.

Mi dà appena il tempo di fare la doccia e ci catapultiamo sulla sua auto. Fretta ed eccitazione, un connubio pericoloso in Clara, soprattutto se è al volante. Non ricordo più dove, ma sono convinto di aver letto da qualche parte che l'abilità nel guidare, tra calo nei riflessi e deficit nell'attenzione, diminuisce esponenzialmente dopo i settant'anni. Probabilmente Clara vuole dimostrarmi che chi sostiene queste tesi si sbaglia di grosso. Spinge con determinazione la sua *Sierra Cosworth* al massimo. Istintivamente, al primo segno di derapata mi aggrappo con forza alla maniglia di cortesia, e ora questa comincia a dare segni di cedimento. Mi astengo dal farle notare che queste stradine strette, circondate da canali di irrigazione per le risaie, non siano il circuito ideale per la sua esibizione. È pieno di curve e dossi e l'auto non deve avere degli ammortizzatori a norma, perché continuiamo a saltellare come sulle montagne russe. Senza nominare il fatto che a ogni accelerata la macchina perde aderenza e sbanda come un mulo da rodeo. Per la terza volta, vengo sbalzato dal sedile e picchio la testa contro l'abitacolo. Una stretta curva ci viene incontro a una velocità che giudico eccessiva, chiudo gli occhi e premo spasmodicamente il piede destro contro il pavimento, affondando un invisibile freno.

Superando un centro abitato, Clara abbassa il ritmo, forse conscia del fatto che potrebbero fermarci, toglierle la patente e buttarle l'auto nel cesso. Il rumore del motore non ci impedisce una conversazione civile, ora. Entriamo in autostrada e vedo che ci stiamo dirigendo a Milano.

"Stiamo andando in città?"

Clara fa di sì con la testa. Mi accorgo in quel momento che ha tagliato i capelli. Ora sono molto più corti, quasi rasati sulla nuca e il lato sinistro, mentre il lato destro è elegantemente pettinato ad attraversare il capo come un'onda, mi ricorda quei cantanti americani che da bambino vedevo nei video musicali. Curiosamente, l'entropia non è entrata in azione su quest'opera di ingegneria. Nonostante i balzi, la pettinatura è rimasta al proprio posto come se fosse stata scolpita. Guardandola meglio, noto che anche il colore è stato ritoccato. Il nero corvino è ora un blu profondo, mentre dei numerosi ciuffi colorati è rimasta solo la frangia color platino. Il cambiamento è veramente notevole, e mi chiedo come abbia fatto a non accorgermene prima. Sono bloccato dall'imbarazzo, sicuramente la mia disattenzione ha ferito Clara, che è sempre così gentile e solerte con me. Mi fa da mangiare, lava i miei vestiti, pulisce la stanza in cui viviamo, mi accompagna a ogni incontro, cura sempre le mie ferite. Non mi sono mai chiesto perché lo faccia, non ho mai fatto nulla per meritarmelo. Deglutisco e decido di rimediare.

"Che bella pettinatura."

Lei distoglie lo sguardo dalla strada e infila gli occhi nei miei, seria, come quando finisco un combattimento e vuole sincerarsi che stia bene. La frangia manda riflessi di luce nei miei occhi.

"Non so come sia successo, ma l'ho notata solo ora."

Aggiungo con un filo di voce, facendomi piccolo nel sedile. Trattengo il fiato, sembra che la strada non le interessi più molto. Lancio un'occhiata nervosa oltre il parabrezza. Lentamente, lei riporta lo sguardo davanti a sé.

"Grazie, sei molto gentile."

Lo dice convinta, senza ironia, in un tono solenne, tanto che noto persino un certo rossore colorarle le gote pesantemente truccate. L'allegria di poco prima sembra svanita, ora è persa nei suoi pensieri e un pesante silenzio grava nell'abitacolo. Io guardo i cartelli che scorrono veloci al mio fianco, il fatto che stiamo andando a Milano mi rende nervoso, faccio fatica a restare fermo sul sedile. L'ansia mi opprime, il passato mi travolge. È così tanto tempo che non vado in città. Apro la bocca per dire qualcosa, ma vedo che la mia compagna di viaggio sembra colpita da un qualche pensiero e resto in attesa. Come un lampo, sul suo viso riaffiora l'espressione spensierata di poco fa, e un colpo di acceleratore che mi manda lo stomaco in gola conferma il mutamento d'umore.

Rallentiamo, poi ci fermiamo. Una moltitudine di auto ferme in lunghe code attende ordinatamente di schizzare verso la città. Osservo con apprensione la fila di auto alla mia destra, appoggio il gomito alla portiera e mi copro il viso con la mano. Non vorrei attirare l'attenzione, con la faccia che mi ritrovo. L'auto ferma alla mia altezza è un monovolume grigio, ampio e goffo. Una fitta mi attraversa lo stomaco, c'è una famiglia, dentro. Seduta al volante, con occhiali da sole di forma circolare, molto grandi, tanto da coprirle praticamente metà viso, una donna sembra discutere animatamente con l'uomo al suo fianco. Gesticola e urla, così forte che sento da qui la sua voce. Lui ha un viso anonimo, dai lineamenti grossolani, imperscrutabile dietro a occhiali scuri rettangolari. Noto però un cedimento di fronte al fiume di insulti che gli sta piovendo contro, stringe la mascella, con i muscoli che si gonfiano innaturalmente ai lati della bocca. Guardando attraverso le dita della mano, sbircio il sedile posteriore. Mi raggelo. Una bambina bionda mi sta fissando, probabilmente da un po'. Mi chiedo se abbia fatto in tempo a vedermi in faccia, probabilmente sì. Starà pensando che sono un mostro. Con la gola secca, mi sorprendo a chiedermi se le procurerò degli incubi.

"Cosa stai guardando come un bambino?"

Clara interrompe i miei pensieri, per fortuna. Sposto l'attenzione su di lei. Con questa luce, lo sguardo luminoso, sembra molto più giovane della sua età.

"Niente. Non mi hai ancora detto dove stiamo andando."

Ammicca contenta.

"È una sorpresa."

"Ah, bene. Ma quanto ci mettiamo?"

Si stringe nelle spalle.

"Boh. Forse siamo usciti troppo presto e abbiamo incrociato tutti quelli che vengono a Milano a lavorare."

"A lavorare?"

Mi torna in mente Massimo, con il suo lavoro di merda. Ci muoviamo, faccio un cenno alla bambina e abbandoniamo la barriera autostradale.

Il traffico ci inghiotte, ma Clara, imperterrita, continua a evitare le auto come in un videogioco. Sicura, infila a tutta velocità stradine a senso unico, tra alti palazzi grigi. Arriviamo a un alto muro decorato con disegni dai colori brillanti, costeggiato da una moltitudine di persone che attende ordinatamente in fila. Anziani, senzatetto, extracomunitari, comincio a farmi un'idea di dove siamo, ma ci sono anche tantissime persone della mia età, uomini e donne, e questo mi confonde. Superiamo l'accesso a cui punta la coda. Clara suona il clacson, alcune persone si spostano ed entriamo in un piccolo spazio occupato da furgoni e auto.

"Cos'è questo posto?"

"È un luogo dove vengo ogni tanto, volevo fartelo vedere."

Mi guardo intorno, stranito e a disagio. Non mi piace vedere miseria e sofferenza. Ne ho già abbastanza della merda in cui annega la mia vita.

"E cosa fai?"

Clara si guarda intorno, gli occhi acquosi velati da una profonda umanità.

"Faccio quello che posso. Quando vengo a Milano passo di qui e do una mano."

Si ravviva improvvisamente, spostandosi sul sedile e affrontandomi di petto.

"Perché non provi anche tu? Ti farebbe bene."

Vengo assalito dal panico. Devo fare una faccia disperata, perché Clara scoppia a ridere.

"Addirittura? Mica devi donare un rene! Ti ho solo proposto di distribuire un po' di cibo, magari donare del conforto con parole dolci, tutto qui."

Dietro di lei stanno accorrendo delle persone che ci hanno visto arrivare. Clara scende, e va loro incontro. Si abbracciano, si baciano. Un paio hanno dei grembiuli, altri dei copricapo di carta, tipo quelli dei fornai. Una donna le tocca i capelli sorridendo e agita le mani, come a farle i complimenti. Un altro, sempre sorridendole, allunga sospettosamente lo sguardo verso l'abitacolo per vedere chi ci sia dentro. Mi indica e Clara dice qualcosa. L'attenzione si concentra per un attimo su di me e lei mi fa segno di scendere. Io alzo il bavero del cappotto e faccio un gesto con la mano, a indicare che sarei andato dopo. La mia amica si stringe nelle spalle e si allontana con il gruppetto verso il piccolo edificio di fronte. Lo sanno che è una prostituta? Come un automa scendo dall'auto, poi per darmi un tono mi accendo una sigaretta. Mi sento osservato, alzo lo sguardo e vedo un uomo nero, fermo sul marciapiede, che mi osserva intensamente dall'esterno. Espiro lentamente, poi mi avvicino cauto e gli tendo il pacchetto. Il viso gli si illumina, prende una sigaretta e la accende con un fiammifero. Mi ringrazia sorridendo, ma vedo che tentenna.

"Te lo darei, ma ho solo questo."

Lui continua a sorridere, immobile. Comincia a mancarmi l'ossigeno. Prendo una manciata di sigarette e gliele caccio in mano, poi scappo all'interno del parcheggio. Sento ancora il suo sguardo, come un punteruolo sulla schiena. Mi volto ed entro di corsa nell'edificio dove è scomparsa Clara poco fa.

Vengo subito aggredito dall'odore di cibo e dal caldo, c'è un continuo viavai di persone. Mi fermo a osservare lo spettacolo che ho di fronte per qualche minuto. Tutti sono qui per mangiare, ma ricevono anche calore umano. I volontari sono socievoli e comprensivi, sorridono e sono sempre disponibili a scambiare due parole.

"Simone!"

Una voce mi chiama. Dall'altra parte della stanza c'è Clara, completamente bardata in divisa da fornaio, che distribuisce cibarie varie. Al suo fianco, una donna giovane dalla carnagione olivastra e con un bambino aggrappato al collo le sta parlando concentrata. Lei le sorride, poi le accarezza la guancia e le indica una porta a qualche metro da loro.

"Allora, che ne pensi?"

È raggiante, non l'ho mai vista così felice, gli occhi finalmente vivi e luminosi.

"Come mai ti sei agghindata così, stamattina, se poi dovevi metterti a distribuire pasta al pomodoro e pollo arrosto?"

Clara reclina il capo e mi guarda di traverso, abbassa la voce.

"Ero emozionata perché ti avrei portato qui."

Mi imbarazza sempre questo suo modo diretto di esprimere i sentimenti. Mi guardo intorno ruotando la testa, come se stessi ammirando la Cappella Sistina.

"È un bel posto."

Clara non coglie l'ironia, e annuisce convinta lasciando vagare lo sguardo per la stanza piena di persone.

"Non credo "bello" sia la definizione giusta. Sarebbe più bello se non ci fosse bisogno di noi. Ma vista la situazione è sicuramente un posto indispensabile, un porto per chi non ha niente. Qui cerchiamo di aiutare quelli che non hanno il minimo necessario per vivere. E sono sempre di più..."

Guardo per terra, imbarazzato, sposto il peso prima su un piede, poi sull'altro.

"Sì vedo. È una fila che non finisce più."

Una signora guarda Clara con insistenza. Avranno grossomodo la stessa età. Anche lo sguardo, spento e acquoso, senza speranza nel futuro, è lo stesso. Ma mentre la signora davanti a noi arranca ingobbita, trascinando i piedi e aiutandosi con un bastone, Clara è l'immagine dell'energia. Quanta forza in quelle spalle rotonde e strette. Quanta vitalità in quel passo energico e scattante. Mi ha sempre incuriosito la discrepanza tra i suoi occhi e il suo corpo. Probabilmente è solo la cataratta, niente a che vedere con la sua anima, che non ne vuole sapere di arrendersi. Sorride alla signora e si rimette con lena a servire le persone in coda.

"Vedrai, abbiamo grandi progetti. Il comune ci ha concesso la struttura in comodato gratuito e vogliamo fare dei lavori di ristrutturazione, migliorare il servizio, che si dimostra sempre inferiore alle richieste."

Cerco di darle una mano, le passo i piatti, che lei riempie veloce e porge alle mani in attesa. La gente mi guarda con insistenza, i bambini mi indicano.

"Purtroppo in questi ultimi anni i volontari e le donazioni sono diminuite drasticamente. Sai, la crisi."

Annuisco pensieroso. Crisi per me vuol dire dover andare a picchiare e minacciare un maggior numero di persone che non possono più pagare Nick. Evito di incrociare gli sguardi dall'altro lato del tavolo. Qui non mi sento così a disagio per il mio aspetto, mi sembra quasi di essere alla pari, nei conti con la vita. Forse qualcuno di loro pensa che dopotutto non è così male, fare la fila per avere un pasto gratis.

"Non puoi immaginare quanta gente viene da noi. Persone normalissime, per quello che può valere una definizione di "normale". Senzatetto, certo, ma anche anziani, persino uomini separati che per mantenere moglie e figli devono dormire in auto."

Mi blocco. Clara allunga la mano ma non trova il piatto atteso. Si gira con uno sguardo interrogativo.

"Uomini che lavorano e hanno bisogno di mendicare un piatto?"

"No, no, non devi giudicarli. Sono vittime della società."

"Vittime un corno, fanculo la società."

Alzo la voce, lancio il piatto contro il muro.

"Cosa credi? Che non abbia avuto una famiglia, una volta? Che abbia sempre fatto questa vita di merda? Credi che non mi sia anch'io compatito, desiderando l'aiuto di qualcuno?"

Clara spalanca gli occhi. Per un attimo, temo che le escano dalle orbite. È imbarazzata, e mi invita alla calma allargando le braccia.

"No... non so cosa tu possa aver subìto. Ma loro

adesso hanno bisogno di aiuto."

Mi appoggio al tavolo, cercando di trattenermi dal rompere tutto. Tremo dalla rabbia.

Provo a non urlare, la mia voce è un sibilo.

"Aiuto, certo. Uno ha un problema e chiede agli altri. Qua vedo un sacco di uomini, forti e in salute. Non mi interessano le loro ragioni. Un uomo non può mendicare. Piuttosto, si spezza la schiena a raccogliere patate o si fa rompere le ossa in qualche combattimento clandestino."

Accorre un uomo alto. Si avvicina a Clara e le mette una mano sulla spalla.

"Tutto a posto, cara?"

Non è questo il luogo per me. Ma qual è? Un ring? Fisso Clara con odio. Lei ricambia il mio sguardo con tenerezza e dispiacere, senza capire. O forse capisce, ha sempre capito, ma non può farci niente. L'atmosfera che ha creato con tanta sapienza è scomparsa, all'improvviso. Quelli che prima mi apparivano disperati bisognosi d'aiuto, mi si manifestano ora come parassiti senza spina dorsale. Li detesto. E dire che ero quasi pronto a mettermi cappellino e grembiule e servire lasagne come se non ci fosse stato un domani. Ora invece ho la tentazione di ritrovare il tipo a cui ho dato le sigarette e di farmele ridare, magari provocandolo un po' per vedere se ha almeno il fegato di reagire, così sfogo questo prurito che mi è venuto alle mani. Ora che guardo meglio, anche gli anziani non mi sembrano così vecchi da non poter lavorare. Penso con gusto a combattimenti tra over 70, con bastoni permessi.

Sghignazzo all'idea di due vegliardi che si tirano dietro le dentiere neanche fossero shuriken[5].

Clara sembra mortificata. Continua a lanciarmi occhiate, timorosa che faccia qualcosa di strano. E avrei effettivamente una voglia matta di sfogarmi, magari proprio su quel suo amico allampanato che mi guarda con sospetto. La gente in fila mi osserva, lei fa un sospiro e riprende il suo lavoro.

"Perché ridi? Non hai idea di cosa abbia sofferto questa gente."

"Rido perché tra tutte le cose orribili che potranno capitarmi, almeno questa sono sicuro che non accadrà."

Questa volta si gira di scatto, come se le avessi dato un calcio nel sedere. La sua espressione è tornata spenta e senza speranza. Dovrebbe giocare a poker, farebbe i soldi.

"Non puoi saperlo. Anche tu hai bisogno del calore di qualcuno."

Mi stringo nelle spalle. La faccenda sta andando un po' troppo sul personale, e non vorrei entrare in un campo minato di accuse che potrebbero incrinare il nostro rapporto.

"Vado a prendere un po' d'aria, ci vediamo dopo."

Le mie parole sembrano rincuorarla. Si distende, quasi sorride.

"Certo, non preoccuparti, vai a farti un giro al parco che c'è qui di fianco, e il centro non è lontano. C'è una bella giornata, magari vai a berti un caffè, tanto ne avrò ancora per un paio d'ore."

Annuisco ed esco velocemente. Arrivo all'auto e mi

ci appoggio alzando gli occhi al cielo. Il cuore mi batte ancora furiosamente, ma l'aria fresca mi sta calmando. Sarei tentato di prendere la macchina e uscire dalla città a tutta birra, ma non ho la patente e con questa faccia di sicuro mi fermano per un controllo. Mi accendo una sigaretta.

A qualche metro da me, un uomo con una maglia catarifrangente e il cappellino cura l'ingresso e gestisce il flusso di gente. Le persone entrano ordinatamente nello stanzone dove Clara e colleghi li attendono solerti. Alcuni trascinano i piedi, molti tengono gli occhi bassi. Li osservo e loro ricambiano. Sento riaffiorare il disagio per il mio viso gonfio. Persino qui mi sento diverso. Mi sento osservato, l'empatia di poco fa, scomparsa. Scappo fuori. I loro sguardi mi innervosiscono. La situazione mi innervosisce. Mi tiro su il bavero del cappotto e cerco questo benedetto parco.

Mi ha trascinato a Milano per farmi giocare al volontario, ed eccomi qua al parco ad aspettare come un accattone da due ore. Le più imbarazzanti della mia vita. Be', quasi. Il parco è pieno di persone con cani, studenti, gente che fa jogging. Mi sembra che tutti mi fissino e indichino. In realtà sono più dei giardini che un parco. Ne ho già fatto il giro una decina di volte, poi decido che sto impazzendo. Ho per un attimo la tentazione di andare in città, vedere alcune zone che frequentavo anni fa, ma non mi arrischio. Mi sento fuori luogo, sono troppo imbarazzato. Intorno a me, gente con una vita, un posto dove andare, una persona da amare. Li guardo con sospetto e invidia, conscio del fatto che anch'io, una volta, ero uno di loro.

Non più, da tanto tempo.

Il ricordo di Clara, a pochi metri da qui, mi ridà un po' di coraggio, e mi evita di cadere nell'auto-compatimento. Esasperato, mi rifugio in un bar qui vicino. Cercando di ignorare gli sguardi degli avventori mi siedo a un tavolo appartato, vicino a una vetrina. Incollata la faccia al vetro, provo a estraniarmi dalla gente intorno a me, in attesa che il cameriere venga per le ordinazioni. Davanti ai miei occhi, il mondo gira e la città scorre, inesorabili. Ogni tanto guardo l'orologio, non voglio fare tardi, ma neanche trovarmi ad aspettare in quel posto terribile. Sento che la rabbia sta lentamente sbollendo, la camminata mi ha fatto bene. Con la mente libera, inizio a pensare agli allenamenti che ho saltato, a cosa dovrei fare al ritorno.

All'improvviso, dei rumori dietro di me. Mi giro, vedo due uomini che mi osservano a braccia incrociate.

"Ah, ecco. Un cappuccino, per favore."

Non so quanto tempo sia passato dall'ultima volta che ne ho bevuto uno al bar. A parte l'ultimo periodo di coabitazione con Clara, da anni vado avanti a caffè solubile e tè e mi sto già pregustando la calda bevanda schiumosa, con del cacao, magari. Una vocina dentro di me mi avverte che c'è qualcosa di strano, ma non le do peso. Così riprendo velocemente la mia posizione, dando loro le spalle. Un colpo di tosse e una mano appoggiata con intenzione sulla spalla mi fanno sobbalzare, collo e schiena mi si irrigidiscono fino a tremare.

"Mi scusi, signore."

Mi volto e li osservo con attenzione, questa volta, deciso a mantenere il controllo. Quello che ha messo la mano sulla spalla è grosso, con la mascella quadrata e l'espressione torva. È il duro della coppia, mentre l'altro, più basso e meno muscoloso, sembra fornire solo un minaccioso supporto. Chiari e diretti... Nessuna scenata, vogliono chiarire la loro superiorità fisica in maniera evidente per farmi sloggiare, rapido e quieto. Sono abbastanza sorpreso, lo ammetto. Sì, non ho una bella faccia, ma non sono neanche vestito come uno straccione. Probabilmente mi hanno visto gironzolare lì intorno un po' troppo a lungo e quando sono entrato devono aver pensato che volessi qualcosa. Immagino che qualcuno si adoperi con loro come fa Nick con i gestori di locali della nostra zona. Il contatto della sua mano mi brucia, sento velocemente salire una pressione alle tempie, irrefrenabile e dirompente, segno che la rabbia si sta impadronendo di me. Faccio un profondo respiro e mi giro lentamente.

"Sì, qualche problema?"

Meglio mantenere un profilo basso, calmarmi ed evitare una zuffa, con tutto quello che ne può derivare. Il duro resta per un attimo interdetto, allenta la presa e lancia un'occhiata interrogativa al suo compare, che annuisce. Il capo, evidentemente.

"Spiacente, signore. Ma gradiremmo che se ne andasse."

Intorno la gente dà segno di agitazione, vedo occhiate preoccupate. Anche i miei interlocutori lo notano, e sembrano innervosirsi. Non li biasimo, per comportarsi così, devono averne subite un bel po'. E mi hanno anche inquadrato per bene, hanno solo equivocato. Una profonda tristezza mi assale.

Mi alzo, lentamente, fingo stupore e rabbia civile.

"Me ne vado io! Mi avete lasciato un'ora ad aspettare senza darmi niente. E adesso mi cacciate per la mia faccia! Questa è discriminazione, vergogna! Ma io vi denuncio, sicuro, non ve la cavate così!"

La gente intorno mormora. I due si guardano interdetti, pensando di aver commesso un grosso errore. A grandi passi indignati mi avvio all'uscita, urlando con quanto fiato ho in corpo e indicando gli altri avventori.

"E voi, voi! Non dovreste mantenere questa gente, vergognatevi!

Giusto per curiosità, sulla soglia sbircio i due che mi hanno appena cacciato. Che soddisfazione le loro espressioni imbarazzate!

"Dov'eri finito? È un'ora che ti sto aspettando!"

"Mi avevi detto che saresti stata impegnata un paio d'ore, non volevo rischiare di arrivare troppo presto e stare qui a frollare."

Dà l'idea di essere stata lì davanti all'auto per un po', con la camicetta aperta e il petto scoperto. Quel petto prominente e in vista potrà recare sollievo a qualche disadattato, ma non la protegge certo dal freddo.

Vederla così incrina i miei propositi di reprimenda, ma ho bisogno di sfogarmi per l'umiliazione appena subìta e le racconto tutto.

Clara mi ascolta esterrefatta, la mano sulla bocca e gli occhi spalancati.

"Mi spiace tantissimo! Se l'avessi saputo, ti avrei detto di stare qui."

Osservo lo spazio intorno, il continuo viavai di persone, l'efficienza dei volontari. Scuoto il capo.

"Almeno è andato tutto bene?"

Mi sorride. È stanca, ma felice.

"Portami a casa."

Casa, già.

"Tutto qui? Pensavo volessi invitarmi a pranzo."

Annuisce mentre si incammina verso l'auto. Prendo coraggio e montiamo sulla *Sierra*. Al diavolo la patente. Cerco di non pigiare troppo sull'acceleratore per non far sobbalzare eccessivamente la macchina.

"Prima o poi, dovrai pensare a far mettere a posto questo catorcio."

Ancora prima di arrivare in tangenziale, Clara sta già dormendo.

12

Vivere con qualcuno, dopo così tanto tempo, mi dona una sensazione di calore e familiarità che mi rende più umano e rinforza la mia risolutezza. Mi rendo conto che la presenza di Clara ha dato un barlume di speranza alla mia vita. Vederla piangere durante i miei combattimenti, addirittura pregare per me, mi dà una sferzata di energia, anche nei momenti più difficili e dolorosi. Ho dimenticato persino le preoccupazioni per la mia salute. Anche Nick e gli altri sembrano apprezzare la nuova situazione. Per qualche motivo, la roulotte di Clara li ispira. Hanno proposto di lasciarla parcheggiata in giardino, poi hanno chiamato degli operai che per giorni ci hanno trafficato dentro, per collegarla infine alla casa con tutta una serie di cavi. Quando sono entrato a vedere, non potevo credere ai miei occhi. È stata trasformata in una specie di stanza del sesso. All'esterno, hanno appeso neon colorati e lampade lava di dubbio gusto. All'interno, luci soffuse per rendere l'atmosfera torbida e ammiccante. Articoli sadomaso sono stati agganciati un po' ovunque e un grande televisore rotante pende dal soffitto. Ma gli scopi del mezzo sono resi evidenti dal grande letto tondo posizionato a un capo della roulotte, e da una vasca idromassaggio posta all'altro. Non capisco come possano aver cacciato tutta quella roba dentro, ma c'è anche un minibar con frigorifero, in caso qualcuno voglia carburare ulteriormente.

A giudicare dalla frequenza con cui viene utilizzata, i miei coinquilini devono essere entusiasti del nuovo gioco, e non sono mancati furibondi litigi per usarlo. Il problema è che i tre escono sempre insieme, tornano insieme e vanno a scopare nello stesso momento, più o meno. E anche quando uno corre per primo nell'alcova, capita che qualcun altro voglia utilizzarla a tutti i costi. È sempre Nick il problema, con il suo gruppo di travestiti. Essendo il capo, dà per scontato di poter cacciare fuori chiunque in qualunque momento. E per quanto Marcos e Luis lo temano, non sono tipi da lasciarsi sfrattare senza reagire. Io osservo queste scene quando esco a correre, con la speranza di trovarne qualcuno stecchito al mio rientro, ma in qualche modo raccolgono un minimo di raziocinio e riescono sempre a mettersi d'accordo.

Clara mi segue quasi ovunque, ormai. Solo quando facciamo il giro dei creditori mi oppongo, non voglio che mi veda maltrattare povera gente. Durante gli incontri, invece, il suo supporto diventa prezioso, e ormai ha anche la tenuta apposita. Si presenta con un paio di pantaloni neri stretti, una giacca di pelle, sempre nera, con grosse fibbie d'acciaio. In testa mette sempre un cappellino nero lucido, da poliziotto americano, e un paio di occhiali scuri per osservare con distacco il macello davanti a lei. Solo quando comincio a sanguinare copiosamente, sputo un dente o un grumo di carne e sangue, porta una mano alla testa e se li sfila lentamente. Lo so, perché da quando c'è lei, anche durante un incontro impegnativo, cerco sempre di trovare l'attimo per lanciarle un'occhiata. E più di una volta mi sono preso un pugno sul grugno per questa disattenzione.

Oggi siamo in trasferta nel centro Italia, da qualche parte sulle montagne. Siamo usciti presto, per poterci trovare lì nel primo pomeriggio. Siamo in uno spiazzo davanti al capannone che dovrà fare da arena, battiamo i piedi sul terreno polveroso per scaldarci. Non siamo soli, ci sono altri gruppetti in attesa. Chi fuma, chi parla, chi sta in macchina. È febbraio, e fa un bel freddo. Clara si guarda intorno contenta, avvolta nel cappotto che le ho regalato. Sembra una bambina. Stamattina, quando Nick ci ha detto del viaggio, era un po' triste perché avrebbe dovuto rinunciare al volontariato, ma si è ripresa velocemente, eccitata per la novità. Un paio di telefonate ai clienti in città con cui aveva appuntamento, e si è presentata all'auto, in divisa da combattimento e cappotto nuovo.

Un movimento all'ingresso del capannone, qualcuno ci fa segno e ci dirigiamo tutti là. Ovviamente, lo spazio non è riscaldato. Ed è buio, devono essere in modalità risparmio energetico. L'organizzatore, un tipo grasso circondato da una serie di balordi che si atteggiano da duri, ci spiega velocemente il grande evento. Sarà un torneo che inizierà nel tardo pomeriggio per finire a notte inoltrata. Saremo in sedici, quindi se dovesse andare tutto bene, mi aspettano cinque incontri.

Un massacro. L'ultima volta che ne ho fatti tanti non era finita proprio bene.

"Mi raccomando, qua si fanno le cose in grande."

Indica una struttura al centro dello spazio, oltre l'entrata. Mi avvicino incuriosito. Incredibile, hanno preparato una sorta di ring, disponendo quattro o cinque strati di bancali a formare un quadrato, in modo da sopraelevarlo rispetto agli spettatori. Poi hanno coperto l'ultimo livello con un tessuto spesso, tipo juta. È una struttura ampia, imponente e sembra pure solida. Un bel lavoro, devo ammettere, anche se non dev'essere piacevole atterrare di faccia su quel pavimento duro e ruvido. Niente corde o paletti, guardo verso il terreno. Non è tanto più in alto, saranno ottanta centimetri, forse un metro, ma ad andare giù di testa si rischia di farsi male. È vero anche il contrario, però. Osservo con più attenzione il tappeto in juta. Non ci sono macchie di sangue, dev'essere la prima volta che lo usano. Forse è la prima volta che organizzano un evento del genere, non mi sembrano tipi da mettersi a pulire il telone dopo l'uso. Adesso che gli occhi mi si sono abituati all'oscurità, noto tutta una serie di tavoli e sedie pieghevoli appoggiati alle pareti.

Dall'esterno arriva un rombo di auto, probabilmente i primi ospiti e, a giudicare dalle dimensioni dell'arena, il balordo aspetta un bel po' di gente. Qualcuno accende le luci, poi una serie di uomini si affretta a preparare i tavoli, addirittura c'è un servizio di catering in livrea.

Cose in grande, davvero.

Torno verso l'uscita. Gli altri lottatori sono gente dura, qualcuno l'ho già visto di sfuggita da altre parti, ma non ho mai combattuto con nessuno di loro. Al solito, sono tutti più giovani di me.

Comincio ad avvertire un po' di tensione. Mi sto chiedendo se non sia più salutare farsi mettere al tappeto al secondo o terzo incontro, magari in maniera plateale. Ma Nick mi osserva sempre, sono sicuro che sappia già cosa sto pensando. Se dovesse covare qualche dubbio su una mia sconfitta, non credo ne sarebbe entusiasta. Sicuramente metterebbe in mezzo Clara.

Nonostante il freddo, una goccia di sudore mi cola all'improvviso lungo la schiena, facendomi rabbrividire.

Mi guardo intorno, Clara dev'essere in giro a curiosare, faccio cenno a Luis.

"Vado a scaldarmi un po'."

Mi volto e mi allontano correndo, lasciandoli lì a fumare.

Se non fosse per l'occasione infausta, forse riuscirei ad apprezzare il luogo. In pochi minuti mi lascio alle spalle il torneo, il balordo e tutto il corollario di brutture. Corro piano lungo una stradina dissestata, all'interno di un bosco non troppo fitto. Non mi voglio stancare, ma ho bisogno di prendere una boccata d'aria. Comincio a pentirmi di non aver invitato Clara a fare una passeggiata in questo paradiso. Gli alberi sono spogli e il terreno è duro, quasi ghiacciato, rischio di scivolare diverse volte. L'aria frizzante, l'odore di muschio e la luce che filtra tra i rami, mi riappacificano con il mondo. La stradina si confonde sempre più con la radura, a un certo punto sembra salire di colpo. Un po' titubante la seguo, sarebbe un bel casino se dovessi perdermi. Le piante si diradano e arrivo in cima a quella che sembra una piccola altura, un cucuzzolo calvo e piatto. Mi fermo a guardare il panorama che si estende di fronte a me. Cielo terso, montagne, silenzio e profumo di terra. Davanti ai miei occhi, diverse colline si sovrappongono a formare un paesaggio movimentato che palpita sotto i miei occhi. In lontananza un qualche uccello lancia il suo grido, acuto e insistente.

Cerco di richiamare alla mente le scarne nozioni acquisite nel mio passato per identificarlo, ma a stento saprei ora riconoscere una gallina. Le ombre si stanno allungando, acuendo così la sensazione di movimento e profondità davanti ai miei occhi. In questa piccola radura, sopraelevato rispetto a una frazione di mondo, sono libero e vivo. Respiro a pieni polmoni. Mi sento forte e in pace con me stesso, come non mi capita neanche quando corro alle cinque di mattina, e il crepuscolo nebbioso mi avvolge, silenzioso, morbido, manto denso e umido da cui persino la natura arretra impaurita e che solo lo sciabordio dell'acqua di un fiume, timido e tranquillo, osa attraversare impunemente. Qui invece la natura è tutto, è silenzio e rumore, profumo penetrante e aria limpida, cielo e terra. La vita fluisce in me, sono qui, ora, energia e sangue. Il pensiero di mettere a rischio questa esistenza, che ora sento di assaporare, mi riempie di angoscia e tristezza. Mi piacerebbe abbandonare tutto e vivere insieme a

Clara in un luogo come questo.

Un oggetto scuro che sfreccia davanti a me attira la mia attenzione. Leggero e maestoso, sembra galleggiare nell'aria. Lo guardo a bocca aperta. Un falco, o un'aquila. Per un momento mi esalto, penso a un segno del destino. Un modo come un altro per ricevere una dose di adrenalina - prima di un combattimento bisogna sempre essere su di giri - anche se questa situazione zen mi sta mettendo in uno stato d'animo intimista che non promette niente di buono. Il rapace continua a esibirsi in cerchi. È alla mia stessa quota, poi piega leggermente le ali e schizza in alto come se avesse un motore a reazione nel sedere. Frustrante, mi riporta alla realtà, sgasandomi. Lo lascio ai suoi impegni e cerco con lo sguardo il capannone da cui sono venuto. Con un po' di ansia lo cerco, non riesco a trovarlo, poi eccolo, enorme, isolato, dal grigio tetto ondulato e cadente. Sembra quello d'amianto del garage di casa, che Nick non ha mai sentito la necessità di far cambiare. A lui non importa, a noi ancora meno.

Mi incammino piano verso la via del ritorno, dando pugni all'aria e agitando le braccia. Sento un'ira impotente salire. Come vorrei scappare nell'altra direzione, continuare a correre finché non sento più le gambe, cercare un rifugio nel profondo del bosco e vivere allo stato selvaggio. Ma cosa cambierebbe? Già vivo come un selvaggio. E la lotta per trovare il cibo non sarebbe molto diversa da quella che faccio adesso. La testa mi sta scoppiando, brutto segno prima di un incontro. A un certo punto non ce la

faccio più, mi blocco e lancio un urlo contro quel paesaggio così quieto e maestoso, che mi rammenta quanto sia piccola e miserabile la mia esistenza.
"Uaaarghh!"

Poteva andare peggio. Molto peggio. Tutto sommato non è così malvagia, ma sono sfinito. Il balordo sovrappeso sta urlando dentro un microfono. Poco prima dell'inizio si è cambiato d'abito e ora è agghindato come un presentatore televisivo, in completo nero e camicia bianca. Merita un plauso per essere riuscito a trovare abiti della sua taglia. Vedo che anche lui ha faticato, comunque. Il sudore gli ha inzuppato anche la giacca, creando aloni inquietanti sulla schiena e sotto le ascelle, quasi fino alle tasche. Tutto intorno, tavoli allestiti per facoltosi ospiti che hanno pagato profumatamente anche solo una birra. Non è come al solito, c'è gente elegante e ricca. Ma la sostanza è la stessa. Si beve, si scommette, non sono cambiate pretese e arroganza. Durante l'ultimo incontro che ha decretato il mio avversario, i due contendenti erano visibilmente al limite della resistenza, si scambiavano jab e colpi di studio per riprendere fiato. Li osservavo da lontano, steso su una panca, al freddo, e già prevedevo quello che sarebbe successo. Hanno aspettato un po' troppo prima di aggredirsi sul serio e gli spettatori hanno cominciato ad agitarsi e a insultarli. Uno, ben vestito e corpulento, probabilmente un po' alticcio, di punto in bianco si è alzato, ha preso una sedia, con un notevole scatto è salito sul ring e l'ha fracassata sulla testa di uno dei due. Risate e battimani, un po' di imbarazzo sul viso dell'organizzatore, che evidentemente pensava alle scommesse da restituire, e sollievo negli occhi dell'altro contendente. L'uomo doveva essere un pezzo grosso, perché si è seduto senza troppe preoccupazioni, poi ha chiamato il ciccione e gli ha elegantemente pagato le perdite. E a giudicare dalla mazzetta di banconote non doveva essere poca cosa. Altri applausi, con lui che urlava sbavando in non so che lingua, probabilmente che avrebbe fatto vedere lui come si combatteva a questi rammolliti. L'eroe della serata.

Così è stato scelto il mio avversario, visto che l'altro, dopo il colpo, non era più in grado di stare in piedi. Ma neanche di aprire gli occhi, per quanto sono riuscito a vedere. È stato in quel momento, quando l'hanno trascinato giù dal ring, che ho scoperto che ognuno di noi aveva un nome fittizio, derivato dai cartoni animati, mi ha spiegato Luis. Tutto a beneficio degli scommettitori e dell'atmosfera. Non ho avuto il coraggio di chiedere il mio, dopo aver saputo che l'uomo esanime era Caio.

Tra poco tocca a me. L'uomo al mio fianco, quello che dovrò incontrare tra poco, suda copiosamente seduto su una panchina di legno. Comunque, a me è andata abbastanza bene, finora, con il primo e il secondo incontro che sono filati via lisci. Tutti e due gli avversari hanno cercato ostinatamente di prendermi e buttarmi a terra, mentre la loro testa era esposta e in posizione invitante. Una ginocchiata ben assestata, la sensazione confortante di un impatto come si deve, e il pubblico è andato in delirio. Il terzo incontro è stato ben più impegnativo. Un uomo dalla pelle olivastra, cattivo e teso, l'occhio destro bendato con un foulard per tamponare il sangue. Sono andato quasi tranquillo, attaccandolo e girandogli sempre da quella parte. Invece era ostico. Si rivoltava subito e rispondeva preciso, come se non avesse alcun handicap. Si copriva bene, e i suoi colpi erano pesanti. Un paio di suoi calci mi hanno fatto volare, uno credo mi abbia rotto una costola. Ho dovuto faticare un bel po' per riuscire a sfondare la sua difesa, poi finalmente l'ho preso proprio sotto il mento con un calcio frontale - un colpo che non uso mai. Gli occhi gli si sono girati ed è andato giù come un sacco. In condizioni normali, molto probabilmente mi avrebbe battuto.

Il quarto incontro, mi ha spezzato. Un grassone peloso, alto una spanna più di me, e le braccia gonfie come serbatoi di una moto. Sembrava un eroe del wrestling anni Novanta, assolutamente fuori luogo in quel contesto, e l'ho approcciato quasi con simpatia. Era incredibilmente rapido per la mole e continuava a colpirmi con calci bassi sorprendentemente potenti e tiip[6] che mi tenevano a distanza. È stato un incontro lungo e logorante. Quei calci maledetti mi hanno devastato bocca e naso, facendomi vomitare sangue. A un certo punto, mi ha intercettato un calcio tenendomi la gamba e mi ha spazzato l'altra. Sono finito lungo disteso a terra e mi è arrivato sopra. Ho pensato, *se questo mi si butta addosso, mi spegne le luci d'un colpo*. E infatti lo stronzo è balzato sopra di me, senza però riuscire a montarmi sopra perfettamente. L'ho visto arrivare, con quelle gambe grasse e pelose, intenzionato a schiacciarmi, il tempo mi è sembrato scorresse più lentamente. Mi sono spostato di lato e lui mi è atterrato su spalla e costato per poi iniziare a tirarmi pugni sul cranio.

È per questo motivo che non tiro mai calci alti o medi, ho sempre il terrore che qualcuno mi prenda la gamba. Ma in quel momento era la mia unica arma per riuscire a tenere le distanze, e speravo di riuscire a trovare il ritmo giusto. Giusta ricompensa. Comunque, lui doveva essere più stanco di quanto desse a vedere, perché nel pieno della scarica di pugni ha appoggiato un braccio a terra, diminuendo così la pressione sul mio corpo. Incredulo, sono scattato subito. Tenendogli fermo l'arto e facendo leva, l'ho colpito all'altezza del gomito con il palmo della mano, con quanta più forza potevo. Non mi aspettavo certo di rompergli quel braccio enorme, ma il colpo lo ha sbilanciato quel tanto che è bastato per uscire da quella posizione. Evidentemente era esausto, perché non ha opposto una grande resistenza, così gli ho preso il braccio torcendolo alla spalla e schiacciandolo faccia a terra con le ginocchia.

Ero senza fiato, con la faccia coperta di sangue che mi impediva di respirare. Mi aspettavo battesse sul tappeto per dichiarare la sconfitta, invece stava immobile, senza rendere palese il suo disagio, così ho aumentato la torsione. La gente urlava sempre più forte, io speravo che questa tortura finisse, più per me che per lui, ma l'uomo sotto di me era sempre immobile. Trasformatasi in una guerra di nervi che stavo per perdere, sono stato colto da una scossa di paura e rabbia, e senza rendermene quasi conto, con un colpo secco gli ho disarticolato la spalla con quanta più forza avevo. L'uomo irsuto ha cacciato un urlo selvaggio e io sono rotolato via, a distanza di sicurezza, stravolto. Sono rimasto a guardarlo per qualche secondo, convinto che si sarebbe rialzato, ma per fortuna è rimasto a pancia in giù a lamentarsi debolmente. Ho alzato goffamente le braccia sopra la testa e sono sceso dal ring, in un tripudio di urla e mazzette che passavano di mano.

Guardo il mio avversario, a un metro da me. Ho visto tutte le sue gare e, a parte l'ultima, le ha prese di santa ragione dall'inizio alla fine. Però è arrivato in finale, deve incassare bene. Non è enorme, né eccessivamente definito, ma ha il sinistro pesante. Lui sente il mio sguardo e si volta. Nei suoi occhi stanchezza, sete di sangue e determinazione. A occhio e croce è più forte di me, ma non si può mai dire. Clara mi accarezza una guancia, interrompendo i miei pensieri. La sua mano è gelida, la guardo meglio. Profonde occhiaie cerchiate di nero le incorniciano gli occhi umidi, e le guance sono più pallide del solito, nonostante il cerone abbondante. È stravolta, è ai limiti della sopportazione fisica. Maledizione.

Cerco di produrre un sussurro suadente, il meglio che posso fare, vista la situazione.

"Perché non ti fai dare le chiavi dell'auto da Nick e stai lì a riposarti con il motore acceso?"

Fa di no con la testa, cocciuta.

Mi esce una risata rauca che gorgoglia sangue.

"Così mi obblighi a fare in fretta."

Mi accarezza ancora la guancia. Dio, quanto è fredda quella mano. Gliela prendo tra le mie.

"Allora, tra cinque minuti sul ring per la finale!"

Vedo che il grassone si avvicina a noi, poco amichevole. Ci guarda torvo e si avvicina nervoso all'uomo vicino a me.

"Capito? Dopo puoi dormire quanto ti pare, ora devi muoverti!"

Si avvicina e lo scuote senza tante cerimonie. Questo sembra volergli dare una testata in faccia, invece si alza piano e annuisce a capo chino. Nessuno può fare niente, non siamo noi a decidere. Il balordo lancia un'occhiata anche a me, indeciso se darmi una svegliata. Guarda Clara e decide di sì.

Fa un passo nella mia direzione.

"Tu vedi di non farti fare un pompino dalla vecchia bagascia, che se non combatti bene prendo a bastonate te e poi mi scopo lei."

Incasso e guardo la punta dei miei piedi.

Si mette a ridere, ammiccando ai suoi due guardiaspalle.

Continuo a fissarmi le scarpe, alla ricerca di qualcosa che non è lì.

"Secondo voi ce la faccio? Accetto scommesse!"

Indica con il mento Clara, frasi volgari e risate dei compari.

Qualcosa sta cominciando a muoversi, dentro di me.

Poi raccoglie fragorosamente quanto più catarro

possibile in gola, e le sputa addosso.

A sua discolpa, devo dire che molte persone, al cospetto di una prostituta, provano un disprezzo disumanizzante. La vedono come un oggetto, da schernire, umiliare, consumare e sfruttare, se possibile. E Clara, vestita e truccata in questo modo, in questo ambiente, potrebbe essere scambiata per una donna di vita (non che non lo sia, beninteso). Il vedermi seduto in un angolo, mano nella mano con lei, concentrato a sussurrarle frasi dolci nell'orecchio, deve poi averlo fatto arrabbiare, visto che tra pochi minuti dovrei combattere su un ring per fargli intascare dei bei soldi.

Lo capisco, davvero.

Però è altrettanto vero che ho soprasseduto a numerose sue allusioni. Se si fosse limitato a insultarci, non avrei avuto niente da ridire. Oddio, magari mi è capitato di scattare in passato, in risposta a epiteti simili. Ma certo non in queste condizioni, e soprattutto non contro un malavitoso come questo.

Ma proprio sul viso, doveva prenderla?

Osservo il grumo schiumoso scivolarle sulla guancia e miscelarsi all'abbondante trucco. Clara non ha neanche provato a proteggersi e io ho notato il gesto troppo tardi. Una gialla goccia vischiosa le cola finalmente dalla mandibola e atterra sul braccio.

Non me ne rendo neanche conto. Un'iniezione di epinefrina dritta nel cuore mi dà uno slancio tale che in una frazione di secondo gli sono addosso, le mani alla gola, la mia bocca sanguinante appoggiata alla sua. I gorilla stanno ancora pensando alla battuta dell'idiota, e non hanno il tempo di decodificare gli avvenimenti in tempo reale. Il balordo perde l'equilibrio, lo sorreggo per il collo. È in mio potere, e per un attimo vedo il terrore passargli attraverso gli occhi. La stanchezza è completamente sparita, sento il corpo caldo e leggero.

"Io faccio il mio lavoro, tu cerca di starmi lontano. Capito, merda?"

La mia voce passa attraverso uno strato di sangue e saliva, che sfortunatamente per lui spruzzo copiosamente insieme al grido. Vedo i miei liquidi coprirgli il viso, entrargli in bocca e occhi. Disgustato, cerca di ripararsi, inutilmente. Questo se lo sarebbe evitato, decisamente. Sono indeciso se dargli anche una ginocchiata all'inguine o nello stomaco, giusto per imprimere un certo peso alle mie parole, ma un colpo alle gambe mi atterra. I gorilla si sono ripresi e mi sono addosso. Uno mi prende per il collo da dietro, strozzandomi. Mi dimeno, cerco di alzarmi e di spingerlo contro il muro, ma mi tengono a terra. Mi arriva un calcio in faccia. Provo a colpire il braccio che mi tiene al collo, ma mi bloccano. Sono in tre, e io sono di nuovo senza fiato. Il tipo intanto sputa e tossisce, lamentandosi vivacemente. Tremando dalla rabbia, tira fuori una pistola. Lo vedo indeciso, probabilmente sta pensando se non sia più prudente bere prima qualche disinfettante o sottoporsi a un trattamento medico antisettico. Si avvicina, sembra aver deciso di rimandare la sessione di pulizia perché mi punta la canna contro la fronte.

Con la coda dell'occhio scorgo Clara in lacrime, in

ginocchio, le mani giunte. Sta mugolando qualcosa, probabilmente supplica. Non credo farà una fine molto migliore. Mi spiace, non ho molte opzioni al momento. Non sono neanche spaventato, ho reagito senza pensare, ma non avrei potuto fare altrimenti. Chissà la faccia di Nick, quando mi vedrà con un buco in fronte. Sarà contento di essersi liberato di me. In fondo, gli vado bene finché rendo, non sono uno di loro. Un pensiero mi attraversa la mente. Dove sono finiti quei tre? Fino a poco prima erano lì intorno. Un colpo in faccia mi distoglie dalle mie fantasie.

"Chi sarebbe la merda? Adesso cerco di scoparmi quel rottame di tua madre o chi cazzo è, la do in pasto ai cani e poi ti ammazzo."

Un colpo, vedo lampi di luce. Usa il calcio della pistola, lo schifoso.

Si avvicina e mi urla nell'orecchio.

"Hai capito?"

Un fragore improvviso copre il vociare e la musica nel capannone, tanto che il grassone si blocca e si allunga sulle punte per sbirciare verso la porta d'ingresso. Sbianca e apre la bocca come un pesce.

"Fermi tutti, polizia!"

Come se fosse stato un segnale prestabilito, tutta la gente all'interno dello spazio schizza in piedi e comincia a correre in ogni direzione, urlando e rovesciando tavoli. Alzo lo sguardo e il balordo con i suoi guardiaspalle non ci sono più, dileguati. Sono in ginocchio, coperto di sangue, Clara mi si avvicina e mi cinge la testa con le braccia, dondolandosi.

"Così ti sporchi, trova un asciugamano."

Mugola qualcosa di incomprensibile.

"Lavati di dosso almeno lo sputo, per favore."

Si scosta e si volta, per scomparire dalla mia vista. Sono intontito, intorno è il caos, mi passa davanti il mio avversario, con gli occhi spiritati che quasi gli schizzano dalle orbite. Una mano mi afferra per le spalle.

"Ce la fai ad alzarti?"

Riconosco la voce bassa e l'alito fetido di Luis.

"Sì, che fine avete fatto? E Clara?"

"Zitto e seguimi."

Mi aiuta ad alzarmi e mi spinge attraverso una porticina alle mie spalle. Finiamo in una specie di rimessa. È buio. Luis mi conduce a un'altra porta, vedo luci e ombre muoversi al di là, attraverso le fessure del telaio. Usciamo all'aperto. Fa freddo, e io sono a torso nudo. Uomini corrono tutto intorno con torce elettriche che tagliano la notte. Qualcuno mi illumina selvaggiamente il viso, accecandomi.

"Fermi polizia!"

"Calma, sono Luis."

Le torce non si muovono. Luis fa un cenno alle nostre spalle.

"Di là."

Le ombre corrono dentro il gabbiotto da cui siamo venuti.

"Dài, vieni."

Arriviamo al parcheggio, mi volto e vedo che numerose auto circondano il capannone per illuminarlo lungo tutto il perimetro. In macchina ci sono gli altri e Clara. Partiamo sgommando nell'indifferenza generale. Clara mi abbraccia, ci stringiamo nei sedili posteriori, il riscaldamento mi dà un po' di sollievo. Nick è di fianco a noi, guarda fuori con la faccia da poker.

13

"Secondo te, era veramente polizia?"

Mi sto allenando con la corda, Clara, comodamente seduta sul divano, legge un voluminoso libro. È pomeriggio inoltrato, siamo nel seminterrato. Il clima è già più mite, si sente la primavera, e Clara, ispirata, ha messo dei fiori ai vari angoli della stanza. Profumi e colori mi avvolgono, li assaporo con piacere. È da un po' che ci penso, ma non ho mai osato chiedere il suo parere. Alza lo sguardo e mi osserva senza capire.

"Che polizia?"

"Là, su in montagna."

Vedo che mi ha inteso, non risponde. Alza le spalle e riprende a leggere.

Non dev'essere un gran bel ricordo. Riprendo a saltellare.

"Ti va di guadagnare due soldi? Senza combattere, intendo."

Continuo a saltare senza guardarla. Aumento il ritmo.

"So fare solo questo."

"Non è vero. Ho parlato di te a un mio conoscente. Se ti va, ti fa fare una parte in un film."

Capisco subito che tipo di amico possa avere Clara nel mondo del cinema.

"Porno? No, grazie."

"Ma scusa, non scopi mai. Capisco che tu non voglia farlo con me, ma neanche con delle ragazze più giovani? Non posso credere che tu non abbia pulsioni in questo senso.”

Mi fermo e la fisso.

“Te l'ho già spiegato, non mi va.”

Si stringe nelle spalle, ma non molla.

“Eppure ti sento quando ti fai le seghe, di notte.”

Sento un rossore violento e bollente salire al volto. Mi rimetto a saltare pestando i piedi con forza sul pavimento e facendo fare alla corda quanti più giri riesco a ogni salto.

“Non sei più un ragazzino, ormai.”

Piccato, smetto di saltare e mi dirigo velocemente verso la porta. Lei molla il libro, scatta in piedi e mi blocca.

Sono sempre stupito dalla sua agilità.

“Ok, ok, scusa! Ma almeno puoi prendere in considerazione l'ipotesi di fare qualcos'altro che non sia prendere calci in testa.”

“Al momento, no. E comunque fare l'attore porno non è un'opzione tra quelle che mi sono venute in mente.”

“E perché no? Ti diverti e guadagni pure del denaro.”

“Ecco, è questo il punto, non mi divertirei. Discorso chiuso.”

Non riesco a starle vicino e affrontarla, mi rimetto a saltare con la corda.

“Ma pensi di non saper recitare? Non ti sto mica parlando di fare teatro!”

Mi fermo di nuovo e indico il mio viso.

“Hai per caso visto la mia faccia?”

“Certo che l'ho vista.”

“Cosa ne pensi? Assomiglio forse a Brad Pitt?”

Mi valuta con attenzione.

"No... tutti dicono che assomigli a Mickey Rourke in un film di qualche tempo fa. Io direi piuttosto che ricordi Bruce Willis."

Sono passati anni dall'ultima volta che ho visto un film con Bruce Willis, ma mi auguro proprio per lui che non sia diventato così. Scoppio a ridere e mi accascio, senza fiato. Sputo in un fazzoletto e lo rimetto in tasca. Discutere con Clara mi toglie le energie.

Lei mi si avvicina e mi accarezza il capo, come farebbe con un bambino.

"Senti, hai l'aspetto di un uomo vissuto, di un gladiatore. Ok, non hai certo i lineamenti fini, ma non devi buttarti giù di morale."

"Vorrei vedere te a prendere pugni a mani nude in faccia per anni."

"Certo, è quello che sto dicendo. Ne ho già parlato a produttore e regista, e hanno in mente una serie di parti fatte apposta per te."

Si ferma e mi guarda.

"E poi gli ho assicurato che sei ben dotato."

Arrossisco di nuovo, violentemente. È la prima volta che tira fuori quella storia. Mi metto a balbettare guardando in basso.

"Senti, mi spiace, non so che dire, davvero."

Vorrei scomparire.

Mi accarezza ancora teneramente.

"Non preoccuparti, non c'è problema. Ti capisco, davvero. Però adesso fai il bravo e dimmi di sì. Ok? Non ne posso più di vederti ridotto a brandelli un giorno sì e uno no.”

Mi tratta da bambino, e mi sento tale. Appoggio la testa sul suo grembo.

“Per te è facile, non devi dimostrare niente. A parte il fatto che non mi va, ma poi non sono sicuro di riuscire a combinare qualcosa davanti a della gente che mi dice cosa devo fare, che mi urla stop, azione, mettiti così, eccetera.”

Clara scoppia a ridere.

“Ma è la cosa più naturale del mondo!”

“Be’, per me non lo è.”

Continua a passarmi la mano tra i capelli. Ormai sono in suo potere, senza difese.

“Facciamo così. Tu vieni con me, provi e vediamo come va.”

Abbassa il viso e allinea gli occhi ai miei. La luce della vittoria li illumina per un momento.

“Va bene?”

Due giorni dopo, stiamo sobbalzando sulla sua *Sierra*, destinazione Milano. Ogni tanto Clara guarda nello specchietto per controllare che la parrucca rossa non scivoli dal sedile posteriore su cui è accomodata, stretta dalla cintura di sicurezza. Dopo l'ultima volta dai volontari, non mi ha più chiesto di accompagnarla in città, e io mi sono guardato bene dal proporglielo. Prima di uscire, ha voluto controllare il mio aspetto, insistendo per lavarmi, radermi e perfino depilarmi.

“Non voglio fare brutte figure”, ha detto.

Io ho pensato che già presentandomi ne farà una

pessima. Stamattina, mentre Clara mi ronzava intorno, mi sono guardato allo specchio. Nonostante trascorra tutto il tempo ad allenarmi, non ho un fisico da atleta, scolpito e sinuoso. Sembro più un robusto e malandato minatore. La mia pelle è segnata da cicatrici, botte non assorbite, calli, non è certo un bel vedere. Per non parlare del viso.

Fuori, i campi scorrono velocemente, sento l'ansia salire. Senza riuscire a resistere, continuo a controllarmi allo specchietto di cortesia. Le arcate sopraccigliari sono molto più pronunciate di quanto ricordassi. Un occhio è più chiuso dell'altro. Dopo un pugno, chissà perché, la palpebra non si è più sgonfiata, e sono rimasto così, con la faccia da fesso. La mandibola è un po' storta, e appena dischiudo le labbra, si notano i buchi dei denti mancanti. Le orecchie sono gonfie e arrossate, a una manca un pezzo di padiglione. Ricordo quel pazzo che me l'ha strappato con un morso, causandomi un dolore che non avrei creduto. Sogghigno, ripensando alla scena. Quando mi sono divincolato, sanguinante e furibondo, ho iniziato a prenderlo a calci e pugni nei testicoli. Si era accasciato vomitando a spruzzo, mentre io continuavo a colpirlo senza pietà. Mi avevano dovuto trascinare via, anche se credo che tutti pensassero se la fosse meritata. È vero che non ci sono regole, ma mordere non è una cosa che accade spesso. Anche perché poi non puoi sperare di cavartela facilmente, se uno si riprende un minimo.

Subito prima di uscire, Clara mi ha dato una pillola gialla.

“Prendi questa.”
L'ho guardata con sospetto.
“Cos'è?”
Lei ha ammiccato, furba.
“Facciamo in modo di non fare brutte figure, ok?”
Ancora queste brutte figure.
Mi incanto a guardare i cavi della luce elettrica che pendono tra un traliccio e l'altro. Alla fine, le do sempre retta. È più forte di me, non riesco a resisterle.
Arriviamo a Milano, mi guardo intorno incredulo. Oggi è deserta. Percorriamo con furia strade vuote, adornate con grazia da una nebbia leggera. Mi chiedo cosa succederebbe se una donna con un passeggino sbucasse all'improvviso da quelle strisce pedonali. Mi ricordo come mi ero arrabbiato con Daniela quando un pazzo con un furgone li aveva mancati per un soffio, e solo perché li avevo tirati indietro all'ultimo istante.
“Ma ci sono le strisce pedonali!”
Aveva urlato piangendo.
“Strisce un corno, tu prima guarda.”
Urlavo anch'io con la bava alla bocca. Giorgio, che aveva pochi mesi, ci aveva guardato interdetto, poi era scoppiato a piangere. La gente intorno si era fermata, cercando di consolarci. Da allora avevo portato il passeggino dietro di me, ogni volta che avevo dovuto attraversare una via.
Chissà perché fanno passeggini che stanno davanti al genitore.
Clara inchioda, siamo arrivati. Scendo e mi guardo intorno. La nebbia si è un po' diradata, gli edifici

intorno a me splendono nella loro squallida desolazione. Non che mi sia aspettato un ufficio in centro, ma queste basse costruzioni industriali, tutte uguali, ricoperte da piastrelle bianche e decorate con inserti gialli, mi risultano indigeste.

Clara va a un citofono, parla brevemente e il portone si apre. Do un'occhiata ai nomi. Quattro targhette, tre vuote, una con un nome scritto a mano, "*Alan Co*". Clara entra nell'ascensore, la parrucca sotto al braccio. È stretto e sporco. L'edificio avrà due piani, mi chiedo a cosa serva questo aggeggio. Con mia sorpresa, dopo un singulto per niente rassicurante, l'ascensore ci spinge verso il basso. Le porte si aprono cigolando.

"Era proprio necessario prendere l'ascensore per un piano sottoterra?"

Clara non mi risponde ed entra in una porta socchiusa.

Ci troviamo in un grande spazio aperto, un po' come il mio seminterrato, ma a forma di L. Numerose finestre poste in alto e disposte sui due lati illuminano la stanza più che decorosamente. Si sentono dei versi, ma non ne vedo la sorgente. C'è una grande scrivania vicino all'ingresso, subito sulla sinistra, carica di fogli e con al centro un portatile acceso. Di fronte, due divani su cui sono sdraiate altrettante ragazze seminude, di cui una con dei seni enormi, esposti al mio sguardo famelico. Bottiglie e sacchetti di carta con l'insegna di *McDonald's* sono sparse ovunque. C'è un odore pungente, che non riesco a definire. Clara saluta cortesemente le ragazze, che la ignorano, e si dirige sicura verso l'altra ala. La seguo titubante, senza riuscire a staccare gli occhi da quei seni prodigiosi.

L'ambiente è più affollato, ora, con diversi uomini occupati con videocamere intorno a un set fortemente illuminato, e un tipo che urla a quattro corpi nudi sdraiati su un letto.

"No, non così. Ora, dall'altra parte, ecco. Verso la telecamera, cristo. Ecco, azione!"

I corpi iniziano a muoversi, meccanicamente, emettono grida, versi gutturali. Mi avvicino a Clara, in preda all'imbarazzo. L'uomo grida ancora e gli attori cambiano posizione e ricominciano a muoversi.

"No, no. Fermi! Voglio sincronia!"

Il tipo che sbraita si passa una mano sul cranio pelato, completamente coperto di sudore. Si guarda il palmo e se lo asciuga sui pantaloni.

"Dài, pausa. Prendete un po' fiato."

In quel momento si accorge di noi.

"Carissima!"

Mi guardo intorno, ci saranno una decina di persone, oltre a quelli nudi. Clara e il tipo si sono messi a confabulare in un angolo, io sono in mezzo alla stanza, senza sapere cosa fare, poi mi accorgo che tutti mi stanno guardando. I tipi nudi sfilano davanti a me. Le donne barcollano leggermente e si vanno a distendere sui divani alle mie spalle, praticamente sopra le due di prima. Gli uomini si accendono una sigaretta e si mettono a parlottare, lanciandomi ogni tanto un'occhiata. Uno di loro, il più basso, mi si avvicina.

"Come ti va?"

"Bene, abbastanza. Insomma."

Annuisce, mi porge la mano.

"Mi chiamo Andrea."

Indica dietro con il pollice dell'altra il suo amico, che mi fa un cenno con il mento.

"Lui è Fabio."

Gliela stringo e replico a Fabio, che si sta rivestendo. Anche Andrea ha recuperato i pantaloni stesi lì per terra. Non si mettono le mutande, ma soprattutto non mi sembra gli si sia ammosciato troppo.

"Sei qui per un provino?"

"Ah? No, no. Ho solo accompagnato una mia amica."

Guardo nella direzione di Clara, ma è scomparsa.

"Chi? Clara?"

Annuisco. Prende un pacchetto di sigarette appoggiato su un tavolino.

"Vuoi?"

Ne prendo una.

"Grazie."

Il regista, o produttore, sta discutendo animatamente con i suoi aiutanti. Si blocca e guarda alla sua destra.

"Clara sei pronta?"

Sento una fitta allo stomaco. Non mi sento pronto per assistere a un'esibizione di Clara. In quel momento, lei sbuca da una porta. La parrucca è stata abbandonata da qualche parte, in favore di una capigliatura maggiormente consona alla sua età, dei grigi capelli ondulati. Trovo che le stiano persino meglio dei suoi veri capelli, corti e tinti di nero. Ora sembra in tutto e per tutto un'anziana casalinga. Ha persino i guanti di gomma e il grembiule. In quel momento fa una piroetta su se stessa, immagino a beneficio della troupe, e vedo che sotto al grembiule non c'è niente, a eccezione di un sottilissimo paio di mutande di un rosa molto acceso. Il regista fa un cenno a Fabio e Andrea, che intanto si sono rivestiti e si dirigono senza fretta verso il divano.

"Pronti? Dài che ne giriamo una senza interruzioni. Azione!"

Devo dire che la parte recitata non è affatto male. Si vede che Clara ha studiato il suo ruolo. Il problema viene dopo, quando comincia a darsi da fare con i due. In una sorta di crescendo gestito con perizia, entrano in scena anche le due ragazze di prima, sempre un po' barcollanti, e tutti e quattro, chi con il membro, chi con le mani, ci dà dentro con, e all'interno di Clara. L'orrore sale dentro di me, ma non riesco a impedirmi di guardare. Mi chiedo come faccia a respirare in certe situazioni. O come faccia a non provare ribrezzo in altre. Invece sembra sempre attiva e contenta. Anche quando uno le piscia in faccia mentre una delle ragazze le tiene la bocca aperta, ha un'espressione beata, accompagnata da mugolii di compiacimento. Quando cominciano a sculacciarla e frustarla con una cintura, lasciando larghi segni rossi sulle sue natiche, decido che ho visto abbastanza. Corro verso l'uscita, salgo le scale e all'esterno inghiotto aria fresca a pieni polmoni. Fatti alcuni passi, sento salire prepotente un malessere liquido. Mi appoggio contro un albero, lo abbraccio, lo stringo con forza, emetto versi di cui mi vergogno, rutto, sputo. Ancora un istante, e avrei vomitato davanti a tutti, decorando la parete del produttore-regista. Alzo lo sguardo, tra le lacrime vedo una signora anziana con un cagnolino nero, peloso e informe, che sta pisciando sullo stesso tronco a cui sono aggrappato. La donna mi guarda allibita, la bocca congelata in una smorfia carica di disprezzo. Non so come, riesco a trattenere la massa nel mio stomaco desiderosa di vedere la luce del sole. La signora incrocia i miei occhi, si scuote e trascina via la bestiola, ignara dello spettacolo che sono riuscito a risparmiarle. Trovo una panchina e mi ci adagio sopra con gratitudine.

E pensare che voleva farmi fare un provino. Facile. Dopo aver visto questo, posso inghiottire anche un flacone di quelle pillole gialle che non mi farebbero alcun effetto.

Non so quanto tempo ho passato su quella panchina, ma a un certo punto una mano mi scuote seccamente.

"Sveglia, chiedono di te."

Una delle ragazze sdraiate sul divano. Ora è un po' più vestita. Non molto, ma almeno lascia un po' di spazio all'immaginazione.

"Che ore sono?"

Non risponde, continua a guardarmi annoiata, senza grandi aspettative.

"Cosa vogliono?"

Fa una smorfia e alza le spalle, poi si avvia ancheggiando verso la palazzina. Ho paura a rientrare. Cosa faccio se Clara è ancora impegnata nelle sue pratiche? Ho ancora quell'odore nelle narici. Ecco cos'era, la puzza che avevo sentito appena entrato. Urina.

Guardo l'orologio, è passata un'ora.

Entro deciso, aspettandomi di trovare Clara vestita e i due nudisti a fumare. Nella mia mente è già tutto deciso, stretta di mano al regista, poi prendiamo l'auto e andiamo a farci un giro, magari andiamo al ristorante.

Invece le luci sono ancora accese e dal set arrivano i soliti mugolii. Arriva il regista, mi squadra per un istante, poi sposta la testa e si rivolge a qualcuno dietro di me.

"Anita, preparamelo, che tra cinque minuti giriamo."

Mi guarda. Sembra annoiato.

"Forza campione, vediamo cosa sai fare."

Anita è la ragazza che mi ha riportato lì. Si mette in bocca un chewing-gum, poi viene verso di me.

"Spogliati, dài, che lì hanno quasi finito."

Lei si inginocchia e mi apre i pantaloni.

"Aspetta, aspetta. Che vuol dire?"

Me lo tira fuori e comincia a massaggiarmelo.

"Ma... e Clara? Noi dobbiamo andare."

Anita alza lo sguardo verso di me per un attimo, prima di riportarlo sulla sua occupazione.

"Te l'ho detto, sbrigati che hanno quasi finito."

Sono interdetto, meccanicamente ubbidisco e mi tolgo maglione e camicia. In men che non si dica, sono nudo. Anita, usando bocca e mani, è riuscita con destrezza a farmelo venire duro. Non sento niente, ma evidentemente la pastiglia di Clara ha sortito il suo effetto.

"Ok, sei pronto, vai."

A passi larghi, un po' imbarazzato, passo l'angolo e mi compare il set. Il regista mi fa segno di fare silenzio. Giusto in tempo per la scena finale. Non riesco a vedere subito Clara. Mi sembra che Fabio e Andrea siano sopra tre teste di donna, le espressioni estatiche. Poi le tre donne si alzano, mostrando i visi alle telecamere. Sono tutte impiastricciate di una roba viscida, incredibilmente abbondante, e se la passano una con l'altra, leccandosela. Non mi ci vuole molto a immaginare cosa sia, ma resto basito dalla quantità.

Anita compare alle mie spalle e mi bisbiglia in un orecchio.

"Scusa, pensavo avessero già finito."

Dà gli ultimi ritocchi al suo lavoro.

Il regista si dirige verso il set.

"Stop! Perfetto. Ok, ragazzi. Per oggi siamo a posto."

Clara si alza e mi fa un sorriso. Distolgo lo sguardo. Lei, nuda, il viso sporco di sperma, probabilmente la bocca piena di piscia, io, altrettanto nudo, il pene nelle mani di una sconosciuta.

"No, tu no, Karin devi fare un provino all'amico di Clara. Dài, campione, fatti sotto. Grazie Anita, stai qui, però, nel caso ci siano problemi."

Clara e l'altra ragazza scompaiono nella porta di prima, mentre Fabio passando mi allunga una pacca sulla schiena. Mi dirigo verso Karin, che si sta asciugando il viso con un asciugamano. C'è un odore fortissimo, dolciastro, nauseante, oltre all'odore di urina. Comincio a sentirmi male. Colto da un pensiero, abbasso lo sguardo sul pene, eretto e quasi violaceo ora. Fatico a credere come sia indipendente dai miei stati d'animo, quasi abbia vita propria. Karin mi fa un sorriso, mi prende una mano e me la mette sul seno. C'è un po' di quella roba appiccicaticcia, la tolgo come se scottasse. Sento la nausea rimontare. Lancio uno sguardo disperato verso il regista, sono tutti lì che mi guardano, Andrea mi mostra i pollici alzati e annuisce sorridendo. Per nulla turbata, Karin mi prende il pene in mano, poi si avvicina, guardandomi negli occhi e dicendo qualcosa, forse vuole spronarmi a un maggiore impegno. La guardo meglio, non è brutta e si è pulita un po' il viso dalla sozzura, ma i capelli sono coperti da vaste chiazze lucide e una goccia viscida le sta colando dalla tempia sinistra lungo la guancia. Com'è possibile che due persone sole possano produrre tutta quella roba?

L'odore nauseabondo mi avvolge, trattengo un conato di vomito. La ragazza, di punto in bianco, mi avvicina a sé tirandomi il membro con forza e mi appoggia la bocca sulle labbra, spingendo la lingua dentro. Paralizzato, sono sopraffatto dalle sensazioni, niente affatto gradevoli. Forse è tanto tempo, anni ormai, che non bacio una donna, ma le mie papille gustative mi trasmettono una sensazione che non riesco proprio a ricordare. Un qualcosa di viscido, dall'intenso sapore aspro che mi si attacca al palato, come un mollusco crudo. E io odio i molluschi. Il tutto condito da quell'odore dolciastro, sempre più forte, simile a pesce andato a male. Mi ricordo un bacio come un'esperienza morbida, calda, umida e accogliente. Piacevole, insomma. Non mi faceva certo venire in mente di avere pigiata in bocca una cozza cruda andata a male. Sarà perché ho già lo stomaco sottosopra, ma un conato mi torce lo stomaco violentemente, comincio a sudare.

Stringo forte gli occhi, cercando di non pensare a niente, ma mi appare un'immagine della mia infanzia, una rete da pescatore adagiata sulla battigia. Ero in vacanza con i miei, non ricordo dove, nelle mie scorribande avevo scoperto questo oggetto strano e lo stavo ispezionando con cura grazie a un bastoncino. Emanava un fetore terribile, di ammoniaca, e non riuscivo a spiegarmene il motivo. A un certo punto, avevo trovato, nella parte della rete ancora in acqua, la fonte dell'odore. Erano tre pesci, dolcemente cullati dal moto ondoso. Mi sembravano enormi, li avevo stuzzicati con il bastoncino, e questo era entrato senza incontrare resistenza nella carne sfatta.

Apro gli occhi disperato e vedo Clara che mi osserva preoccupata. Karin muove di nuovo la lingua nella mia bocca. Stavolta non riesco a trattenermi, il pesce esplode rilasciando miasmi fetidi, spingo via la donna bruscamente e vomito con forza inaudita, come se lo stomaco volesse uscirmi dalla bocca. Vedo i piedi di Karin, che si scosta leggermente, immagino sia lì a guardarmi. Sento che dice qualcosa, non so a chi. Mi appoggio alle ginocchia, ancora sconquassato dagli spasmi. Non riesco a crederci, ho ancora il pene eretto, sempre più viola, quasi voglia liberarsi della pelle che lo contiene. Sento delle sonore risate, finalmente riesco ad alzare la testa.

Karin mi porge un asciugamano appiccicaticcio, immagino sia quello che ha usato lei poco prima. Poco male. Andrea e Fabio si sorreggono a vicenda, piegati in due dal ridere. Anche Anita e diversi uomini della troupe stanno ridendo come pazzi. Non deve essergli mai capitato niente del genere. Sono mortificato. Il regista, invece, ha le mani sulla testa, gli occhi che sembrano schizzargli dalle orbite.

"Ma che fai, cos'è questo casino?"

Guardo Clara, anche lei sembra sorpresa, a giudicare dalla sua espressione. Si riprende velocemente, viene verso di me e mi passa la mano sulla schiena, accarezzandomi piano. Poi mi aiuta ad alzarmi e mi conduce verso il bagno. Mi lavo la faccia sotto il lavandino, mi sciacquo abbondantemente la bocca, metto la testa sotto l'acqua ghiacciata. Sento il rumore di una doccia. Sollevo la testa e vedo Karin che vi entra. Mi guarda indifferente.

"Scusa, mi spiace."

Lei alza le spalle e continua a lavarsi. Ha comunque fatto il suo lavoro.

Clara mi porge un asciugamano.

"Ma che mi combinate?"

Appare il regista, non è per niente contento.

"Scusaci Alan."

Clara cerca di rabbonirlo, gli appoggia una mano sul petto.

"Scusaci? Ma che ha il tuo amico, è drogato?"

"Ma no, era solo un po' in imbarazzo."

"Imbarazzo un corno, guarda che macello ha

combinato. Sembrava una scena dell'esorcista."

Riesco a recuperare la parola. Mi bruciano ancora la gola e le narici.

"Scusami, davvero. Non so che mi sia preso."

"Ti dico io che ti è preso. Ti do la possibilità di farti una bella scopata e tu mi devasti il set."

Mi si avvicina, conosco bene quella luce negli occhi. Vedo che vorrebbe volentieri sfogarsi su di me, ma Clara deve avergli detto qualcosa su come mi guadagno da vivere, perché lo vedo esitare.

Karin chiude l'acqua della doccia ed esce. Sempre indifferente, si avvolge in un accappatoio. Alan decide che è meglio non sfidare la sorte.

"Voi siete pazzi, andatevene a fanculo."

Alza le mani al cielo, si gira verso un mobiletto lì vicino e lo sfonda a calci, facendo schizzare in aria tutto il suo contenuto di creme e barattolini. Arrivato all'entrata del bagno si volta e ci minaccia con l'indice tremante. Lo sposta giusto per far uscire Karin.

"Squagliatevi e non fatevi più vedere."

Finalmente a casa, Clara mi prepara un tè.

Da quando siamo saliti in auto, non ha smesso un attimo di parlare, allegra e sorridente, cercando in tutti i modi di tirarmi su di morale.

"Alla fin fine, la cosa più importante, il tuo arnese intendo, è stato perennemente dritto, l'ho notato, sai? Se non avessi vomitato, le avresti dato una bella ripassata, a quella frigida di Karin.

Ogni tanto mi lancia un'occhiata. Sono sdraiato sul

divano, un profondo mal di testa mi stringe il cranio come in una morsa.

"Sapessi quante ne ho viste, in tutti questi anni. Gente che si è cagata letteralmente addosso, altroché. Alan ha fatto un putiferio per nulla, te lo dico io. Ma non mi vede più, eh? Dopo quella scena da folle. Anche Anita e le altre ragazze hanno detto che ha esagerato, che può capitare. Sono state comprensive. E hanno apprezzato le tue qualità."

Ridacchia, passandosi la lingua sulle labbra.

"Mi sono fatta dare i loro numeri di telefono. Mi aiuteranno a cercare un altro regista per un provino."

In quel momento, ripetere l'esperienza non mi sembra una prospettiva troppo allettante, ma non ho la forza di ribattere.

"Ma dài, un gladiatore come te, che prende a pugni chiunque. Quante storie."

Mi chiama sempre gladiatore, forse pensa di farmi un complimento.

Mi porge il tè. Ha preparato anche un piattino con dei biscotti, ne inzuppo uno nella bevanda calda, lo porto alle labbra con attenzione. Non riesco a togliermi dagli occhi l'immagine di quando sono rientrato nello studio. C'era lei, sudata e ansimante, Fabio e Andrea che si dimenavano selvaggiamente nel suo corpo, il braccio di Karin infilato nel retto fino al gomito.

"Mi spieghi come facevi a respirare?"

Clara mi guarda. Prende anche lei un biscotto e lo bagna nella sua tazza.

"Non respiri, fai come quando metti la testa

sott'acqua. Trattieni il fiato."

"Ho capito, ma quello te lo stava infilando fino in gola, non ti veniva da vomitare?"

"Un pochino, ma ci ho fatto l'abitudine."

Scuoto la testa, incredulo.

"E quell'altra? Non ti faceva male con il braccio?"

Sono in imbarazzo, ma non posso fare a meno di chiederglielo, non dopo averla vista fare quelle cose. Lei si prende un altro biscotto.

"Uno dei vantaggi di essere vecchi è che il tuo corpo si dilata incredibilmente. Una volta queste cose mi facevano male, certo. Ora praticamente non le sento."

Annuisco, poco convinto.

"Non ti dà fastidio che ti facciano quelle cose?"

Mi guarda, fa un gesto come d'impazienza, ma bonariamente, come si farebbe con un bambino.

"Ma è tutta la vita che lo faccio! Non è che se me l'hai visto fare allora cambia tutto. Come credi che mi guadagno i soldi che mi vedi portare quasi ogni giorno?"

Stupido che sono.

"No, certo..."

"Allora, riproviamo?"

Sbocconcello un biscotto.

"Riproviamo cosa?"

"A cambiare vita, a fare l'attore."

Scuoto la testa.

"Non fa per me. E poi mi fa ancora male qui."

Mi indico l'inguine.

"Quella roba che mi hai dato dev'essere tossica.

Temevo di rimanere così per sempre."
    "Ecco, vedi che sei portato per questo lavoro?"
    Mi fa l'occhiolino, beve un sorso dalla tazza.

14

Dolori ovunque. Persino alzarmi è diventata una tortura, a ogni passo vengo accompagnato da fitte acute che dallo stomaco mi salgono fino alla nuca. Sono senza forze, e ogni giorno è sempre peggio. Per curiosità, stamattina mi sono guardato allo specchio. Stentavo a riconoscermi, avrò perso almeno quindici chili. Mentre prima ero solo un brutto ceffo, dal viso deturpato e segnato dai colpi, ora sono uno zombie, con la pelle cadente e grigia, e i muscoli sgonfi. Anche solo minime sessioni di allenamento mi sfiancano. Non riesco a tirare pugni seri al sacco, mi sembra quasi di accarezzarlo, mentre la corsa mattutina è diventata una passeggiata, e dopo pochi passi mi devo pure fermare a prendere fiato. Per superare lo sconforto di cui sono preda quando mi trovo in mezzo ai campi, cullato dalla nebbia, negli ultimi tempi ho fatto amicizia con alcune nutrie, animali che prima evitavo con disgusto. Abbiamo gli stessi orari, frequentiamo lo stesso ambiente.

All'alba, quando il mondo dorme, questi grossi roditori escono dai fossi, scavano, mangiano, curiosano in giro. In passato me le sono trovate tra i piedi nelle mie corse lungo i canali, e più di una volta ho allungato loro un calcio. Ora che il corpo mi costringe a vivere maggiormente l'ambiente che mi circonda, le ho osservate con più attenzione, e vincendo il ribrezzo sono rimasto colpito dalla loro intelligenza. Ognuna ha il proprio carattere, alcune sono socievoli, si lasciano avvicinare e do loro delle briciole di pane. Altre, invece, risultano irascibili e sospettose, se mi capita di passare loro vicino, provano ad attaccarmi, e devo fare un balzo per evitare un assaggio di quei denti lunghi e gialli. Ormai le riconosco, evito le combattive e avvicino le pacifiche, che a loro volta quando mi vedono escono frenetiche ancora prima che mi metta a disperdere briciole sul tracciato. Inconsciamente, ho dato loro persino dei nomi e a volte mi sorprendo a parlare loro mentre le accarezzo. Queste bestie, di rimando, mi guardano con quei loro occhietti a mandorla, dolci, scuri e colmi di empatia. Mi sembra gli piaccia il contatto con la mia mano. Non so bene perché, ma mi scaldano il cuore, facendomi dimenticare le mie sofferenze. Penso che sarebbe bello, un giorno, avere degli animali, un cane, una capra, magari anche uno di questi castoroni.

Mi torna in mente mio figlio e il suo viscerale desiderio di avere un cane. L'unica volta in cui l'ho sentito chiedere espressamente qualcosa. Avevo notato come osservava la cugina giocare con il suo Cassidy, come annotava mentalmente il loro rapporto con una attenzione quasi scientifica. Non potevamo tenere un animale, eravamo troppo impegnati, e lui era piccolo per potersene occupare in maniera indipendente. O forse eravamo stati solo ottusi e non gli avevamo dato la possibilità di dimostrare le sue capacità.

Giorgio aveva buttato lì una frase dall'apparenza innocua.

"È proprio simpatico il cane di Giovanna."

Io avevo guardato Daniela con orrore, e lei aveva ricambiato. Era stato l'inizio di un ciclone fatto di urla, pianti, litigi. Mio figlio sapeva quello che voleva, un rapporto vero, un'amicizia indissolubile ed esclusiva. Lo sapeva, ne aveva avuto le prove e non era disposto a scendere a compromessi. Noi eravamo stati irremovibili. Per farci aiutare, ci eravamo rivolti al pediatra, a psicologi, consultori, alle sue maestre. Era stata una lotta senza esclusione di colpi, durata quasi un anno. Alla fine, Giorgio non ne aveva fatto più parola. Io scommettevo che si fosse solo ripromesso di fare a modo suo a tempo debito. Sapeva attendere, sapendo che la storia gli avrebbe dato ragione.

Effettivamente ora sono in riva a un canale, con Luna e Athena, le nutrie che mi si sono maggiormente affezionate. Le accarezzo, parlo loro, e mi immagino Giorgio che mi sorride, annuendo e canzonandomi. Forse pensavamo di essere nel giusto, ma la ragione era dalla sua parte. Chissà se ora ha il suo cane o se sta ancora aspettando, paziente e inesorabile. Non ho dubbi riguardo al fatto che non abbia cambiato idea.

Non ho raccontato a Clara delle mie nuove amicizie, già mi guarda con preoccupazione sempre crescente, disperata per le mie condizioni fisiche e mentali. Però sarebbe divertente presentarmi nello scantinato con una nutria al guinzaglio. Poi però mi viene in mente Nick e mi raggelo. Non ha bisogno di ulteriori motivi per aggredirmi, e ucciderebbe l'animale all'istante. Anzi, se dovesse capire che gli ci sono affezionato, lo torturerebbe a lungo prima di eliminarlo. Già siamo ai ferri corti, visto che nell'ultimo mese ho cercato di evitare gli incontri. Ho addotto scuse di ogni tipo, finché ho ammesso di essere malato e di non essere in grado di combattere. Non che ci voglia un gran genio per capirlo. Alla fine mi ci ha trascinato con la forza.

"Non mi frega un cazzo se crepi. Datti da fare che non ti tengo qui a fare da soprammobile. Anzi, vedi di perdere visto che scommetto contro di te."

Ovviamente, ho cominciato a prendere un sacco di botte. Ancora e ancora. Prendo un pugno e sembra mi sia passato sopra un elefante. La mia soglia del dolore è diminuita tantissimo, soprattutto dalle parti dello stomaco. Finora mi è andata bene. I miei avversari si sentono in colpa a infierire su di me, o forse gli faccio solo ribrezzo. Vedo che si spostano quando comincio a sanguinare, ed evitano di entrare in contatto con il liquido, come se temessero di venire infettati. E comunque non hanno neanche bisogno di maltrattarmi eccessivamente. Pochi colpi e vado al tappeto, loro si limitano a non darmi il colpo di grazia. Ho ricavato la conclusione che ormai non sono più neanche utilizzabile come sacco da boxe. Al mio ingresso, scommettitori, pubblico, persino alcuni lottatori, si mettono a insultarmi e a urlare di andare via. Ormai hanno capito l'antifona, e non posso biasimarli. Non sono uno scomodo da terminare, contro cui il balordo di turno possa sfogare le proprie repressioni e allietare al contempo gli spettatori. Vedono che ho qualcosa che non va, molti mi conoscono. Allo stesso tempo, non sono neanche uno contro cui scommettere, non ha più senso. Il vero colpo, ora, sarebbe se vincessi. Ma dovrebbero mettermi davanti qualcuno in fin di vita peggio di me.

Neanche una settimana fa, Nick si è presentato alla porta e mi ha fatto entrare in macchina.

"Mi hai rotto le palle. Con quella faccia da morto che cammina non riesci più neanche a taglieggiare i vecchi."

Ha ragione. Quando andiamo in qualche locale, questi mi ridono dietro, e io non ho neanche la forza per impormi. Se vado a chiedere soldi, capita che ci sia qualche parente, o addetto alla sicurezza che per diletto mi dà la mia bella razione di calci e pugni. Dovranno pagare comunque, ma come se ci fosse un tacito accordo con il mandante, sanno che possono sfogarsi sul sottoscritto senza temere ritorsioni. E infatti Nick mi ci manda da solo apposta.

Quando siamo arrivati, mi ha fatto un cenno con il capo.

"Sai quello che devi fare, non tornare senza i mille euro in tasca, o sono cazzi."

Sono sceso, poi mi sono guardato intorno. Il solito locale mezzo sperduto nella campagna. Sono entrato, c'era buio, dentro, e mi sono appoggiato un attimo allo stipite della porta per prendere fiato, pensando stupidamente che il proprietario potesse essere fuori. Invece doveva aver sentito l'auto e spento le luci, perché all'improvviso ho visto quest'ombra venirmi incontro veloce. Era il gestore, un uomo tondo e basso sui settanta che ho terrorizzato per anni, fin da quando gli ho infilato la testa nell'acquario. Non attraverso l'apertura. Mai creato un problema da allora, persona civilissima che ha sempre pagato con puntualità. E ora che gli prende?

"Mi avete rotto le palle, voi bastardi. Ora t'ammazzo!"

La voce roca, piena di saliva e fiele, poi uno schianto. Con uno spostamento laterale d'altri tempi, ho acceso la luce e me lo sono visto davanti, ansante e furioso, una mazza da baseball in mano.

"Calma, signor Carli. Non c'è bisogno di fare così. Eseguo solo degli ordini. Lei ci dia il solito e nessuno si farà male."

"Ti do una bella bastonata su quella testa deforme, merda!"

Sbavava rabbioso, gli occhi iniettati di sangue. Io ho alzato le mani e gli sono andato vicino, per rabbonirlo.

"Suvvia, lei che è una persona così a modo. Non vorrà farmi del male, vero?"

Un fendente degno di un samurai mi ha mandato a sbattere contro il muro, rischiando di spezzarmi il braccio. Ho capito che non si poteva ragionare, ma soprattutto che non ero in condizioni di affrontarlo. Adocchiata l'uscita, a due metri sulla mia sinistra, gli ho lanciato contro una sedia e sono sgusciato fuori veloce. Nick mi ha fissato dal finestrino, poi senza dire niente mi ha fatto segno di salire e mi ha portato a combattere. Poco prima di iniziare, mi ha preso da parte e detto che non gli servo più, di cercarmi un'altra sistemazione. Ho avuto una brutta sensazione, ma non c'è stato tempo per rimuginarci sopra.

Com'era da aspettarsi, l'incontro è stato patetico. Sono svenuto al primo colpo serio, un calcio in faccia telefonato. L'ho visto arrivare, quasi al rallentatore, ma non potevo fare niente per togliermi. Poi, il buio. Una giornata grandiosa, conclusa in maniera trionfale. Mi sono risvegliato qui, sul mio materasso, rintronato e dolorante, quasi non riuscivo a muovere gli arti. Nick mi ha trascinato a casa, probabilmente per i capelli, tanto mi faceva male l'attaccatura. Ma non ha infierito su di me. Almeno non credo.

È passata una settimana, e non l'ho più visto da allora. La sensazione di essere su un terreno scivoloso è aumentata, così ho detto a Clara che dobbiamo sloggiare, possibilmente a notte fonda, quando tutti sono fuori a gozzovigliare. Meno rischi, non credo gli basti cacciarmi via. Ho l'impressione che abbia una mezza idea di farmi sparire. E temo anche per Clara, sono diverse notti che non riesco a pensare ad altro. Nell'ultimo periodo, Clara da dei soldi a Nick per tenerlo buono, lo so. Va a lavorare ogni giorno, ha l'aspetto stanco. Ma la festa sta finendo. Nick può prendersi tutti i nostri risparmi quando vuole, inoltre si sta rompendo di averci tra i piedi.

Stamattina ho tolto il mattone nell'angolo in fondo al seminterrato e ho fatto un conto veloce dei miei averi. Sono una bella somma, non pensavo così tanto. Dovrebbero bastarci per andare lontano, magari via dall'Italia, e vivere per un paio di mesi. Magari posso andare a farmi curare da qualche parte, e intanto Clara può smettere di battere e aspettare che mi guariscano. Poi si vedrà, comunque ho deciso che inizieremo una nuova vita.

Steso sul materasso, guardo il soffitto e fantastico. Mi immagino di uscire dall'ospedale, pulito, sano, un po' magro e pallido per la lunga degenza. Clara viene a prendermi, c'è il sole. Mi aspetta sorridente sotto un albero, l'ombra delle foglie sul suo viso. Ci abbracciamo e andiamo verso la nostra nuova casa, piena di animali, una specie di fattoria. Sogni, ma devo fare qualcosa. Dev'essere stasera. Clara mi osserva e non dice niente. Sa che sto male, mi sta vicino, cerca di trasmettermi il suo affetto, ancora più del solito.

"Stanotte ce ne andiamo."

Lei fa sì con la testa. Gli occhi sempre più spenti e opachi, cerchiati di nero. Mi chiedo se ci veda ancora.

"Niente valigie, niente roulotte. Niente di niente. Prendiamo l'indispensabile. I soldi, due cambi, i documenti e via."

Ancora silenzio, il capo si muove in maniera affermativa come un giocattolo per bambini.

"Andremo via tra l'una e le due. C'è benzina nell'auto, vero?"

Il suo capo mi dice di sì. Sembra tutto a posto.

Non è una proposta. Anche lei sa che le cose stanno andando a rotoli, ma sono così stanco.

Mi sveglio di soprassalto, avvolto nel buio. Mi sono addormentato. Mi alzo all'improvviso e una fitta mi fa piegare in due, sopprimo un grido. Ora ricordo. Dovevamo prepararci, rammento di aver messo soldi e documenti in una piccola borsa. Poi ho guardato i miei logori guanti da quattro once, ho esitato e li ho infilati furtivamente. Ho visto Clara prepararsi, ha preso una valigia ma l'ho sgridata, così abbiamo trovato una sacca di dimensioni contenute in cui aveva messo poche, indispensabili cose. Avrebbe abbandonato gran parte dei suoi averi, compresa l'orrida parrucca. Ricordo che ha cercato di infilarsela addosso, ma abbiamo discusso, e poi l'ha rimessa con attenzione al suo posto. Poi mi sono sdraiato, dicendole che mi sarei riposato. Altro che riposo. Di fianco a me sento il respiro regolare di Clara, anche lei sta dormendo. Si vede che mi si è messa vicino e poi è crollata anche lei. Maledizione. Guardo l'ora. Le tre. Facciamo ancora in tempo. Scuoto con dolcezza la mia amica.

"Clara, svegliati. Dobbiamo andare."

Non so perché, ma parlo a bassa voce. Sono percorso da una strana ansia. D'altronde, possiamo benissimo andarcene anche domani, che fretta c'è? I tre idioti hanno una routine ferrea. Non saprei, dobbiamo andarcene e basta.

"Scusa, tesoro. Mi sono addormentata anch'io."

Si sta stropicciando gli occhi e piano piano si alza. Anche i suoi movimenti sono molto rallentati nell'ultimo periodo. Non è più la scattante vecchietta dal passo elastico di qualche tempo fa. Le accarezzo la testa, con dolcezza.

"Non importa, ora però andiamo e tieni la voce

bassa."

"Stavo così bene. Perché non mi fai sempre dormire vicino a te?"

"Sì d'accordo. Però ora andiamocene. Abbassa la voce, però."

Si alza e fa per accendere la luce.

"No, no. Niente luci. Tieni la torcia.

"Ma che ti prende? Non c'è nessuno."

L'ansia sta salendo, inizio a sudare. Ho già in spalla tutte e due le nostre borse. Lei fa tante domande logiche, ed è così lenta.

"Sì, sì, ma ora andiamo. Hai le chiavi dell'auto?"

Annuisce. La prendo per mano e la trascino sulle scale. Siamo fuori, inquadro l'auto in fondo al giardino, seminascosta da una nebbia sottile e fredda.

"Ma perché tutta questa fretta?"

"Dài, dài. Andiamo."

Un rombo di auto mi ferma. Troppo tardi. Intravedo delle luci avanzare rapide lungo la stradina che conduce alla villa. Impossibile andarsene ora senza essere notati. E non siamo nelle condizioni di sfuggire a un inseguimento. Ho un attimo di panico, poi decido di fare l'unica cosa possibile. Incontrarli qui sarebbe peggio.

"Stanno arrivando delle auto?"

"Sono loro, dài rientriamo che non devono vederci."

Rientriamo velocemente e ci chiudiamo in camera, nascondo le borse sotto una coperta. Appena in tempo. Sentiamo le auto fermarsi in giardino, solito vociare di uomini e donne, la porta della roulotte che si apre cigolando, la musica che parte, passi pesanti sulle scale.

"Fammi stare vicino a te, stanotte."

Clara è spaventata. I suoi occhi spalancati splendono nella penombra della stanza. Sembra un fantasma. Le faccio posto sul materasso.

"Va bene, ma ora cerca di dormire."

Mi dico che non è successo niente. Lo faremo domani, cosa cambia? Il respiro pesante e regolare di Clara mi tranquillizza. Si è già addormentata. Io invece non riesco a chiudere occhio. Fisso il soffitto, osservando il gioco di luci del giardino e ascoltando i rumori della festa selvaggia sopra di me. Se penso che a quest'ora potevamo essere liberi. All'improvviso, dei passi scomposti in avvicinamento sulle scale mi scuotono.

Da quando Clara ha iniziato a vivere con me, Nick ha gradualmente smesso di propormi compagne o compagni per la notte. All'inizio, ha solo diminuito la frequenza con cui arrivava in compagnia di un qualche personaggio improbabile che secondo lui potesse stuzzicarmi. Poi, i tentativi sono smessi del tutto. Quando è successo, la nostra vita è migliorata sensibilmente. Non abbiamo più avuto la spiacevole sorpresa di qualcuno che di prima mattina, strafatto, spalanca la porta per condividere con noi - ma soprattutto con me - i suoi intrattenimenti sessuali. Non so se questo sia accaduto per una sorta di riserbo o semplicemente perché si sia stufato, ma io ho apprezzato sinceramente la cosa, indipendentemente dal fatto che a quell'ora esco comunque a correre. È quindi da un po' di mesi che non sento i soliti passi rimbombare sulle scale e la porta spalancarsi con uno schianto.

Comincio a chiedermi se ci abbiano visto fuori, ma mi sembra impossibile. Ma allora perché stanno scendendo, proprio oggi poi? Tra dolori e tensione, ho il fiato corto mentre aspetto l'ineluttabile. Clara si è svegliata, il suo respiro si è fatto più leggero, quasi impercettibile. Anche lei dev'essere tesa ad ascoltare.

Come previsto, la porta si apre, qualcuno accende le luci con prepotenza, rischiarando la stanza e ferendo i nostri occhi. È un'entrata niente male, devo ammetterlo, manca solo una musica adatta. Nick avanza a grandi passi, sicuro di sé e pieno di boria, mentre noi ci copriamo gli occhi e ne osserviamo i movimenti, timorosi e tremanti nel nostro giaciglio. La sua superiorità è manifesta, dovrei andargli incontro e fermarlo con una presenza altrettanto incisiva. Non sono più così, purtroppo.

"Allora, come va qui?"

È alticcio, lo sento dal falsetto irritante. Ma il tono non suona mellifluo come in passate occasioni simili, quando sembrava sinceramente interessato a rimediarmi una scopata. È trattenuto, nella sua finta cortesia. La cosa non promette nulla di buono. Inutile nascondersi. Ignorando il dolore, mi alzo in piedi e copro Clara con la coperta.

"Bene, ma che bella sorpresa. Era da un po' che non ti si vedeva."

Nick sembra preso in contropiede. Dietro di lui vedo un paio di travestiti, alti e muscolosi, con parrucche degne di Clara, che stanno fermi sulla soglia. Nessuna traccia di Luis e Marcos, saranno sopra a divertirsi. Niente di ufficiale, quindi. È solo passato di qui a rompere le palle. Probabilmente stasera ha bevuto e gli è venuta in mente l'incazzatura della settimana scorsa, tutto qui. Comincio a rilassarmi. Si guarda dietro anche lui, rivolgendosi ai due travestiti.

"Avete sentito? Era da un po' che non mi si vedeva!"

I due ridono nervosamente, si fanno coraggio ed entrano nella stanza.

"Da quanto non mi vedete, eh?"

Uno dei due abbozza una risposta, ma Nick lo ferma con una mano.

"No, no. Lo so, lo so. Con tutti i soldi che vi do, so benissimo che ci vediamo anche troppo spesso."

Si mette a ridere, poi torna a rivolgersi a me.

"E Clara? Che fine ha fatto la mia Clara?"

Sento un movimento dietro di me. Clara si alza lentamente.

"Ah, eccola!"

Sgrana gli occhi, ci viene più vicino, guarda prima me e poi lei.

"Ma dormite insieme adesso? Che carini! Non sono carini, insieme?"

I due dietro annuiscono ridendo.

"Due amori!"

"E pensare che li ho fatti conoscere io, i due piccioncini."

Ci abbraccia. Con un po' troppa forza, per i miei gusti.

"Eh, che freddezza. Ma, dimmi Simone, scopate,

anche?”

Gli rivolgo un sorriso pieno di sarcasmo.

“Non ne abbiamo bisogno, il nostro è un amore platonico.”

Dietro, i due ragazzoni fischiano e ridono, si battono pacche sulle cosce nude, muscolose come quelle di un decatleta. Una luce cattiva e fredda brilla negli occhi di Nick, capisco di aver fatto uno sbaglio.

Uno dei due omoni appoggia la mano sulla spalla di Nick e dolcemente lo abbraccia tirandolo a se.

“Dài, tesoro. Andiamo su, che facciamo quelle cose che ti piacciono tanto.”

Anche l'altro si avvicina e comincia ad accarezzargli il ventre, scendendo sempre più con la mano. È una scena strana, perché saranno più di uno e novanta, sui cento chili, mentre Nick è sul metro e settanta. Lo vedo tentennare, lasciandosi assorbire dalle carezze. Un pensiero improvviso sembra coglierlo, si ridesta.

“Sai cos'ho visto, stasera?”

Niente di positivo, immagino.

“Non ne ho idea.”

“Un film porno.”

“Buon per te.”

Sorride sornione. Sembra essergli piaciuto e probabilmente si aspetta qualche domanda, ma è troppo tardi e io sono troppo teso per andargli dietro. Il travestito intanto deve aver suscitato una reazione, perché sta concentrando lenti movimenti concentrici sull'inguine del mio interlocutore.

“Sai chi c'era?”

La voce oltre che in falsetto è un po' strozzata, ora.

"Non saprei, Cicciolina?"

"No, non era mica un film vecchio! Era un bel film nuovo, con una dolce signora anziana che veniva rapinata e i rapinatori gliene facevano di tutti i colori. Ora riesci a indovinare chi possa essere?

Ammicca alle mie spalle. Sento Clara emettere un gemito strozzato.

"Ma dài."

"Sì. E devo dire che sono rimasto sconvolto dalla sua performance."

Emetto un sospiro, mi volto verso Clara e le sorrido.

"Posso immaginare."

Gira il capo verso i due travestiti, che ancora un po' e glielo tirano fuori davanti a me.

"Voi non siete rimaste impressionate, ragazze?"

Uno dei due, con una luccicante parrucca biondo platino stile Marilyn Monroe, spalanca gli occhi.

"Incredibile. Mai visto niente del genere."

Nick mi guarda furbescamente, piegando il capo da un lato.

"Non vuoi sapere cosa può averci sconvolto?"

Faccio di no con la testa.

"Puoi risparmiarmi la sorpresa, vorrei scoprirlo da me."

"Bravo, devi vederlo. Unico, assolutamente. E la scena finale, un capolavoro."

Si porta le dita alle labbra e le bacia con uno schiocco, come stesse apprezzando un vassoio di cannoli.

Lo fisso, mi sta stufando.

"Ho capito, domani me lo presti e me lo godo anch'io."

Lui si mette la mano davanti alla bocca, fingendo costernazione.

"Oh, sì certo. Voi stavate dormendo e io vi ho svegliato. Dovete scusarmi, ho perso il senso della misura."

"Nessun problema. Adesso però dormiamo, vero Clara?"

Nick e i suoi amici si dirigono verso l'uscita, poi Nick si ferma e si volta.

"Che dici, Clara, vuoi essere dei nostri, stanotte?"

Lo dice quasi per caso, come se colto dall'idea in quel momento. Provo una fitta al costato. Clara mi stringe il braccio.

"Ti pago, eh?"

Affonda una mano nella tasca posteriore dei pantaloni, tira fuori una mazzetta di banconote che soppesa con gusto. Ne estrae qualcuna, contando ad alta voce.

"Ecco, quattrocento euro, che dici? E poi..."

Fissa Clara, ne tira fuori altre.

"Altri quattrocento per guardare insieme il film."

Le strizza l'occhio. Appoggia i soldi sul tavolo.

"Allora? Dài, andiamo."

I due travestiti si mettono a frignare che vogliono anche loro dei soldi in più. Per tenerli buoni, dà loro una bustina trasparente, coca probabilmente, che accolgono con squittii gioiosi.

"Filate, che vi raggiungiamo su."

Ottocento euro. Una bella somma, non certo solo

per guardare un film dalla dubbia trama. Non sono il suo protettore, ma preferirei che rinunciasse. Ultimamente ha lavorato tutti i giorni, in modo da garantirsi i soldi per tenere buono Nick.

Se solo fossimo riusciti a scappare.

"Va bene. Mi vesto e vengo."

Nick si stropiccia le mani, tutto contento.

"Fai in fretta, che noi cominciamo a scaldarci!"

Fila su, rapido come un furetto, gorgheggiando, quasi. Non posso fare niente. Sto seduto sul letto, a gambe incrociate, mentre lei va avanti e indietro per la stanza in penombra. Va in bagno, sento scorrere l'acqua per qualche minuto, poi esce. Si veste con quello che mi sembra un vecchio abito bavarese.

"Cos'è quella roba?"

"Se mi chiama per vedere quel film, vorrà vedermi vestita in maniera adeguata."

Si dirige verso l'uscita, si ferma e torna indietro, verso di me. Mi abbraccia, emette un profondo sospiro, poi esce velocemente.

Dev'essere stata la pastiglia che ho preso. O forse la stanchezza, non so. Mi sveglio, la bocca impastata, gli occhi che non riescono a mettere a fuoco l'ambiente che mi circonda. La stanza è inondata dalla luce, è mattina inoltrata. Vado verso l'angolo di Clara, il suo giaciglio è vuoto. Ancora mezzo intontito, mi preparo distrattamente un caffè sulla cucina elettrica. La medicina deve fare ancora effetto, perché non ho sentito dolori, alzandomi. Mi siedo al tavolo, sorseggiando la bevanda bollente, e mi chiedo che fine abbia fatto la mia amica. Accendo la televisione, guardo un programma di vendita, poi uno di cucina, faccio un po' di zapping. All'improvviso, in un lampo ricordo tutto. Salto in piedi, la tazzina va a rotolare un metro più in là, senza rompersi.

Clara è andata su con Nick e i suoi ospiti!

In genere, intorno a quest'ora stanno dormendo tutti, o cominciano ad andarsene. Tendo l'orecchio, nessun rumore. Poi sento la porta della roulotte che si apre. Una voce maschile, mi sembra Marcos, e una di donna. Dopo poco, un'auto arriva e riparte velocemente. Salgo su una sedia per guardare fuori. Un taxi, avrà caricato la puttana. Marcos è su una sdraio, in tuta, si sta fumando una sigaretta beato. Cammino avanti e indietro, nervoso, continuo a guardare l'orologio al muro. Dopo un'ora, esausto, decido di salire. Guardo fuori, Marcos è ancora sulla sdraio, sembra addormentato. Dal piano di sopra, sento un mormorio soffocato. Facendo attenzione a non fare rumore, salgo gli scalini. Il suono aumenta d'intensità. Sembra un pianto, poi qualcuno sottovoce dice due o tre parole, seccamente. Davanti a me si parano tre porte, eleganti e imponenti, di legno massiccio, con lo spioncino. Sembrano più portoni d'ingresso che di stanze. Hanno anche una serratura elettronica, con un tastierino sopra la maniglia. Mi chiedo quale sia la stanza di Nick, non sono mai salito qui. I rumori sono abbastanza distinguibili, ora.

Appoggio l'orecchio a turno su tutte e tre le porte. Da quella in centro non si sente niente, dev'essere la stanza di Marcos. Da quella di sinistra, si sente il pianto sommesso di prima. Mentre da quella di destra si sente il mormorio, come di persone che confabulano. A un certo punto, dei passi impacciati alle mie spalle. Non ho dove nascondermi, provo ad aprire la porta in centro, ma la maniglia gira a vuoto.

"Che ci fai qui?"

Marcos si sta pulendo un orecchio con il mignolo destro. Lo estrae e lo guarda con attenzione, leggermente schifato. Si pulisce la mano sui pantaloni.

"Allora?"

"Niente, stavo cercando Clara."

"Clara? Qui?"

"Ieri sera è salita con Nick, non è ancora tornata e c'è qualcuno che continua a chiamarla sul cellulare. Quindi sono venuto su a vedere, ma non sapevo dove bussare."

Mi guarda come se fossi pazzo.

"Sveglio non lo sei mai stato, ma ora ti sei proprio rincoglionito. Spostati."

Mi spinge via con la mano e bussa alla porta di destra. Il mormorio cessa all'improvviso.

"Nick?"

"Chi è?"

Non è la voce di Nick, dev'essere uno dei travestiti.

"Chiamami Nick, ho bisogno di parlargli."

La porta si socchiude, un po' più in alto rispetto a dove stiamo guardando appare la testa di Marilyn Monroe. Ha profonde occhiaie e sembra un po' più pallida della sera prima. Senz'altro è meno spumeggiante.

"Nick sta riposando. Tesoro, ti pare l'ora di venire a disturbare?"

"Levati, schifezza."

Marcos spinge via l'omone come se fosse niente ed entra deciso. Io lo seguo incerto. La stanza è un vero e proprio appartamento, lussuosissimo. Tutto il mobilio è bianco, come il pavimento. C'è un disordine incredibile, devono aver fatto una festa selvaggia.

"Nick, ma che fai? Ci hai dato proprio dentro, stanotte, eh? Ma che è 'sta puzza?"

C'è anche l'altro travestito, mezzo nudo, accucciato in un angolo con dei pantaloni in mano. Mi guarda per un attimo, poi molla i pantaloni e comincia a vestirsi. Dovevano essere loro due a produrre quel mormorio, erano proprio lì vicino all'ingresso. Di là sento la voce di Nick, impastata.

"Ehi voi due non rubate niente, che sennò vi vengo a cercare, capito?"

Marcos si sporge dalla stanza e fulmina i due con lo sguardo, ma questi sono già pronti e gli sorridono.

"Noi ce ne andiamo, abbiamo già chiamato il taxi."

Marcos scompare all'interno della stanza. Poi si sente la sua voce.

"Madonna che schifo. E questo cos'è? Occazzo. Bel casino."

Qualcosa non mi torna, sento salirmi una strana sensazione allo stomaco. Voglio capire. Blocco Marlyn contro il muro, il pollice sul pomo di Adamo, la parrucca scivola a terra. Sento l'adrenalina fluirmi nelle vene. Nessun dolore, nessuna stanchezza.

"Cosa avete fatto alla donna?"

"Quale donna?"

Spingo il pollice dentro, con forza. Lui si china immediatamente, tossendo e annaspando.

"Non te lo chiedo un'altra volta."

L'altro mi prende per le spalle.

"Sei pazzo?"

Mi giro e con un movimento unico gli tiro un pugno alla bocca dello stomaco. Non se l'aspetta, e crolla anche lui.

"Che è questo trambusto?"

Arriva Marcos. Alzo le spalle.

"Mi sembrava stessero curiosando nei pantaloni di Nick e gli ho chiesto cosa stessero facendo."

Marcos si scurisce in viso e si avvicina.

"Cosa state facendo? Ve l'ho detto di non rubare niente!"

Mi faccio da parte e ne approfitto per andare a vedere nella stanza.

Finirà lui il mio lavoro. La stanza è enorme, con il letto nel mezzo, e avvolta nella penombra. C'è un odore fortissimo e nauseabondo, addirittura peggio che sul set di Alan. Sento un respiro regolare e pesante. Dev'essere Nick che si è riaddormentato. Intanto di là Marcos sta maneggiando i due travestiti. Si è completamente dimenticato di me, l'idiota. Ma dov'è Clara? Avanzo piano, cercando di non urtare niente. Sul letto vedo la sagoma di Nick, completamente immobile. Faccio il giro del letto, la puzza è terribile, ora, sembra merda e piscio. Scivolo su una roba viscida, mi aggrappo a qualcosa di duro. Per un pelo non finisco a terra. Mi abbasso, allungo la mano, tocco quella cosa e mi porto il dito al naso. È merda, non c'è dubbio. Che schifo, sono finito nella merda di qualcuno. Probabilmente di quello schifoso di Nick. Cerco di pulirmi le scarpe sul tappetino, tanto peggio di così. Mi accorgo di essermi tenuto a un divano con i bordi in ferro. È scuro, lo guardo meglio, mi sembra di scorgere una sagoma, sopra. All'improvviso, si accendono le luci.

"Checcazzo ci fai qui? Fuori!"

Marcos ha finito con i travestiti. Non lo guardo neanche. Sul divano c'è una coperta che nasconde una figura stesa. La sollevo velocemente.

Una immane scossa mi attraversa il corpo, dai talloni alle pupille. Mi acceca, mi dilania il petto e mi fa irrigidire gli arti. Non riesco a respirare.

"Ti ho detto di andartene, via!"

Marcos mi prende per le spalle e mi spinge via brutalmente. Non riesco a staccare gli occhi dal divano.

Clara è a faccia in su, gli occhi spalancati, la bocca aperta, le labbra spaccate, il suo viso coperto di sangue. È nuda, coperta di lividi. Le feci colano dal divano e vanno a formare la pozza su cui sono scivolato. Magari è ancora viva, non lo so. Sento qualcuno che mi spinge, è Marcos, ma la sua voce è distante, come dietro a un vetro. Aspetta, devo andare da Clara, perché è in quelle condizioni? Cosa le è successo? Il cuore mi sta per scoppiare, sento il sangue ribollirmi nelle vene, e quella puzza.

Ricordo il mio primo incontro. Ero terrorizzato. Dopo un tempo che mi era sembrato interminabile avevano aperto la porta e mi avevano trascinato fuori, prendendomi per i capelli e tirandomi calci per poi caricarmi su un'auto. Era buio, dovevo aver passato un giorno e una notte in quella stanza minuscola. Avevo il naso rotto, non mangiavo né bevevo da ventiquattr'ore, non avevo dormito. Ero allo stremo delle forze. In macchina con me c'erano tre persone, ma non dicevano niente, mi avevano solo dato una felpa enorme e un paio di ciabatte di gomma, anche queste troppo grandi. Non mi era sembrato il momento di fare lo schizzinoso e farglielo notare. Avevamo percorso ampie vie trafficate, ma ero troppo confuso ed impaurito, e non ero riuscito a orientarmi. Dopo una mezz'ora eravamo arrivati in una via male illuminata, costeggiata da alti capannoni e cancellate in ferro oltre le quali riuscivo a vedere basse costruzioni buie. Oltre, si ergevano isolate le sagome scure di imponenti palazzi squadrati che si stagliavano sullo sfondo della città illuminata. A naso dovevamo essere in periferia, ma non conoscevo questa zona di Milano. Mi avevano detto di stare zitto e mi avevano spinto fuori. Ero inciampato in una pozzanghera, ma l'uomo che era stato al mio fianco in auto mi aveva sorretto per il cappuccio della felpa e per rimettermi in posizione verticale mi aveva rifilato un colpo secco allo stomaco. Avevamo costeggiato per un po' un muro, quindi avevamo tagliato per una stradina laterale e superato una sbarra ci eravamo trovati in uno spazio pieno di rottami accatastati in alti cumuli. I miei accompagnatori mi avevano fatto proseguire fino ad arrivare a un ingresso, con due uomini vestiti di nero a montare la guardia. Alle mie spalle, un'ampia distesa di nulla, che emanava un forte odore di terra e sterco, probabilmente un campo.

Superate le guardie in silenzio, mi avevano spinto lungo una ripida e lucida scalinata e finalmente ci eravamo trovati in un ampio spazio inondato di musica, pieno di gente. Sembrava quasi una discoteca, o un club privato, ma pochi ballavano, quasi tutti guardavano assorbiti verso il centro di quella che sembrava la pista, l'unico punto bene illuminato del posto. Avevo cercato di sbirciare anch'io, ma i miei compagni di viaggio mi avevano spintonato malamente verso una porta laterale che dava su una specie di spogliatoio. Qui c'erano diversi uomini muscolosi e sudati, tutti a torso nudo. Alcuni erano accasciati a terra, altri si tenevano la testa o un braccio, uno emetteva dei bassi lamenti. C'era un forte odore di sudore, mischiato a qualcos'altro che non riuscivo a riconoscere. Qui l'uomo che mi aveva dato il pugno nello stomaco mi aveva tolto la felpa senza tanti complimenti e mi aveva detto di prepararmi, che nel giro di pochi minuti sarebbe stato il mio turno. Ero assolutamente disorientato, ma ero certo non promettesse nulla di buono.

Ventiquattr'ore prima ero al cinema con la mia famiglia, tranquillo e spensierato, poi mi ero ritrovato, livido e a stomaco vuoto, in mezzo a una decina di uomini a torso nudo, in un club clandestino. Dubitavo che mi avrebbero fatto fare il cubista, ma non riuscivo proprio a immaginare cosa sarebbe successo. All'improvviso, la porta si era spalancata ed erano entrati due uomini che trascinavano un corpo inanime, che avevano depositato in un angolo. Nonostante la penombra, ero riuscito a vedergli il viso, maciullato come se fosse stato calpestato da un cavallo. Poi era entrato un altro uomo a torso nudo, sudato e sanguinante, che si era seduto su una sedia al mio fianco. Respirando rumorosamente, aveva iniziato a slacciarsi con attenzione delle bende che portava intorno alle mani chiuse a pugno. Con terrore crescente, avevo notato che le bende erano insanguinate, anzi, erano inzuppate nel sangue. Quello era il forte odore che prima mi sfuggiva. Il mio accompagnatore era rientrato di fretta e mi aveva sottratto alle mie fantasie, trascinandomi fuori. Mi ero voltato in cerca d'aiuto, ma nessuno mi aveva guardato o rivolto la parola. L'uomo mi aveva portato attraverso un corridoio tra la folla, per arrivare nello spazio illuminato che avevo visto appena entrato. Era una specie di quadrato, di circa quattro metri di lato, i cui limiti erano praticamente delineati da spettatori urlanti. Proteggendomi gli occhi ormai abituati all'oscurità, avevo gridato alla gente davanti a me di aiutarmi, che ero stato rapito, di avvisare la polizia. Questi per tutta risposta mi avevano insultato, qualcuno mi aveva rovesciato addosso quello che stava bevendo, uno addirittura mi aveva lanciato contro la sigaretta che stava fumando, bruciandomi.

Stavo cominciando a sentire una strana sensazione, nella pancia. Una sorta di leggerezza di fronte all'ineluttabile, un'euforia aveva iniziato a crescere dentro di me, facendomi dimenticare le percosse, la fame e la stanchezza. Un uomo in camicia di seta, da balera, e dall'aspetto poco raccomandabile, era comparso al centro dello spazio e aveva blaterato qualcosa a voce altissima. Poi era scomparso velocemente e mi ero trovato di fronte a un individuo a torso nudo contro cui il mio accompagnatore mi aveva spinto con forza. L'uomo non doveva aspettare altro, perché mi aveva salutato con gioia dandomi due pugni sul naso che mi avevano acceso lampi di luce nelle retine. Non so se a causa delle percosse già subìte o perché probabilmente avevo già il naso rotto, ma questi colpi non mi avevano messo ko, lasciandomi in balìa del mio avversario come sarebbe stato logico supporre. Mi ero rapidamente messo a distanza di sicurezza e istintivamente avevo alzato i pugni in una specie di guardia. Per sopravvivere, avrei dovuto combattere con quell'uomo. Non era stato facile, ed era durata un'eternità, almeno così mi era sembrato. Era un uomo robusto e incredibilmente forte, mentre io non facevo alcun tipo di attività fisica, e le mie braccia esili non riuscivano a contrastare i colpi di quella specie di mazze ferrate che erano i suoi arti. Ma non era molto rapido. Nonostante venissi centrato ripetutamente, riuscivo sempre a girargli intorno, e non riusciva a darmi il colpo di grazia. Ero senza fiato, ma mi sentivo vivo, come non mai. In un certo senso, mi sembrava di non aver mai assaporato la vita come in quel momento, quasi felice di potermi sfogare come mai mi era capitato, senza pentimenti, o costrizioni. La prima volta che ero riuscito a colpirlo - un pugno sulla tempia sinistra - la cascata di sensazioni causate dall'impatto delle mie nocche contro la sua faccia e dall'immediata fitta di dolore al polso, aveva acceso un fuoco mai provato prima. Un fuoco che mi aveva fatto ruggire, come se avessi aperto una porta che avevo cercato disperatamente di tenere chiusa. Non più consapevole della mia identità, totalmente dimentico di Daniela e Giorgio, ero solo io, il mio essere finalmente unito, anima e corpo, che voleva distruggere un altro essere umano.

Probabilmente gli avevano detto che ero un civile da eliminare, e avrebbe potuto divertirsi quanto voleva, l'importante sarebbe stato ridurmi a una poltiglia sanguinolenta e uccidermi, possibilmente. La gente intorno lo sapeva, e urlava per incitarlo. Volevano un sacrificio e soprattutto vedere tanto sangue. Lui mi aveva visto, magro, disorientato e impaurito e mi si era scaraventato contro, senza prendere le distanze, senza pensare a difendersi. Ma questo omuncolo sparuto, continuava a sfuggirgli, e lui stava perdendo la pazienza. Voleva concludere, subito, così si era sbilanciato. E quasi fortuitamente era stato colpito alla tempia.

L'uomo si era girato verso di me, sorpreso e arrabbiato, e in quel momento ero esploso. Urlando come un forsennato, gli ero piombato addosso come un turbine di pugni e calci. Lui si era difeso, mi aveva colpito, ma io cercavo quella tempia, quegli occhi, quella sensazione sulle nocche tanto piacevole e stimolante come una droga. La sua faccia era una poltiglia di sangue che schizzava sotto i miei colpi. Avevo continuato a pestarlo finché qualcuno non mi aveva trascinato via, poi mi avevano riempito di botte per sedarmi. Mi avevano portato qui e chiuso nel seminterrato. Il giorno dopo mi avevano detto che mi avrebbero tenuto e che avrei lavorato per loro, combattendo e facendo quello che mi avrebbero ordinato, finché gli sarei servito. Niente più famiglia, niente più civiltà. L'alternativa era una pistola, lucida, nera e fredda. Me l'avevano puntata sul naso, e avevo scelto.

Sto ansimando, guardo Nick. La sua faccia mi ricorda proprio quell'uomo. Ho un vassoio in mano e continuo a picchiarglielo di taglio contro il viso. Quando si è svegliato e ha fatto un verso, io mi sono trovato questo arnese in mano, gli sono montato a cavalcioni sul petto e ho iniziato a colpirlo, con furia, concentrato solo nel distruggere e nel trovare una via di sfogo per quella sensazione bollente e impetuosa che mi stava per scoppiare in petto. Il lenzuolo è un lago di sangue. Non so da dove prenda tutta questa forza, ma non sono ancora sazio. Prendo fiato, guardo Marcos steso per terra, anche lui in un lago di sangue. Prima mi ha sorpreso nella stanza e ha cercato di spingermi fuori, così gli ho dato una gomitata in testa, atterrandolo. Lui ha preso la pistola, ma gliel'ho strappata e ho cominciato a colpirlo con il calcio, senza fermarmi finché non ho sentito più la resistenza dell'osso. Ora è lì, una poltiglia di sangue al posto di quelle fessure scure che erano i suoi occhi.

Sento un rumore, alzo lo sguardo e inquadro i due travestiti sulla soglia. Hanno gli occhi spalancati e mi stanno osservando terrorizzati. Ai piedi di uno dei due c'è una pozza di liquido, si dev'essere pisciato addosso. Adesso comincio a sentire la stanchezza.

"Non muovetevi."

Non ho mai sparato in vita mia, ma la pistola di Marcos è qui di fianco. La prendo e la guardo come se la vedessi per la prima volta, soppesandola. C'è qualche scricchiolio qua e là, non sembra aver superato indenne la percussione contro ossa umane ed è tutta sporca di sangue. Mi chiedo se funzioni ancora. Mal che vada, mi scoppia in faccia. Gliela punto addosso e sparo. Non succede niente. I due si mettono a gridare e corrono via, butto la pistola e li rincorro. Sul pianerottolo incontriamo Luis, che si è svegliato e sta venendo a vedere cosa sia quel trambusto. I due travestiti lo superano con un balzo, lui li guarda correre e mi blocca.

"Ehi, che succede? Come mai sei sporco di sangue?"

Non li raggiungerò mai. Non in queste condizioni. Luis mi prende un braccio e me lo torce all'indietro, poi mi sbatte contro al muro.

"Ti ho fatto una domanda. Che sta succedendo?"

Non sono nello stato d'animo di subire interrogatori. Mi divincolo con una forza inaspettata. Da me, ma soprattutto da lui, che non riesce a tenermi. Non ci sono utensili qui, quindi gli tiro un calcio all'inguine e quando si piega in due, una ginocchiata sulla faccia. Il contatto mi soddisfa appieno, tanto che mi infervoro riprendendo un po' di forza e finisco il lavoro a calci finché non ho più fiato.

Sono sulla sedia a sdraio, in giardino. Piano piano, la nebbia mi avvolge nel suo confortevole abbraccio. Guardo la roulotte, illuminata da luci al neon come un bordello anni Settanta. Ne esce una debole musica ritmata, Luis deve essersi dimenticato lo stereo acceso. Mi sta venendo voglia di fare un bagno nell'idromassaggio, non l'ho mai usato dopotutto. Potrei anche annegarci dentro, non sarebbe una brutta fine. Inizio faticosamente a puntellarmi sui braccioli della sedia, quando penso alle nefandezze che possono averci fatto dentro quei porci. Lì, nella roulotte di Clara. Mi lascio cadere nuovamente, vinto dalla tristezza e dall'orrore. Guardo la *Sierra Cosworth*, le gomme lisce e sgonfie, la vernice scrostata, il parabrezza incrinato. Potrei prenderla e partire, ora, subito, senza guardarmi indietro. Come avremmo dovuto fare qualche ora fa, insieme. Abbasso lo sguardo sulle mani, contuse e ammaccate, forse ho un paio di dita rotte, non so. Sono così confuso, ora. I dolori allo stomaco sono fortissimi, quasi non riesco a respirare. Mi volto verso la casa. Qualunque cosa decida, non credo di avere molte possibilità di passarla liscia. Inizia a far freddo. Non avevo mai ucciso nessuno. Almeno volontariamente. Non so se qualche mio avversario sia morto, dopo essere stato trasportato fuori in barella. Nick mi ha sempre detto che andava tutto bene, e tanto mi bastava.

La rabbia è completamente svanita, mi restano solo la stanchezza, i dolori, il rammarico di aver perso qualcosa di prezioso. Il buio è calato all'improvviso. Non c'è tramonto, nella nebbia. Solo luce accesa o luce spenta. Adesso prendo l'auto e vado in ospedale, mi faccio curare. Poi quando esco comincio una nuova vita. Magari potrei raccontare a qualcuno la mia storia, diventare famoso. Se diventassi una celebrità, non si azzarderebbero a toccarmi, potrei persino cercare di ricontattare Daniela. Mi metto a ridere, tossendo. No, con Daniela era già finita, continuava a dirmi che voleva divorziare, che aveva conosciuto un altro uomo. Anche la polizia le aveva consigliato di lasciarmi.

"I tuoi scatti d'ira, devi farti curare."

Mi diceva tra le lacrime. Io non capivo cosa stesse dicendo. La guardavo, lei abbracciava il bambino che piangeva come un matto, e non capivo cosa fosse successo. Ora comprendo. Quel vuoto nella memoria, quel lampo accecante. Non ero io, era qualcun altro. Ma non lo sapevo, e non lo sapevano neanche mia moglie e mio figlio. Non potevano saperlo. Chissà se Clara lo sapeva? Che bella la notte, la pace, il silenzio. E mio padre, mi avrà riconosciuto? Che ci faceva sul tavolo da biliardo di un bar? L'idea di averlo taglieggiato, di essere stato complice del suo sequestro, di averlo lasciato nelle mani di quei delinquenti, mi fa stare male ora. L'ho spaventato, io, suo figlio. Chissà cosa staranno facendo, ora, lui e la mamma. Penseranno mai a me? Non ho mai reso loro il prestito per il viaggio a Basilea.

 Ora vado a spegnere quella musica e poi decido dove andare.

Note

1. Metodo di allenamento cardiovascolare che prevede l'esecuzione di esercizi multiarticolari ad alta sinergia.

2. Personaggio de "*Il Padrino*".

3. Burpee modificati - esercizio multiarticolare in sei passaggi.

4. Termine giapponese che indica la stanza dove si svolgono gli allenamenti di arti marziali.

5. Dardi di varie dimensioni e forme, in giapponese

6. Nel Muay Tahi, calcio diretto frontale "con spinta", inteso come azione deterrente quando si affronta un'avanzata rapida e aggressiva dell'avversario

Ringraziamenti

Questo libro, nella sua crudezza, vuole rappresentare una discesa nelle nostre peggiori pulsioni. Grazie di cuore a chiunque abbia avuto la pazienza di affrontarle.

Grazie a mia moglie, mia prima lettrice.
Grazie ai miei genitori, che mi appoggiano in qualunque situazione.
Grazie a Susanna, socia ed amica.